KB182500

탐정님 말았나요, 또 죽고

Killed again, Mr. Detective.

"최초의 7인 중 하나가 직접
사쿠야 님에게 접촉을 꾀했다.
거기에는 뭔가 의미와 의도가
있을 터입니다.
혹은 타츠야 님에게서
이어진 악연 같은 것이."

사건 1 식인 대관람차 유원지

사건 2 화랑도의 살인 ―전편―

아쿠아리오 섬.
해난사고가 잦아
뱃사람도 접근하지 않는
그 섬에는
저택 하나가 있었다.

루시오라 데 시카
데모니아카 빌라의 주인.
천재 화가 엘리세오 데 시카의
손녀. 통칭 루우.

하비
타츠야 일행보다
먼저 아쿠아리오 섬을
찾은 사진가.
섬 여기저기를 찍고
돌아다닌다.

우르스나
루시오라의 메이드, 가정교사.
전임자의 뒤를 이은 지
얼마 되지 않았지만,
루우와 양호한 관계를 맺었다.

CHARACTER

또 죽고 말았나요, 탐정님

피도 & 벨카
영국 최고의 탐정과 그 조수.
과거 타츠야와 함께
샤르디나를 쫓았던 오랜 지인.

KILLED AGAIN, MR. DETECTIVE.

CONTENTS

또 죽고 말았나요, 탐정님

또 죽고 말았나요, 탐정님

Killed again, Mr. Detective.

또 죽고 말았나요, 탐정님 2

테니오하
TENIWOHA Illustration: riichu
[일러스트]
리이츄

표지 · 본문 일러스트
리이츄

Y. 데린저의 인사

Y. 데린저의 인사 -1-

나는 온 세상에 병을 퍼뜨린다.
특효약이 없는 병을.

"안녕하시오, 시뇨리나(아가씨). 약속 시간에 딱 맞췄군."
눈앞 자리에 앉은 매부리코 남자가 입을 열었다.
곱슬한 금발을 올백으로 넘겼고, 고급스러운 양복을 차려입었다. 그 남자, 루치아노 베네티는 잔뜩 거들먹거리는 표정으로 나를 바라봤다.
"부모님 교육이 좋았나. 요즘 세상에는 남자를 기다리게 해서 관심 끌려는 여자가 많은데."
"설마요, 루치아노 씨. 이렇게 많은 신사를 기다리게 하는 건 아무래도 좀."
나와 루치아노는 둥근 테이블을 사이에 두고 마주 보듯이 앉았다. 그 주위를 에워싼 것은 참으로 험악해 보이는 사내들이다.
"하하하. 아무래도 좀 긴장되네요."
능청을 떨고 비위를 맞춰 본다.

사내들은 다들 흥분해서 무시무시한 분위기를 띠고 있었다. 학예회의 무대 옆에서 긴장한 채로 차례를 기다리는 애들 같다.

"이 녀석들한테는 신경 꺼도 돼. 지금 다들 판토마임 연습 중이거든. 신호가 있을 때까지는 꿈쩍도 안 해. 아무리 속 뒤집히는 일이 있더라도 말이야."

"보스인 당신이 종을 울릴 때까지는?"

"그런 거지."

그렇게 말하며 루치아노는 커피잔을 기울었다.

그렇다면 정말 그런 거겠지. 애초에 루치아노는 진짜배기 마피아로, 종을 울리면 정부의 중요 인사도 움직일 수 있는 자리에 있으니까.

카운터에서는 얼굴이 창백해진 마스터가 열심히 컵을 닦고 있었다.

블라인드를 친 가게 안은 어둑어둑하다. 가게 안쪽에 있는 이 방에 개구멍 같은 건 보이지 않는다.

"셸리 럼, 프리랜서 신문기자……란 말이지."

루치아노가 테이블에 놓인 명함으로 시선을 내리고 내 이름을 말했다.

"굳이 대리인까지 내세워서 나를 끌어낸 그 마음을 한번 들어보실까."

"꼭 듣고 싶습니다. 최근 스위스 계좌를 통해 당신이 움직이는 수천만 유로의 출처와 목적지를."

"무슨 소린지 모르겠군."

"최근 들어 마치 사람들의 눈을 피하듯이 대량의 자금이 전 세계에서 부자연스럽게 흐르고 있습니다. 모르십니까?"

"지금 나는 모른다고 말했는데?"

루치아노의 목소리가 한층 낮아지고, 주위 남자들의 살기가 드높아졌다.

"그 자금은 여러 유령 회사를 경유한 뒤에 최종적으로 어느 조직으로 흘러든다는 소문도 들었습니다."

"어떤 조직이지?"

"글쎄요. 저도 알고 싶네요. 어디의 자연보호단체나 브루클린의 고아원이면 좋겠는데요."

미소를 흐리지 않으며 말하자 루치아노는 몸을 뒤로 젖히며 웃었다. 그대로 의자와 함께 뒤로 넘어갈 기세로.

"뭘 그렇게 웃으시나요?"

"아니, 소문으로 듣던 대로 좋은 여자구나 싶어서. 좋군."

"무슨 말씀이죠?"

"역시 너는 상상했던, 아니 상상을 뛰어넘게 좋은 여자야. 유류 데린처."

내 이름을 말하자마자 그는 손에 든 컵을 바닥에 내던졌다. 커피잔이 깨지는 소리가 통째로 빌린 카페에 울렸다.

사내들이 일제히 내게 총구를 들이대었다.

"움직이지 않는 게 좋을 거야. 그 백에 든 최루 가스도 스턴건도 도움이 안 돼."

"처음부터 다 알았던 거네."

"내가 기자 나부랭이에게 접견을 허락할 줄 알았나? 유류, 넌 이제 못 돌아가. 혹시 남자와 데이트 약속이라도 잡았다면 취소해야겠군."

"으음, 이럴 줄 알았으면 조금 더 괜찮은 양복을 입고 올걸."

나는 입술을 삐죽거리며 얌전히 두 손을 들었다.

"네가 대체 어느 경로로 돈에 관한 정보를 얻었는지는 나중에 천천히 토하게 해주지."

"어느 경로? 그걸 하나로 좁힐 수 있을 거 같아? 웃기지 마. 나는 유류 데린저거든?"

이게 영화 촬영이면 좋겠지만, 애석하게도 아무리 시간이 지나도 감독의 '컷' 소리는 들리지 않았다.

핀치, 핀치.

아아, 스승님. 살려줘요.

라고 할까?

아햐햐.

사건 1 식인 대관람차 유원지

KILLED AGAIN, MR. DETECTIVE.

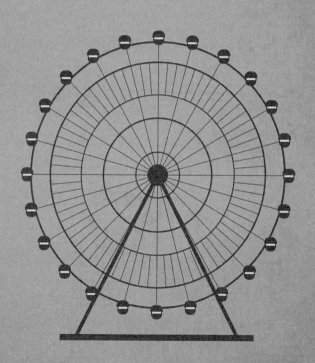

1장 영국 최고의 탐정이

"여보세요. 유리우?"

『여보세요~! 스승님!』

"지금 전화 괜찮아?"

『예. 지금 말인가요? 괜찮아요~.』

"왠지 뒤쪽이 시끄러운 것 같은데."

『실은 촬영 중이고, 다음에 액션 장면 촬영이 있어요. 스승님, 어쩐 일로 전화하신 건가요? 아! 설마 또 사건인가요? 그래서 제자인 저를 호출하려고?!』

"그건 아니야. 응, 다름이 아니라 바다에 간다고 했던 일로. 저번에 사무소에 놀러 왔을 때 리리테아랑 신나게 떠들었잖아? 월말의 휴가 때 다 같이 바다에 놀러 가자는 이야기 말이야."

『말했습니다! 파랗고 깨끗한 바다! 아름다운 남쪽 섬에라도 여행을 가자고!』

"그게 말이지. 실은 그 예정을 조금 바꾸어야 할지도 몰라서."

『어! 어째서요?』

"저기, 이런 말하긴 좀 뭐한데, 실은 이달 사무소의 자금 사정이 꽤 빠듯하다는 사실이 드러나서……."

『즉, 여비가 부족하단 말씀인가요?』

"응. 그러니까 지금 탐정 일로 자금을 모으려고 애쓰고 있는데, 아직 뾰족한 방도가 없어서."

『그렇다면 제가 돈을 좀 대드릴까요?』

"아니, 그럴 순 없지! 나보다 리리테아가 더 신경을 쓸 거니까."

『그렇구나. 하긴 그러네요. 끄으으응……. 아쉬워라. 하지만 사정은 알겠습니다. 그럼 하다못해 좋은 일이 들어오기를 기도할게요! 그러면 예정대로 같이 바다에 갈 수 있겠죠?』

"응. 당연하지. 고마워. 아, 리리테아한테도 그렇게 말할게. 잘 있어."

『스승님.』

"응?"

『말해줘요.』

"뭐, 뭘?"

『촬영, 힘내라고 말해줘요.』

"아……. 눈치가 없는 남자라서 미안해. 어흠, 촬영, 힘내!"

『맡겨주세요!』

"그러면 다음에 또 보자. ……하아."

전화를 끊자마자 곧장 한숨이 나왔다. 내가 생각해도 너무 한심한 보고였다.

오우츠키 탐정사무소에서 탐정이 모조리 떠난 이후로 사무소의 재정은 궁핍해졌다. 남은 탐정이라곤 얼치기인 나밖에 없으니까 매우 당연한 일이다.

"그런데 유리우는 착실히 배우로 잘나가는 모양이군."

여배우 하이가미네 유리우는 매일처럼 배우 지명도를 올리며 바빠지고 있다. 그런데도 아직도 나를 예의 바르게 스승님이라고 부르며 같이 놀러 가자고 말해 주었다. 정말이지 분에 겨운 영광이다.

그런 유리우의 귀중하고 즐거운 휴일을, 돈이 없다는 이유로 날리긴 미안하다.

한시라도 빨리 여비를 벌어야 해.

"게다가…… 그것 말고도 돈을 벌어야 하는 이유가 있고."

앞으로 계속해서 정력적으로 탐정 업무를 처리해야만 한다. 의뢰가 있다면 말이지만.

고개를 살짝 숙인 채로 자택 겸 탐정사무소가 있는 건물에 들어섰다.

"나 왔어."

문을 연 순간, 사무소 한가운데에 꽃이 활짝 피었다.

"사쿠야 님, 사쿠야 님."

아니다. 저건 리리테아다. 사무소에 돌아온 나를 알아차리고 돌아보는, 우리 우수한 조수. 아름다운 턴으로 치맛자락이 꽃처럼 펼쳐진 것이다.

"길보입니다. 지금부터 말할 테니 기뻐할 준비를 해주세요."

리리테아는 동트기 전의 하늘 같은 군청색 눈으로 나를 올려다봤다.

"길보? 아아, 좋은 소식이란 뜻이구나."

"조금 전 여기에 화목한 노부부께서 찾아오셨습니다. 아주 예의 바르고 고상한 부부셨습니다."

"부부?"

"예. 오랜만의 의뢰입니다. 일거리예요."

"오오!"

바로 지금 바라고 있던 일이 이미 들어왔다는 사실에 무심코 환희의 목소리가 나왔다.

"그래서, 그래서? 어떤 일이야?"

"사쿠야 님, 위험한 일인가 싶어서 우려하시는 거죠? 안심하세요. 분실물 찾기입니다. 미즈시마엔(水島園)에서 잃어버린 결혼반지를 찾아달라는 의뢰입니다."

"그거 좋네!"

안전해 보이는 점이 특히나 좋다.

"보수도 액수가 놀랍습니다."

"아자!"

"그런데 다른 이야기를 하자면, 사쿠야 님."

"응?"

"혹시 학교 문제로 고민이 있으십니까?"

어라? 뭔가 흐름이 바뀌었는걸.

"어? 왜?"

갑작스러운 지적에 깜짝 놀랐다.

혹시 오늘 담임교사에게 출석일수 문제로 한 소리 들은 게 얼굴에 드러났나?

리리테아는 뚜벅뚜벅 소리를 내며 내게 다가와서 내 어깨에 팔을 둘렀다. 경이적으로 단정한 얼굴이 코앞으로 다가왔다. 그 표정은 슬퍼 보였다.

"사쿠야 님……. 혹시 반에 친구가 없습니까?"

"어?"

리리테아의 손이 내 어깨에서 떨어졌다.

"붙어 있었어요."

그렇게 말하며 리리테아는 손끝을 내 눈앞으로 올렸다. 뭔가 하얗고 작은 덩어리를 손에 쥐고 있었다.

받아서 살펴보고 이해했다.

그것은 밥풀이었다. 오랫동안 공기를 쐬어서 딱딱해진.

"어? 밥풀? 어깨에 붙어 있었어? 어? 언제부터?"

"아마도 점심시간부터겠지요. 이런 것이 어깨에 붙었는데도 같은 반 사람들에게 아무런 지적도 받지 않고 그대로 귀가하시다니, 친구가 없다고 생각할 수밖에 없습니다."

"큭……. 후훗, 역시나 리리테아. 제법 예리한 추리야. 하지만 전부 네 상상이잖아! 억지야! 나한테 친구가 없다니, 그런 일은! 그런! 그런…… 나는 친구가 없는 건가?"

처음에는 사무소 책상을 두 손으로 탁 치고 항의했지만, 짚이는 구석이 많아서 중간부터 서글퍼졌다.

"탐정 일로 너무 자주 쉬어서 그런가? 동아리 활동을 안 해서 그런가? 가르쳐 줘!"

이런저런 한탄을 늘어놓는 내 꼬락서니를 실컷 즐긴 뒤, 리리테아는 극상의 미소를 짓고 이렇게 말했다.

"바보 같은 사람."

뭐, 리리테아가 즐겁다면 됐어.

ㅁ

다음 날은 뻥 뚫린 듯 맑은 하늘에, 조금 습한 바람이 기분 좋게 사람들 사이를 빠져나갔다.

나와 리리테아는 분실물 수색 의뢰를 위해 오후부터 미즈시마엔으로 향했다. 사이좋게——그건 나 혼자의 생각일지도 모른다——나란히 전철을 탔다.

선로는 중간부터 갈라지고, 그중 한쪽 라인의 종착점에 미즈시마엔역이 있다. 이름에서도 알 수 있듯이 미즈시마엔에 제일 가까운 역이다.

평일의 어중간한 시간대인 탓인지 승객은 별로 없었다. 거의 없다고 해도 과언이 아니다. 다른 시간대라면 좀 달랐을까.

옆 차량도 비슷한 상황으로, 노란색 라인이 있는 검정 배낭을 짊어진 파카 차림의 젊은 남자가 문에 몸을 기대고 꾸벅꾸벅 졸고 있었다. 날씨가 이러니까 졸리는 것도 이해가 간다.

"날씨 운이 참 좋네요."

리리테아는 몸을 반듯이 펴고 다소곳하게 앉아 있다. 어떻게 보면 이채로운 아름다움을 발휘하는 리리테아가 서민적인 전철을 탄 모습은 뭔가 어색했다.

"그렇군. 미즈시마엔인가. 몇 년 만에 가는 거더라?"

미즈시마엔과는 요새 작은 인연이 있다. 주로 대관람차와.

"이왕이면 일이 아니라 개인적으로 가고 싶었는데."

"도시락이라도 싸서 올 걸."

리리테아의 혼잣말이 기분 좋게 귀에 닿았다.

전철이 속도를 줄이기 시작하고, 안내방송이 미즈시마엔역임을 알렸다.

공압기 소리와 함께 전철 문이 열리자, 기대서 졸던 사람이 균형을 잃고 자빠질 뻔했다. 그대로 비틀비틀 개찰구로 향하는 모습이 왠지 평화스럽고 웃기기도 했다.

"그렇긴 해도 문을 닫았던 미즈시마엔이 설마 이렇게 빨리 부활하다니. 새 투자자가 나타났다고 했던가. 대체 어디의 한가한 자본가의 짓일까."

후다닥 리모델링한 뒤에 이름만 그대로 놔두고 신장개업. 몇몇 놀이기구는 현재도 리뉴얼 중이라고 한다. 그래도 손님이 조금씩 들어오는 게 미즈시마엔답다.

희비가 엇갈리는 이곳의 과거를 회상하고 있자, 갑자기 누가 옷소매를 잡아당겼다.

"사쿠야 님, 일단 저쪽을 찾아보지요. 저 회전하는 말 주위를 중점적으로."

리리테아가 구두의 뒤꿈치를 들썩들썩하면서 벽돌길 저편을 가리켰다.

"아아……."

"뭘 멍하니 계십니까. 일입니다, 일. 빠릿빠릿하게 움직이죠. 어떻게든 여비를 벌어야 합니다."

여비. 그렇다. 리리테아의 말이 맞다.

"바다. 리리테아도 역시 가고 싶구나."

"그렇습니다. 유리우 님과의 약속은 중요합니다. 하지만 먼저 영국에 가야죠. 그걸 위한 여비입니다. 설마 잊으신 건 아니겠지요?"

"당연히 안 잊었지."

그래. 우리는 조급히 영국에 가야만 한다.

어느 인물과 접촉하기 위해서.

크림슨 시어터 사건에서 보름 남짓 지나고, 우리는 일단 일상을 되찾았다. 하지만 겉으로만 그렇다는 이야기다.

나중에 '크림슨 시어터 앞 항쟁'으로 보도된 그 사건에서는 현장 지휘관차를 포함한 도합 24대의 경찰 차량이 철저하게 파괴되고 폭발하고 불타올랐다.

당연하다고 해야 할까, 현장에서는 수많은 부상자가 나왔다. 그래도 사망자는 없었다. 언론에서는 진짜 기적이라고 표현했지만, 나는 그 현장에 기적이 없었음을 알고 있다.

그야 제일 가까운 데서 봤으니까.

사망자가 나오지 않은 것은 세븐 올드맨(최초의 7인), 셀러브리티(대부호괴도) 샤르디나 임페리셔스의 아량 때문이다.

경찰도 그걸 잘 알기에 지금쯤은 체면을 구겼다고 이를 악물고 있겠지.

"세븐 올드맨 중 하나가 직접 사쿠야 님에게 접촉을 꾀했다. 거기에는 뭔가 의미와 의도가 있을 터입니다. 혹은 타츠야 님에게서 이어진 악연 같은 것이."

리리테아는 아주 심각한 얼굴로 그렇게 말했다. 회전목마를 타면서.

동화 나라의 음악이 들리는 가운데, 깜찍한 말에 옆으로 앉아서 폴대에 손을 대고 있다.

나는 그 뒤쪽의 마차에 타고 있었다.

딱히 같이 노닥거리는 건 아니다. 얼핏 보면 그럴지도 모르지만, 진지하게 결혼반지를 찾는 중이다.

의뢰인 부부는 반지를 잃어버린 날, 여기 있는 놀이기구를 거의 다 이용했다는 모양이니까, 자연스럽게 모든 놀이기구, 시설에 반지가 떨어졌을 가능성이 있다. 깜찍한 회전목마도 예외는 아니다.

다른 손님도 있는 와중에 회전목마를 멈추고 찾을 수도 없으니까, 실제로 우리가 타고 찾는 수밖에 없다──는 소리다.

"셀러브리티가 나타났을 때, 사쿠야 님의 곁에 없었던 것이 원망스럽습니다."

"리리테아가 책임을 느낄 필요는 없어."

나는 후방의 마차에서 조수를 변호해 주었다.

"그렇게 대수롭잖은 팝콘 매장에 나타날 거라곤 아무도 예측

할 수 없으니까. 리리테아는 항상 나 같은 사람 곁에서 잘해주고 있어."

"그렇……군요. 사쿠야 님의 말씀처럼 셀러브리티만이 아니라 앞으로 다른 세븐 올드맨이 어떤 움직임을 보일지 예측할 수 없습니다. 주위에 어떤 피해가 미칠지도."

"그래. 맞아."

"그러니까 사쿠야 님은 협력자를 찾으려고 하셨습니다."

그래. 맞다.

샤르디나가 일부러 먼저 접촉한 것을 생각하면, 세븐 올드맨과 나 사이에는 단순히 아버지 오우츠키 타츠야의 원수 이상의 관계가 있을 것 같다.

하지만 나는 적에 대해 너무 모른다. 그러니까 나는 그 사건 이후로 샤르디나나 다른 세븐 올드맨에 대해 잘 아는 협력자를 찾아서 아버지가 남긴 사건일지를 뒤졌다.

거기서 발견한 것이 탐정 피도의 이름이었다.

일지를 보면 그 탐정, 피도는 과거에 아버지와 함께 샤르디나를 쫓은 경험이 있는 모양으로, 협력을 요청하기에 딱 좋은 인물이었다.

바로 만나러 가자——고 생각했다. 하지만 조금 조사해 보니 그럴 수도 없다는 것을 깨달았다.

"설마 피도가 영국에 사는 탐정이라니."

영국 최고의 탐정——으로 평가받는 모양이다. 다만 자세한 주소 같은 정보는 더 얻을 수 없었다.

"간단히 접촉할 수 있는 상대는 아닌 모양이야."

"그래도 일이 일입니다. 어떻게든 직접 접촉해야 합니다."

"하지만 우리 오우츠키 탐정사무소에는 피도를 찾아 영국에 갈 돈도, 여기로 초대할 돈도 없지……."

그러니까 이번 반지 수색의 보수가 꼭 필요하다.

의뢰인 부부는 회사를 경영하다가 현재는 다른 사람에게 맡기고 은거했다고 한다. 그런 부부가 제시한 보수는 무심코 되물었을 정도로 액수가 엄청났다.

그만큼 결혼반지를 소중히 여기는 것이겠지만, 정말이지 씀씀이가 후하기도 하다.

"이 의뢰 하나만으로 여비가 돼. 어떻게든 반지를 찾아야지."

이윽고 회전목마가 정지했다. 리리테아가 다소 아쉬운 듯이 말에서 내렸다.

"여기에서는 보이지 않는군."

의뢰인 부부는 반지에 흠집이 생기는 것을 꺼려서 부인의 핸드백에 잘 넣었다고 했는데, 그게 문제였다.

부부도 나름대로 직접 열심히 찾았고, 스태프에게 찾아달라고 해도 발견되지 않았으니까 알기 쉬운 장소에는 없으리라고 예상했지만, 이래선 예상보다 고생할 것 같다.

"다음은 어디를 찾을까?"

"그러네요. 저쪽은 어떻습니까?"

리리테아가 묘하게 신난 기색으로 가리킨 것은, 떨어진 곳에 위풍당당하게 우뚝 선 대관람차였다.

곤돌라는 해적 영화에 나올 것 같은 보물상자 형태로 번쩍번쩍 빛났다. 게다가 여기저기에 금은보화, 보석 같은 장식을 붙였는데, 나아가서 곤돌라 바닥에는 GET MONEY!! 같은 솔직하기 짝이 없는 글자를 큼직하게 각인해 놓았다.

"아…… 저거? 뭐라고 했더라?"

"해피 트레저 체스트 대관람차. 줄여서 트레체스입니다."

이상한 이름이다. 머리가 텅 빈 것 같다.

미즈시마엔의 상징이라고 하면 과거에는 일류 관람차였다. 하지만 지금은 죄다 리뉴얼해서 완전히 다른 것이 되었다.

애초에 투자자가 자기 취향을 밀어붙여서 디자인했다나. 그렇게 완성된 것이 저렇게 센스도 없는 막장 디자인의 뉴 대관람차였다는 소리다.

그래서 시민들 사이에서 비난이 많이 있었다는 모양이지만, 이미 지나간 버스다.

"트레체스……라. 이름도 그렇지만, 이렇게 디자인을 보니 뭐라고 할까, 주위의 모든 것하고 안 어울리는데."

근본적으로 발안자 센스가 시민들과 어긋난 것 같다.

"실제로 악평이 많아서 연일 텅텅 비어있댔나?"

"그런 모양입니다."

그럴 수밖에 없다. 저거에 탄다는 건 자진해서 구경거리가 되는 셈이다. 돈을 내서 타려는 사람은 그걸 이해하면서 장난치려는 작자들 정도겠지.

"그런 탓도 있는지, 팸플릿에 따르면 오늘부터 3일 동안 반값 할인이라는 모양입니다."

"우리 호주머니 사정으로는 고맙군. 하지만 대관람차는 위치상 여기서 좀 걸어야 하니까, 가까운 탈 것부터 순서대로 찾도록 하자. 기발한 대관람차는 마지막 즐거움으로 남겨두자고."

"저는 그래도 상관없습니다."

리리테아는 쌀쌀맞은 태도로 내 생각에 응했다.

"그렇다면 다음은 저 롤러코스터로군요. 최고 시속 115킬로미터는 제법입니다."

그런데 재빨리 펼친 미즈시마엔의 팸플릿은 벌써 너덜너덜하다.

여기 들어온 뒤로 대체 몇 번이나 펼쳤다 접었다 했을까?

완전히 즐기는 것처럼 보이기도 한다. 그래도 거듭 말하지만, 우리는 지금 일하고 있다.

□

해 질 무렵이 되어도 우리는 반지를 발견할 수 없었다.

탐정은 항상 예민하다고 오해를 사기 일쑤인데, 실제로는 그렇지 않다. 적어도 나는 그렇다.

중요한 것은 면이 아니라 점. 정말로 중요한 국면에서 핀포인트로 예리함과 통찰력을 발휘할 수 있는가가 중요하다.

극단적인 이야기로, 하루 중 중요한 장면에서 1분만 머리가 잘 돌아가면 나머지 23시간 59분을 멍때리고 있어도 탐정으로

서 성립된다.

하지만 오늘의 나는 그 예리한 1분이 도무지 찾아오지 않았다. 바로 지금이 중요한 포인트 같은데.

"유원지인 만큼 조명이 꽤 많지만, 더 어두워지면 뭘 찾기도 어려워지겠어. 게다가…… 아야야…… 계속 몸을 숙이고 찾아다녔더니 허리가……."

"한심한 소리 하지 마세요. 조금 더 힘내지요."

"리리테아, 가끔은 위로도 해줘."

"안 돼."

그때, 스마트폰에 전화가 왔다.

외출 중에는 사무소로 오는 전화가 내 스마트폰으로 연결되게 했는데, 그때의 연락도 바로 그것이었다.

모르는 번호다.

"예, 오우츠키 탐정사무소입니다."

『타츠야 오우츠키가 겨우 암전해졌다고 들었는데, 사실인가?』

전화 너머에서 여자 목소리가 들렸다. 하지만 그 맑고 고운 목소리와 달리 어조는 거칠었다.

상대가 다짜고짜 아버지 얘기를 해서 솔직히 꽤 곤혹스럽다.

"누구십니까……?"

태연한 척하고 물었다. 세븐 올드맨이라는 글자가 머리를 스쳤다.

"오우츠키 타츠야…… 아버지라면 지금 잠깐 자리를 비웠습니다만."

『녀석의 아들인가. 자리를 비웠단 말이지. 그거 아쉽군. 녀석의 최후를 보고 웃어줄 수 없다니. 일부러 UK에서 힘들게 왔는데.』

"영국……? 잠깐만요. 혹시 당신은……."

『사무소에 다른 사람은 있나? 탐정 피도가 왔다고 전해다오.』

"피도……?"

나와 리리테아는 서로의 얼굴을 보지 않을 수 없었다.

멀다고 생각했던 영국, 그리고 탐정 피도──.

하지만 그것은 뜻하지 않은 형태로 상대가 먼저 찾아왔다.

단순한 우연, 행운── 아니면 하늘이나 신 같은 존재의 인도일까.

아니다. 정말로 한심하기 짝이 없는 아버지였지만, 탐정으로서의 아버지는 전 세계에 명성이 드날렸고 지인도 많았다. 당연히 부고도 퍼지기 쉽다.

나는 스마트폰을 반대쪽 손으로 고쳐 들고 긴장한 목소리로 전했다.

"영국에서? 힘들게 오시게 해서 죄송합니다. 오히려 이쪽에서 만나러 가려고 생각한 참이었습니다."

리리테아도 내 바로 옆에서 발돋움하며 통화에 귀를 기울이고 있었다.

"아뇨. 내 용건은 나중에 다시 말하죠. 그나저나 지금은 밖에 있습니다. 예, 의뢰 수행 중이라는 느낌으로."

『장소는?』

"예? 미즈시마엔이라는 유원지입니다만."

『그런가. 나는 지금 막 공항에서 나온 참이다. 택시라도 잡아서 수도고속도로를 타고 직접 그쪽으로 가주지. 타르콥스키의 미래 도시 같은 전망을 즐기면서.』

"……예?"

꽤 유창한 일본어지만, 비유나 억양은 완전 외국인이다.

"그렇다면 기다리겠는데, 미즈시마엔의 위치는 아십니까?"

『Yeap.』

마지막에 내 연락처를 전달한 뒤에 전화를 끊었다.

"사쿠야 님, 상대는 피도……였던 거지요?"

"그렇게 말했어. 하지만 잘 모르겠지만 여기로 온다는데."

"영국 최고의 탐정이?"

"영국 최고의 탐정이."

솔직히 마음의 준비가 되지 않았지만, 온다면 기다리자. 그리고 아버지에 관해서, 그리고 아버지의 적에 관해서 최대한 물어보자.

"아, 하지만 유원지 안에서 사람과 만나기는 힘들겠네. 난 일단 입장 게이트 밖에서 기다릴게."

"그러면 저도……."

"아니, 리리테아는 계속 반지를 찾아봐. 피도가 만나러 와준 덕분에 비행기 푯값을 모을 필요는 없어졌지만, 그렇다고 해서 지금 맡은 의뢰를 무시할 수도 없지. 유리우와 한 약속도 있고. 바다에 가는 거 말이야."

"그건 그렇지만."

"아, 또 눈을 뗀 사이에 내가 죽을까 그러는 거지?"

"그렇습니다. 사쿠야 님은 여러모로 한심하시니까요."

"바보 같긴. 이렇게 화사하고 즐거운 유원지에서 그렇게 쉽게 죽거나 살해되진 않아! 이만 다녀올게. 금방 돌아올 거야."

"사쿠야 님⋯⋯."

"아, 그리고 혹시 반지를 금방 찾아서 시간이 남거든 마음에 드는 탈것이라도 타고 시간을 죽이며 기다려. 아까 그 회전목마 라든가."

"왜?"

"어? 좋아했잖아?"

"딱히 좋아한 거 아니야."

이런. 마지막 농담 때문에 조수를 화나게 해버렸다.

리리테아와 헤어져 인파를 헤치고, 일단 유원지를 나섰다.

이 시간대에 입장하는 사람은 적으니까, 이 근처에 있으면 엇갈릴 일은 없겠지.

근처 벤치에 앉으려다가 목이 칼칼한 것을 느꼈다.

"오, 자판기."

근처를 둘러보다가 길 건너편에 마침 적당한 자판기와 벤치를 발견했다. 안전을 잘 확인한 뒤에 달려서 길을 건넜다.

자판기에 동전을 투입, 버튼을 누른다. 500ml 스포츠 음료가 덜컹 소리를 내며 떨어졌다.

몸을 웅크려 그걸 꺼낸── 순간의 일이었다.

끼이이이이익──!

동물의 비명 같은 브레이크 소리가 오른쪽 귀에 들려왔다.

"어?"

소리만으로 나는 상황을 이해했다.

자랑하는 건 아니지만, 이런 불길한 예감에는 익숙하다고.

내 몸은 도로를 벗어나 돌진한 승용차에 치여서, 멋지게 하늘을 날았다.

미안해, 리리테아.

나, 또 죽──.

□

"골절이야."

의사의 소견은 그랬다.

즉, 나는 죽지 않았다.

"차에 치이고 이 정도로 끝나다니, 넌 운도 좋군. 하하하."

나를 진찰한 30대 중반의 남자 의사는 검은 테 안경을 슥 밀어 올리며 웃었다.

"하지만 일단 CT 검사도 해볼까. 머리에 혹도 생겼잖아. 넘어질 때 부딪쳤겠지. 머리에 간 대미지는 얕보면 안 돼. 아무렇지도 않다고 생각하며 방심하다가, 집에 돌아간 뒤에 갑자기 픽 쓰러져서 죽기도 하거든. 뇌출혈로. 하하."

저기, 하나도 안 웃긴데요.

"와라우지 선생님, 웃는 버릇 좀 고치라고 수간호사가 항상 말하잖아요."

안쪽에 있던 20대 후반의 간호사가 기막힌 눈치로 말했다. 명패에는 '야오토메'라고 적혀 있었다.

"야단맞았군. 웃는 게 버릇이거든. 하지만 우는 것보단 낫잖아? 하하. 그리고 너, 나중에 깁스라도 해주지. 자, 이게 설명용 견본이야. 요즘 건 가볍고 튼튼해. 한 번 만져봐. 사양하지 말고."

웃는 버릇이 있는 와라우지 의사는 자기 팔에 깁스를 차고서 이쪽으로 다가왔다. 근육을 자랑하는 사람이 흔히 하는 '내 근육, 만져봐' 같은 느낌으로.

"하아……."

"마음에 들어? 그러면 이걸로 진찰 종료."

그렇게 말하더니 와라우지는 나보다 먼저 자리에서 일어섰다. 의사란 분 단위로 바쁜 모양이다.

"자, 어서 가 봐. 죽는 것도 아니니까 기운을 내고. 나? 나는 그냥 잠깐 화장실 좀. 나이가 이렇게 되면 화장실이 잦아져서. 하하하."

"오우츠키 씨, 이름을 부를 테니 복도 의자에 앉아 기다려 주세요."

진찰실에서 나올 때, 야오토메 씨가 친절히 안내해 주었다.

"왠지 김이 새네……가 아니지. 무슨 소릴 하는 거야. 딱히 죽고 싶었던 것도 아니고."

아무튼 운 좋게 나는 살았다.

육체적 피해는 오른쪽 다리의 골절과 혹, 기타 찰과상. 이상.

내 육체는 자동으로 빠르게 손상을 수복하기에 병원에 올 필요가 없지만, 사고 현장은 다른 사람도 목격했다.

분명히 차에 치이는 것을 보였는데 '괜찮아요'라고 그대로 벤치에서 사람을 기다릴 수도 없어서, 일단 형태만이라도 병원에 가기로 한 거다.

그리고 찾아보니 다행스럽게도 미즈시마엔의 코앞에 이 토오마스 종합병원이 있었다.

"아까 음료수 값에 진찰비……. 지출만 이어지네."

이번에는 등골이 휘겠──아니, 실제로 뼈가 부러졌다.

사고 때 찢어진 바지가 한심하다.

사고를 낸 차는 한눈을 판 건지 졸았던 건지, 확인할 틈도 없이 내빼버렸다.

차량 번호를 외워서 경찰에 신고했는데, 솔직히 어떻게 될까. 경찰이 잡아주면 기쁘겠지만, 솔직히 지금은 그쪽에 매달릴 틈이 없다.

그렇긴 해도 지금은 다리의 골절이 나을 때까지 얌전히 의사나 간호사들을 잘 속여야 한다.

이미 낫기 시작한 다리의 엑스레이라도 찍으면 여러모로 귀찮으니까.

네 몸은 대체 뭐냐. 정말로 인간이냐? 해부다. 학회에서 발표다, 라고 시끄러운 건 사양이다──. 아니, 괜한 걱정일지도 모르지만.

아무튼 시키는 대로 깁스까진 하지 않더라도, 자연 치유될 때까지 시간을 죽인 뒤에 씩씩하게 병원을 나서면 된다.

"화장실……도 괜찮겠지만, 진짜로 복통 환자가 달려오면 미안하고."

그때 계단이 눈에 들어왔다.

"옥상인가."

주스를 마시면서 계단을 올라갔다. 아직 좀 이상한 느낌이 들지만, 다리는 별로 아프지 않았다.

"요즘 상처가 더 빨리 낫는 것 같은데……. 기분 탓인가?"

옥상으로 통하는 문 앞에는 '출입금지' 팻말이 얌전하게 서 있었다. 과거에 사고라도 있었던 걸지도 모른다. 남들이 오지 않는 장소라면 더더욱 좋지만, 애초에 문이 잠겼으면 포기하고 돌아갈 수밖에 없다.

하지만 내 불안과 달리 손대 본 손잡이는 손쉽게 회전하여 나를 옥상으로 보내주었다.

밤바람이 얼굴에 확 닿았다.

"오오." 라는 소리가 무심코 나왔다.

옥상에서는 이제 막 시작된 야경과 미즈시마엔의 야간 장식이 한눈에 보였다. 좋은 경치라고 해도 지장이 없겠군.

수백 미터 앞의 그 괴상한 대관람차도 존재감을 발휘하고 있었다.

"아, 경치를 감상할 때가 아니지. 리리테아에게 연락해야 하는데."

의기양양하게 유원지를 뛰쳐나가서 사고를 당해 죽을 뻔하다니 꼴사납기 짝이 없지만, 거짓말할 수도 없다. 아마 숨겨도 리리테아에게는 들킬 거다.

쭉 늘어선 실외기 뒤에서 스마트폰을 꺼냈다. 다행이다. 망가지지 않았다.

"아, 여보세요, 리리테아."

통화가 연결된 순간, 시끄러운 음악이 귀를 찔렀다.

"오래 기다리게 해서 미안해. 사실은 작은 사고에 휘말려서 말이지, 지금 근처 병원에 있거든. 하지만 걱정할 일은 하나도 없어."

리리테아가 전화를 받는 것을 확인하자마자, 나는 미묘하게 켕기는 마음에 주절주절 말했다.

그런 내 말을 듣고, 리리테아는 "큰일입니다."라는 의외의 말을 했다.

"어? 무슨 일 있었어? 혹시 반지를 찾았다든가?"

『아뇨. 죄송스럽게도 그건 아직 발견하지 못했습니다. 그쪽이 아니라.』

리리테아는 아무래도 뛰면서 통화를 하고 있는지, 숨이 가쁜 게 느껴졌다. 처음에 들려왔던 음악도 금방 멀어졌다.

『유원지에서 모종의 사고, 혹은 사건이 일어난 모양입니다.』

"사건……?"

『조금 전에 트레체스가 갑자기 정지했습니다.』

"트레……뭐였더라, 그게?"

『해피 트레저 체스트 대관람차. 잘 외워둬.』

"아, 그건가. 대관람차에서 무슨 일이 있었어?"

그 말에 기억이 나서, 옥상에서 바로 보이는 대관람차를 다시금 주시했다. 조금 전에는 깨닫지 못했지만, 듣고 보니 분명히 대관람차의 회전이 멈췄다.

『그리고 정지하고 몇 분 뒤에 몇몇 스태프가 허둥대며 트레체스 쪽으로 가는 것을 확인했습니다.』

"그거, 단순히 기계의 작동 불량 아니야?"

『아뇨. 대관람차 쪽에서 돌아온 사람들과 엇갈릴 때 이렇게 외치는 것도 들었습니다. 대관람차에 타고 있던 사람이 모두 죽었다고요.』

"사망자가 있나. 큰일이군……. 어? 미안한데, 지금 뭐라고 했어? 모두?"

바람을 피하듯이 몸을 웅크리면서 다시금 물었다.

"대관람차에 타고 있던 사람이……?"

『승객이.』

"모두 죽었어?!"

즐거운 전등 장식과 조명으로 채색된 대관람차 안에서?

갑자기 현실과 동떨어진 정보가 들어와서 뇌가 제대로 처리하지 못하고 있다.

『저는 지금 현장으로 가는 중입니다.』

"알았어. 나도 바로 가지."

모르는 대로 행동만 결의했다. 가도 뭘 할 수 있을 것 같지도 않지만.

"사건 현장과 마주쳤다면 탐정으로서 무시할 수도 없지."

내 말에 리리테아가 어딘가 만족한 듯한 숨결을 흘렸다.

『바로 그렇습니다. 아버님, 타츠야 님이라면 틀림없이 솔선해서 현장에 뛰어드셨겠지요.』

"그만둬. 오우츠키 타츠야란 탐정은 현장을 파괴했다가 재구축하고, 최종적으로 사건 그 자체나 정서나 여운 같은 것까지 죄다 날려버리고 떠나는 남자야. 나는 아버지처럼은 될 수 없고, 되지도 않을 거야."

그런 본심을 전했다.

『사쿠야 님의 부친평은 언제 들어도 유니크합니다. ……그런데 사쿠야 님.』

"왜?"

『피도 님과는 합류하셨습니까?』

아픈 곳을 찔렸다.

"어…… 아니, 그게 아직이야. 나도 이런저런 일이 있었거든. 피도에게서 연락은 오지 않았으니까 아직 이쪽으로 오고 있을 거야. 하지만 영국 최고의 탐정이라는 소리를 들을 정도고, 피도가 그 사건에 관여하면 내가 나설 자리는 없을지도 모르지."

『또 그렇게 약한 말씀을. 추리 대결이라도 벌일 정도의 기개를 보여주세요.』

리리테아의 격려를 들은 뒤에 전화를 끊은 나는 문 쪽으로 돌아왔다.

"아! 오우츠키 씨!"

그때 간호사와 맞닥뜨렸다. 진찰 때 있던 야오토메 간호사다. 마침 문을 열고 나온 참이었던 모양이다.

"겨우 찾았네! 어디 갔었나요! 복도에 없어서 찾았다고요!"

"죄송합니다, 길을 잃어서."

"자, 얌전히 아래층에서 기다려 주세요. 그리고 여기는 출입금지입니다."

나는 아이처럼 야단맞으며 옥상을 뒤로했다.

야오토메 간호사와 헤어진 뒤, 나는 곧바로 1층으로 내려갔다. 방금 막 야단맞은 차에 솔직히 미안하지만.

접수처 앞을 뻔뻔하게 통과해 병원을 나섰다.

일단 정산 카운터에는 진찰비로 넉넉히 돈을 놓고 왔지만, 무슨 문제가 생긴다면 상황이 진정된 뒤에 다시 오자.

병원 앞의 길은 인도가 넓고 지나가는 사람은 적었다. 이대로 미즈시마엔까지 길을 따라 걸어가도 좋겠지만, 그보다 중간에 있는 공원을 가로지르는 것이 더 빠르겠다.

인도에서 벗어나서 공원에 들어가자, 바로 인공적으로 조성된 숲이 하늘을 가렸다.

"이 공원, 리리테아를 따라서 낮에 몇 번 온 적이 있는데, 밤에는 이렇게 어둡나."

가로등이나 조명을 더 설치하면 좋을 텐데. 주변에는 주택가도 없어서 밤에는 사람도 적다.

"이래선 여자나 애들은 다니기 힘들겠어……."

그렇게 남 걱정을 하고 있는데── 갑자기 시야가 흔들리고 흐려졌다.

솔직히 진짜로 두 눈이 튀어나와 바닥에 떨어진 줄 알았다.

"컥……?! 뭐, 뭐……."

다리에서 힘이 빠져서 지면에 무릎을 꿇고 엎어졌다. 키이잉 하는 소리가 울리며 청각이 맛이 가고 모든 소리가 멀어졌다.

머리에 묵직한 통증. 얻어맞았나?

출혈은?

바로 손으로 확인하려고 했지만, 마비되어서 움직이지 않았다. 내 몸은 순식간에 치명적인 대미지를 입었다.

"누……누구……야?"

쓰러진 채로 뒤돌아봤다.

누군가가 거기에 서 있었다. 어두워서 얼굴은 잘 안 보였다.

누구? 뭐로 맞았지?

뒤에서 내 머리를 때리고…… 그렇긴 해도 묘한 감각이…… 시야가…… 흐려진다. 아아──.

틀렸다. 제대로 머리가 돌아가지 않기 시작했다. 사고가 의미를 잃는다. 뇌출혈? 뇌의 중요한 부분을 다친 모양이다.

리리테아에게…… 전화를…… 공원, 대관람차…… 피…… 도──.

그 누군가가 쓰러진 나를 향해 또 흉기를 내리쳤다. 대단한 완력이다.

"하필이면 탐정이라니, 웃기지도 않아."

죽어가는 나를 향해, 남자는 그렇게 말했다.

Y. 데린저의 인사 −2−

 여기서 기다려라. ──그 말과 함께 억지로 들어가게 된 곳은 맨션의 한 방이었다.

 끌려오는 도중에 스마트폰이나 짐은 모두 빼앗겼다. 이동하는 차 안에서는 눈도 가려졌기에 여기가 어디쯤인지는 확실하지 않지만, 그래도 대충 예상은 간다.

 열심히 차를 뱅뱅 돌린 모양이지만, 애석하게도 루치아노 패밀리의 세력권 지도는 전부 머릿속에 있다.

 자기들의 힘이 미치지 않을 만큼 먼 곳으로는 데려가지 않을 테니까, 여기는 그 카페에서 그리 멀리 떨어지지 않았을 터.

 창문에 블라인드를 쳐서 실내는 어둑어둑하다. 그래도 꽤 화려하고 비싸 보이는 가구나 그림, 인테리어가 눈에 들어왔다.

 루치아노 패밀리는 오랫동안 자잘한 악행에 손을 물들인 작은 마피아 조직이었다. 하지만 무슨 일이 있었는지, 최근 몇 년 동안 단숨에 그 세력을 확대했다. 여기는 그 기세를 증명하는 듯한 방이었다.

 그렇긴 해도 취미 참 고약하네. 허영의 세계 대회가 열린 느낌이다.

"상아 장식은 오랜만에 보네."

"네 마음에 안 든다면 내일이라도 전부 팔아버리지."

혼잣말이었는데 대답이 있었기에 돌아보자, 문 앞에 루치아노가 서 있었다.

"여기는 건물이 통째로 우리의 소유물이고, 이 방은 내 개인실이야. 자, 유류, 겨우 단둘이 되어서 기쁘지만, 며칠 내로 너를 넘겨야만 하겠어."

"넘겨? 누구한테?"

"그건 네가 알 필요가 없는 일이지."

적어도 경찰은 아니겠지.

나는 옆에 있는 테이블에 앉아서 하이힐을 흔들며 말했다.

"내가 쫓는 정보는 꽤 껄끄러운 거였나 보네. 천하의 루치아노 패밀리가 꼬리를 흔들며 나를 헌상하려고 할 정도의 상대라니, 대체 어디의 누구일까?"

"좋아, 유류. 그래야 너답지. 소문으로 들은 대로 좋은 여자야. 정말로 내놓기 아깝군."

내 도발을 듣긴 한 건지, 루치아노는 어깨를 떨며 웃었다.

"그런데 이 드레스는 뭐야?"

나는 지금 내가 입고 있는 순백의 드레스에 대해 설명을 요구했다. 이 방에 갇히자마자 이걸 입고 기다리라면서 떠넘긴 물건이다.

루치아노는 "잘 어울리는군. 아름다워."라고 말했다.

"너와의 시간은 1초도 낭비하고 싶지 않아. 그러니까……."

"그러니까?"

"결혼하자."

"뭐……?"

"설령 단 며칠 동안이라도 좋아. 너를 아내로 맞은 남자가 되고 싶다."

"즉, 이건 웨딩드레스란 소리?"

아, 틀렸다. 눈이 진심이야.

직감으로 이해했다.

이 남자는 진짜로 나를 사랑하고 있다.

"나도 암흑가에서 사는 남자야. 네가 얼마나 위험한 여자인지는 잘 알지, 엠프레스(여제). 이름도 모습도 정체도 바꾸고, 화장 하나로 어떤 여자로든 변신하고, 전 세계를 넘나들며 수많은 위정자를 노예로 삼은 마성의 여자. 오랫동안 만나고 싶었다. 언젠가 내게 강림해 주기를 꿈꿨다."

"남자의 꿈이 오늘 이루어졌단 소리?"

그 황당함에 무심코 웃음이 치밀었다.

이거야 원. 이게 인생 몇백 번째의 프러포즈일까.

웃음을 참으며 다시금 방 안을 둘러봤다.

벽도 바닥도 유리창도, 탄환을 통과시키지 않을 만큼 두꺼운 특제. 근거는, 소리를 냈을 때 벽에서 돌아오는 반향, 걸을 때 바닥의 딱딱함, 밖에서 들려오는 소리에 대한 차음성── 알아낼 방법은 얼마든지 있다.

조직 보스의 개인실답다고 할 만큼 철저하게 안전한 구조다.

정보를 얻으려고 일부러 잡혔는데, 빠져나가려면 조금 고생해야겠네.

"당장에라도 식을 올리자. 최고의 피로연을 하지. 네게는 아무 고생도 시키지 않아. 반지는 내일에라도 준비하겠어. 내 사랑을 받아주겠지?"

루치아노는 자기 마음 말고는 싹 무시하는 듯이 열정적으로 말했다.

곤란해졌다고 생각하고 있자, 방에 루치아노의 부하가 들어와 귓속말했다.

"보스, 녀석이 왔습니다. 아래에서 기다리게 했습니다."

"그 트레저 헌터 말인가……. 알았다."

루치아노는 노골적으로 김이 샌 얼굴을 했지만, 곧 미소를 지으면서 이쪽을 돌아봤다.

"미안하군, 유류. 먼저 작은 일을 좀 정리해야겠어. 잠깐만 여기서 기다려. 아, 테이블 위의 와인은 마음대로 마셔도 돼. 냉장고에는 각국의 맥주도 있어. 과일이 좋다면 가져오게 하지. 여기 피오에게 마음 편히 말해."

준비시킨 모든 배려를 자랑하고선, 그는 시원스럽게 방을 나갔다.

방 안에는 루치아노가 피오라고 부른 남자만이 남았다.

피오는 키가 2미터 정도 되는 거한으로, 모든 감정을 집에 두고 온 듯한 인상으로 나를 감시했다.

손가락 하나 대지 않겠습니다. 당신이 여기서 나가려고 하지 않는다면.

거한의 눈은 그렇게 말하고 있었다.

자, 이걸 어떻게 한다.

2장 좋잖아, 멋지고.

"잘 돌아오셨습니다."

되살아나자, 거기는 어둑어둑하고 으스스한 방 안이었다.

누워 있던 내 시야에는 썰렁한 천장과 리리테아의 얼굴이 들어왔다.

미소 짓는 것도, 슬퍼하는 것도 아닌, 이럴 때의 리리테아 전용 같은 표정으로 나를 내려다보고 있었다.

내 뒤통수에는 부드러운 다리의 감촉이 있었다.

"리리테아……. 나는."

"또 죽고 말았나요, 사쿠야 님."

"그런가 보네."

다소 비틀거리면서 몸을 일으켰다.

"여기는……?"

"토오마스 종합병원의 영안실입니다."

"영안실……."

죽었다 다시 살아나기에 더없을 정도로 딱 맞고, 더없을 정도로 웃기는 장소다.

살펴보니 리리테아는 안치용 침대에 앉아 있었다. 그렇게 내

머리를 무릎 위에 두고 되살아나는 것을 기다려준 거겠지.

"리리테아가 내 시체를 발견하고 여기로 옮긴 거야?"

"아뇨. 대관람차에 도착하여 정보를 모은 뒤 다시금 사쿠야 님에게 연락을 취했는데, 통화가 되지 않았기에 불안한 느낌이 들어서 병원으로 향했습니다. 그 뒤로 36분이 경과했습니다."

특수한 침대는 어른의 허리 높이쯤 된다. 무의식적으로 그러는 걸까, 리리테아는 침대 아래로 늘어뜨린 다리를 움직이며 말했다.

"접수처에서 사쿠야 님의 특징, 그리고 관계자임을 전하며 조사해달라고 했더니, 교통사고에 휘말려 사망했다는 말과 함께 이쪽으로 안내받았습니다. 그랬더니 침대 위에 불귀의 객이 된 사쿠야 님이."

"아니, 돌아왔잖아……. 그보다 뭐? 교통사고?"

"예. 사고로 머리를 심하게 부딪친 탓에 뇌출혈이 일어난 것이 원인이라고 들었습니다. 이동 도중에 사고가 나다니, 사쿠야 님은 한심합니다."

"말도 안 돼! 아니, 사고는 당했어. 하지만 그건 골절로 끝났다고. 진짜야! 오히려 김이 샐 정도였어. 하지만 그 뒤에 병원을 빠져나가서…… 그래! 그 공원에서 누가 습격했어!"

"그건 꿈 아닙니까? 사실은 처음 사고 때 이미 죽었는데, 자기가 죽은 것을 깨닫지 못하고 유령이 되어 방황한 것 아닙니까?"

"무서운 소리를 하지 마! 농담하는 것도 아니고!"

"농담 맞습니다."

"아니, 리리테아, 어느새 그런 고약한 농담을 배운 거야?"

이거 좀 야단쳐야겠다 싶어서 분노하고 있자, 리리테아는 휙 고개를 돌렸다.

"그러니까 말했는데. 리리테아를 놔두고 혼자 가니까. 바보 같은 사람."

아아, 볼을 불룩거리고 있다.

"잠깐만 눈을 떼면 이러죠. 가능하면 사쿠야 님의 바지 주머니에 숨어서 항상 감시하고 싶을 정도입니다."

"으으……. 그건 미안해."

"찢어진 바지, 누가 고치지?"

"리리테아, 입니다……."

분노가 순식간에 시들었다. 그런 나를 보고 만족했는지, 리리테아는 두 손으로 귀엽게 입가를 가리며 웃었다.

오, 이건 화제를 다음으로 넘겨도 좋다는 신호로군.

나는 물 흐르듯이 내가 죽을 때의 상황을 설명했다.

"공원의 어둠 속에서 습격당했습니까. 세상 참 흉흉하군요."

"무슨 둔기로 얻어맞았는데, 흉기가 뭐였는지 모르겠어."

"죽을 때 볼 수도 없었던 거군요."

"그래. 게다가 범인의 얼굴도. 하지만…… 그 감촉……."

무심코 내 머리를 만졌다. 대단하게도 상처는 이미 다 아물어 있었다.

"뭐 마음에 걸리는 거라도 있습니까?"

"으음, 왠지 모르게 머리에 남은 감촉이 말이지……. 하지만 지금은 됐을까. 그보다도 중요한 건 애초에 내가 대체 누구에게, 왜 죽어야만 했을까 하는 점이야."

"짚이는 바는 없습니까?"

"보아하니 금품을 털린 흔적은 없으니까 강도는 아니고…….
짚이는 바가 있다면…… 나를 차로 치고 도망친 사람일까? 예를 들어서 처음부터 나를 죽일 작정으로 차로 돌진했는데 못 죽였으니까, 이번엔 확실히 끝장을 내려고 쫓아왔다든가."

나를 죽일 생각이었고, 지금 그런 짓을 할 만한 것은——.

"세븐 올드맨 중 누군가……?"

"사쿠야 님의 처지를 생각하면, 그럴 가능성도 충분히 있다고 생각합니다만……."

리리테아의 표정은 밝지 않았다.

"뭔가 석연찮아?"

"아뇨, 됐습니다. 지금 여기서 생각해도 답은 안 나옵니다."

왠지 오늘은 석연찮은 일밖에 없다.

"그렇지. 정말로 재수 없게 살인마에게 걸린 걸지도 모르고."

정말로 답이 나올 것 같지 않다. 우리는 추측과 고찰을 일단 접기로 했다.

리리테아가 침대에서 내려가서 내게 손을 뻗었다.

"일단 병원을 나가죠. 트레체스 사건도 마음에 걸립니다."

"그래! 대관람차! 그쪽 사건도 있었지. 하지만 멋대로 나가도 괜찮을까?"

아까도 그랬던 주제에 이런 말 하면 이상하다는 것을 잘 알지만, 이번에는 시체로 운반된 몸이니까 더 마음에 걸렸다.

　그러자 리리테아가 센스 있게 말했다.

　"병원은 사람의 생명을 구하는 장소. 죽은 사람에게는 볼일이 없겠죠."

　피차 볼일이 없다──. 그 중의적인 느낌이 나쁘지 않다.

□

　미즈시마엔으로 이동하는 동안, 리리테아에게서 미즈시마엔에서 일어난 사건에 대해 들었다.

　현장은 얼마 전에 리뉴얼한 대관람차.

　발각된 것은 오후 5시 반 정도.

　스태프 한 명이 한 바퀴 다 돌고 내려온 곤돌라의 문을 열고 승객을 내리려고 했을 때 이변을 알았다고 한다.

　"아무리 기다려도 안에서 승객이 나오지 않아 이상하게 여겨 안을 봤더니, 안에서 살해당한 상태였다고 합니다."

　리리테아는 자기 감정이나 주관을 넣지 않도록 애써서 담담히 말했다.

　"곤돌라 안에 있던 승객은 한 명. 10대 후반 정도의 남자라고 합니다. 그 남자는 등을 나이프로 깊게 찔려서 의자에 엎드리듯이 숨을 거둔 상태였다고 합니다."

　그걸 보고 기겁한 스태프. 하지만 대관람차는 무자비하게도 계속 돌았다.

그대로 다음 곤돌라가 돌아왔다.

그랬더니—— 다음 곤돌라에서도 죽은 사람이 있었다.

"이번에는 40대 중반의 부부. 양쪽 다 입에서 거품을 물고 몸부림치듯이 죽어 있었다고 합니다."

대관람차는 계속해서 돌았다.

사람이 없는 곤돌라를 하나 건너뛰고, 다음에는 초로의 여자가 날붙이로 목을 찔려서——.

두 개를 건너뛴 다음에는 20대 후반의 남자가 가슴에 나이프를——.

차례대로—— 곤돌라가 시체를 운반했다.

스태프는 패닉을 일으키고 곤돌라를 멈췄다.

결국 총 32기의 곤돌라 중 약 절반, 15기의 곤돌라에서 희생자가 발생하는 사태가 되었다.

그것도 대관람차가 한 바퀴 도는 약 10분 사이에——.

우리가 미즈시마엔에 돌아왔을 때, 유원지 안에는 이미 혼란이 퍼지고 있었다.

우리와 엇갈리는 형태로 출입 게이트에 들것이 운반되고 있었다.

경찰은 아직 도착하지 않은 모양이다.

"너무 뜻하지 않은 일이라서 신고가 늦어진 모양입니다. 병원이 바로 코앞이었기에 구급차는 즉각 불렀다고 합니다만, 경찰은 다들 누군가가 신고했을 거라고만 생각한 모양이라."

대관람차는 멈췄지만, 유원지 자체를 봉쇄해야 할지 스태프도 아직 대응을 정하지 못한 모양이었다.

최종적인 사망자가 몇 명이나 될지 아직 짐작도 가지 않는다.

"큰일이 벌어졌군요."

"그래. 우리도 유원지라고 해서 들뜰 때가 아니야."

"우리?"

내 말에 리리테아가 반응했다.

"저는 딱히 들뜨지 않았습니다만."

"어? 하지만 아까 전화했을 땐 혼자 타고 있었잖아? 회전목마."

악의 없이 말하자, 순식간에 리리테아의 작은 얼굴이 붉게 물들었다.

"어떻게!"

"아, 전화 너머로 회전목마의 음악이 들렸으니까 그렇지 않을까 했는데. 아니었어?"

"타지 않았어! 리리테아는 그냥 줄만 섰을 뿐!"

타려고 했던 거잖아.

현장에 도착해 보니, 이미 피해자들은 남김없이 곤돌라에서 꺼낸 뒤였다.

스태프는 현장을 멀찍이서 구경, 혹은 촬영하는 일반객을 멀리 떼어내느라 애쓰고 있었다.

밤하늘에 덩그러니 드러난 대관람차. 이런 사건이 일어난 직후에 보니, 왠지 무시무시한 식인 머신처럼도 보였다.

더 가까이 가려고 군중 사이에서 빠져나가자 바로 여자 스태프에게 제지당했다.

"죄송합니다. 지금은 가까이 가지 마세요."

"아, 오우츠키 사쿠야라고 합니다. 이래 보여도 탐정업을 하고 있는데, 경찰의 도착이 늦어지는 모양이니까 뭔가 힘이 될수 있을까 싶어서 와봤습니다."

"어? 탐정? 당신이?"

"예. 이런 현장에는 비교적 익숙한 편이라 생각합니다."

그렇게 조심스럽게 어필해보자, 안쪽에 있던 다른 남자 스태프가 "뭐라고?" 하고 소리를 질렀다. 이거 효과 있나 싶었더니 그는 이어서 이렇게 말했다.

"또 탐정인가! 탐정이라면 이미 왔어!"

"이미 왔어?"

지금 좀처럼 들을 리 없는 말을 들었다. 언제부터 탐정이 신문이나 우유가 된 걸까.

"자, 물러나, 물러나!"

그대로 쫓겨날 것 같았을 때, 게이트 쪽에서 맑고 고운 목소리가 들렸다.

"너, 지금 오우츠키라고 했어?"

스태프 사이를 누비듯이 나타난 것은 블라우스 위에 고급스러운 느낌의 조끼를 입은 밝은 금발 외국 소녀였다.

"말했지? 응?"

나이는 나와 비슷한 정도.

발치에는 오래 쓴 밤색 트렁크가 있고, 그 옆에는 아주 눈빛이 예리한 중형견이 얌전히 있었다.

소녀의 애견일까. 외국 소녀와 개. 말로 잘 표현하기는 어렵지만, 잘 어울리는 조합으로 보였다.

"그러면 네가 사쿠야 오우츠키네! 타츠야 씨의 아들!"

소녀는 호의적인 분위기를 띠면서 이쪽으로 다가왔다. 반바지에서 엿보이는 건강한 느낌의 맨다리가 눈부시다.

"그런, 데요……."

내 대답을 듣자, 소녀는 바로 근처 스태프에게 이렇게 말했다.

"그렇다면 통과시켜 주세요. 아주 우수한 탐정일 겁니다."

"어, 어어……. 그렇게 말씀하신다면야."

덕분에 통과했으니까 그 진언은 고맙지만, 허들을 너무 올리면 좀 그렇다.

"처음 보는 거지! 만나서 기뻐."

소녀는 분위기를 띄우듯이 두 팔을 활짝 벌리며 웃었다.

"그렇다면…… 당신이 피도?"

"그것참, 이 유원지에 오자마자 큰 사건과 맞닥뜨렸는데, 탐정이라고 했더니 왠지 협력하는 흐름이 되었어."

그 목소리는 아까 전화로 들었다. 하지만 말투는 전혀 다른 사람 같았다. 아까는 왠지 무기력한 늙은 군인 같은 투였는데, 이번에는 딴사람처럼 밝고 친근한 분위기였다.

일본어에 익숙지 않아서 어조가 안정되지 않은 건가?

내가 작은 의문에 사로잡힌 사이에도 소녀는 두 팔을 벌린 채로 기다리고 있었다.

"어?"

당혹스러운 기색인 내게, 그 몸을 가볍게 흔들면서 어필했다.

나는 두 박자 정도 늦게야 상대의 의도를 깨달았다.

"아! 허그! 그런가, 미안, 미안!"

외국의 습관에 허둥대면서 가볍게 포옹했다.

설마 영국 최고의 탐정이 또래일 줄이야. 놀랍다.

세계는 넓다——고 뒤늦게 감동하고 있자, 피도가 그 자세로 내게 이렇게 속삭였다.

"이쪽도 휘말려서 큰일이지만, 너도 큰일이었던 모양이네."

"어떻게 그걸⋯⋯?"

아까 공원에서 있었던 일이 떠올라서 무심코 가슴이 뛰었다.

"찢어진 바지와 더러워진 재킷을 보면 알지. 나는 알아. 사쿠야, 너는 여기에 오기 전에 도로에서⋯⋯."

역시나 이름 있는 탐정. 만나자마자 내 모습을 보고 프로파일링을 시작했다. 그 셜록 홈스 뺨치는 예리한 추리를 볼 수 있겠다.

"차에 치일 뻔한 개를 아슬아슬하게 구해준 거지? 난 아까 이 유원지 밖에서 강아지를 봤어. 그 애, 자판기 뒤에서 떨고 있더라고. 바로 옆에는 자동차 타이어 자국이 남아 있었고. 그걸로 깨달았어. 사쿠야가 내 전화를 받을 수 없었던 것은 작은 생명을 구했기 때문이라고. That's Q.E.D!"

"아니, 그건 아닌데."

전혀 예리하지 않았다. 억지 논리, 자기 입맛에 맞는 망상. 완전 틀렸다.

"어! 아니야? 어, 어라…… 이상하네~."

괜찮은 거냐, 탐정 피도.

"That's Q.E.D라는 건 뭡니까. 두 번 다시 말하지 마세요. 그런 촌스러운 말은 우리 리리테아가 끔찍하게 싫어합니다. 그렇지, 리리테아?"

"이럴 때 제게 화제를 돌리지 마세요. 인사가 늦었습니다. 저는 사쿠야 님의 조수를 맡은 리리테아라고 합니다."

갑작스러운 패스에도 꿈쩍 않고, 리리테아가 자연스럽게 인사했다.

"리리테아! 잘 부탁해!"

피도가 리리테아에게도 허그를 요구하고, 리리테아는 익숙한 느낌으로 거기에 응했다.

그 멋지고 아름다운 국제교류의 모습에 눈을 가늘게 뜨면서 다시금 그녀를 환영했다.

"피도 씨, 먼 나라에서 잘 오셨습니다."

"오랜만에 와서 나도 기뻐! 어라? 피도라니, 내 이야기야?"

하지만 인사 도중에 갑자기 피도가 놀란 표정을 띠었다.

"어? 그러니까 당신이 명탐정 피도……지요?"

거듭해서 물었다.

하지만 그녀는 고개를 내저었다.

"아닌데?"

"어라? 그럼 너는 누구야?"

"나는 벨카. 벨카 제플린! 피도의 유일무이한 조수야!"

"조수! 아, 그렇구나, 조수! 그렇다고 말해주면 좋았을 텐데. 나는…….."

"미안, 미안! 도착하자마자 일이 많아서 자기소개가 늦었네."

진짜 정신없다. 하지만 그렇다면 아까 추리가 틀린 것도 이해된다.

"하지만 전화로는 네가 피도라고 하면서 말하지 않았던가?"

"그건 그렇지. 그때는 내가 피도 선생님의 말을 그대로 너한테 전하고 있었으니까."

"아하, 영어를 통역해 주었단 소린가."

"아니, 통역은 통역이긴 한데…….."

뭐가 뭔지 잘 모르겠다.

"그래서 정작 중요한 피도 씨는 어디에……?"

"무슨 소리야. 피도 선생님은 아까부터 쭉 여기 있잖아! 봐!"

피도……가 아니라 조수 벨카는 두 팔을 요란하게 움직여 짠! 하듯이 피도 본인을 소개해 주었다.

그것은 벨카의 옆에 아까부터 얌전히 있던── 개였다.

"어?"

간신히 자기에게 화제가 넘어온 것을 눈치챘는지, 아래에서 나를 날카롭게 노려봤다.

"이 개가……? 그건…… 브리티시 조크?"

"No!"

"어……어엇?! 이 개가 명탐정 피도?!"

'어떻게 생각해?'라는 심정으로 무심코 리리테아를 봤다. 하지만 리리테아는 꿈쩍도 하지 않았다.

"사쿠야 님, 모르셨던 겁니까?"

"리리테아는 알고 있었어?! 뭐야, 말해주면 좋았을 텐데!"

"영국에서 이름 높은 탐정님이십니다. 동업자로서 당연히 아실 거라고 생각했는데요."

그런 식으로 말하면 끽소리도 안 나온다.

"사쿠야 님, 앞으로 탐정으로서 일해 나가시려면, 그 업계에 조금 더 흥미를 갖고 견식을 넓혀 주세요. 리리테아는 걱정입니다."

그런 소리를 들으면 기가 죽는다. 아버지에게서 사무소를 맡은 지 얼마 안 되는 신출내기로서는 '공부하겠습니다' 소리밖에 할 수 없다.

"하지만 설마 개라니……. 으음, 그렇군. 놀랐어……."

세계는 넓고, 미스터리로 가득하다.

경탄하는 나를 흐뭇하게 바라보던 벨카가 갑자기 입을 열었다.

"애송이, 경탄해서 눈알이니 X알이니를 바닥에 떨구든 말든 네 마음이지만, 허둥대는 건 5초로 끝내라. 그 이상은 무능한 것들이나 하는 짓이다."

"어……? 벨카…… 지금 뭐라고……?"

나는 봤다. 그 매서운 말이 벨카의 입에서 나오는 것을. 확실히 보고, 들었다.

정신이 멍해져서 벨카를 보자, 다급히 두 손의 검지로 피도 쪽을 가리켰다.

"아, 오해하지 마! 이건 선생님 말씀이니까!"

"무슨 소리?"

"즉, 벨카 씨가 피도 님의 말씀을 인간의 말로 통역해서 대신 말씀하셨다는 소리입니까?"

"그런 거다. 거기 아가씨 쪽이 이해가 빠르군. 훨씬 탐정다워.——아, 이것도 선생님 말씀이야."

"개와 대화할 수 있다는 건가……. 리리테아, 믿어도 될까?"

슬쩍 귀엣말을 건네자, 리리테아는 "좋잖아. 멋지고." 라고 진지한 얼굴로 말했다.

"애초에 사쿠야 님, 남을 보고 뭐라 할 처지입니까?"

그건 그렇다.

죽어도 다시 살아나는 내가 남더러 뭐라 할 자격은 없다.

유명한 탐정이 사실은 개고, 그 조수는 개와 대화할 수 있다. 때로는 그런 일도 있는 모양이다.

놀라움의 연속이라서 현기증이 나기 시작했지만, 지금은 받아들여서 이야기를 진행할 수밖에 없다. 진위는 조만간 확실해지겠지.

"그쪽에서 속닥거려도 내 귀에는 다 들리는데. 타츠야의 아들이라고 하기에 어떤 놈이 튀어나올까 싶어서 보러 왔더니만. 이거야 원, 뭐 이런 얼간이가 등장하셨나."

벨카——를 통해 피도가 말했다.

그 말을 대변할 때, 벨카의 목소리는 조금 낮게 가라앉는 모양이다.

잘 보니 벨카가 통역하기 직전에는 항상 피도가 "워우." 라든가 "끄응." 하고 작게 울었다.

"피도, 실은 당신에게 협력을 요청하려고 했습니다. 아버지의…… 아니, 세븐 올드맨의 정보를 모으기 위해서."

"흥, 그럴 것 같았지. 하지만 지금은 눈앞의 사건이 먼저다. 일본의 회전초밥이란 것은 우선 눈앞에 나온 접시부터 처리하겠지?"

내 초조함을 비웃듯이 피도가 재주도 좋게 한쪽 눈을 치켜세우고 대관람차를 올려다봤다.

"다수의 사망자를 내고 혼란의 도가니에 빠진 대관람차다. 자, 애송이, 너라면 어떻게 추리할 거지? 세븐 올드맨에게 접근해서 놈들을 어떻게 하고 싶다는 마음이 진짜라면, 조금은 예리한 모습을 보여라."

피도는 나를 시험하려고 한다. 여기서 아무것도 못 하면 협력해 줄 수 없다. 그렇게 말하는 것이다.

"해보겠습니다."

평소의 나라면 조금 더 보험을 드는 식으로 말하겠지만, 지금은 목적이 있다. 그걸 위해서는 피도의 힘이 필요하다. 힘을 빌리려면 일단 인정받아야만 한다.

그렇다면 할 수밖에 없잖아.

"보여주지. 이 오우츠키 사쿠야 님의 추리를."

"사쿠야 님, 그 말은 좀 유치합니다."

"아, 안 돼?"

"자기 이름에 '님'을 붙이는 점이 심각하네요."

오늘도 리리테아는 신랄하다.

트레체스는 미즈시마엔의 서쪽 끝, 구석진 곳에 세워졌다. 그 사실은 팸플릿의 지도를 통해 미리 알고 있었지만, 실제로 보니 유원지의 바로 옆에 강이 흐르는 것을 알 수 있었다.

"이렇게 보면, 대관람차의 원 중 왼쪽 끝은 일부가 강 위로 삐져나가는군."

그것은 사람에 따라서는 제법 스릴 있는 일이며, 좋은 전망일지도 모른다.

강 건너 건물들의 불빛이 어두운 수면에 반사되어 흔들리고 있다.

이 주변 일대는 매립지라서 바다가 멀지 않기에, 강폭은 넓고 강의 흐름은 완만했다. 때때로 뭔가 커다란 물고기가 뛰어올라서 수면에 물보라가 튀는 것이 보였다.

다시금 트레체스 주변을 돌아본 뒤, 탐문을 시작했다.

"사건이 일어났을 때, 뭔가 이상한 점은 없었습니까?"

사건 발생 당시 트레체스의 게이트 근처에서 근무했다는 여자 스태프인 아쿠타자와 씨를 소개받아서 이야기를 들었다.

피도와 벨카는 나서지 않겠다는 듯이 우리 뒤에서 대기하고 있지만, 귀를 잘 기울이고 있는 기색이다.

"시각, 청각, 후각, 촉각. 어느 쪽이든 좋습니다만."

아쿠타자와 씨는 창백한 얼굴로 "그게……."라고 말했다.

"너무 갑작스러운 일이라……."

아쿠타자와 씨는 빨간 스태프 모자 뒤쪽으로 말꼬랑지처럼 묶은 머리가 튀어나온, 체격이 좋은 여자였다. 하지만 지금은 충격 때문에 어깨를 움츠리고 있었다.

"사건 발생 당시, 트레체스는 나름 성황이었나 보죠? 절반 정도 찼다고 하던데."

"그건, 예. 반값 할인의 효과는 솔직히 별로 기대하지 않았지만요, 어쩌면 효과가 있었던 거 아니냐고, 스태프들끼리 말한 적이 있어요……. 하지만 설마 이런 일이 일어나다니."

"기대하지 않았다고요? 흐음. 그리고 탑승객 전원이 희생된 겁니까?"

"그래요! 끔찍한 상황이었어요……. 그래도 아직 구할 수 있을 것 같은 사람도 있었고, 일단 구급차를 불러야 한다고 필사적으로……."

"현장 주변에서 수상한 사람은 못 봤습니까? 서둘러 떠나는 사람……이라든가."

"그게……. 죄송합니다. 그때, 그런 여유는……."

어쩔 수 없다. 스태프가 보자면 악몽 같은 상황이다. 냉정하게 주위를 관찰하고 기억할 여유 따윈 없었겠지.

"달리 이상했던 점은 없습니까? 뭐든지 좋으니까요."

만일을 위해 다시금 물어보자, 아쿠타자와 씨는 "구태여 말하자면."이라는 전제를 깔더니 이런 이야기를 들려주었다.

"일륜 관람차를 리뉴얼해서 트레체스로 바꾼 직후부터 말인데요. 이상한 소문이 돌기 시작했어요. 인터넷 같은 곳에."

"소문?"

"애들이 좋아할 소문이죠. 말하자면 트레체스에는 악령이 붙었다……라는 식으로."

"공포 괴담 같은 겁니까. 개장하기 전에는 그런 이야기가 없었죠? 일륜 관람차에 들러붙은 유령이나 요괴 같은 이야기는."

"없었어요. 최근 갑자기 생겨났어요. 그렇긴 해도 일부 사람만 신나게 떠든 모양이지만……. 애초에 평판도 안 좋은데 으스스한 소문까지 도니까, 한층 더 손님이 멀어져서."

"아하, 그러니까 반값 할인도 별로 기대하지 않은 거군요?"

소문의 출처는 결국 알 수 없다고 말했다.

새로 단장한 놀이기구에 악령이 들러붙는다는 이야기는 솔직히 와닿지 않지만, 이번 사건과 전혀 무관계라고 해도 좋을까?

대관람차의 악령이 승객을 차례로 죽였다?

아니, 아니지.

설마 그런 일은 없겠지만, 그래도 당사자와 무관한 수많은 대중은 그렇게 결부시켜서 납득할지도 모른다.

사람은 때로는 거짓이라고 알면서도 재미있는 가짜 이야기를 진실보다 더 퍼뜨리는 법이다. 그것이 자기와 관계없는, 모르는 동네의 모르는 유원지의 사건이라면 더더욱.

자, 들을 건 다 들었다.

나와 리리테아는 아쿠타자와 씨에게 인사하고 그 자리를 떠나려고 했다. 하지만 바로 다른 젊은 남자 스태프에게 붙잡혔다.

"저기……. 정신없는 도중이라서…… 자신은 없는데 말이죠……."

이야기를 들어보니, 그는 아쿠타자와 씨가 처음에 지른 비명을 듣고 제일 먼저 달려온 사람 중 한 명이었다.

"뭔가 봤습니까? 스태프 여러분도 정신없었던 모양이지만."

"그야 곤돌라에 탄 사람들이 차례로…… 그런 모습으로 돌아왔으니까 패닉이었지요. 일단 운반하느라 바빠서……. 그런데 그때 나는 왠지 모르게…… 무슨 위화감이 있어서."

"그 말씀은?"

"쓰러진 손님들을 밖으로 꺼낼 때, 일단 급하니까 저쪽 게이트 옆에 나란히 눕혀놨습니다. 죄송합니다. 안 그러면 도저히 시간이 부족해서……."

"그건…… 그렇지요."

언젠가 TV에서 봤던 버라이어티 방송의 기획을 떠올렸다. 차례로 밀려드는 회전초밥을 남김없이 먹어 치우는 기획이었다. 이 사람의 경우, 그것의 제일 안 좋은 패턴을 맛보았던 것이다.

"그리고 그다음에는 여기서 조금 안쪽에 있는 종업원 휴게소로 스태프들이 다 함께 운반했습니다. 아직 구급차도 안 왔던 판이라서, 그 장소도 급한 대로 이용한다는 느낌으로……."

거기까지 단숨에 떠든 뒤에 그는 "이야기가 탈선했네요."라고 말하고 화제를 되돌렸다.

"그, 그래서 말이죠. 아까 다시 그 휴게소로 가봤는데……. 저기, 아무래도 안 맞는 것 같아서…….."

"안 맞는다? 뭐가 말입니까?"

그는 눌러쓰고 있던 빨간 모자를 벗더니 두 손으로 그걸 마구 우그러뜨렸다.

"숫자입니다. 시신의 숫자가…… 아, 아직 정식으로 죽었는지는 모르니까 시신은 아닌가……. 하지만 보기로는 아마도 거의 다……."

"한 명이라도 많이 구할 수 있기를 빌 뿐입니다만, 지금은 그 문제가 아니라. 뭐라고 했습니까? 숫자? 시신의 숫자가 안 맞았다고요?"

"한 명…… 줄어든 것 같은 느낌이라서."

그건 큰 문제 아닌가.

"아니! 그러니까…… 운반할 때는 눈이 돌 만큼 정신없이 위험한 상황이었으니까, 솔직히 자신이 없어요! 전부 몇 명을 운반했고, 한 명 한 명이 어떤 얼굴과 차림이었는지는……! 그러니까 착각일지도……. 난 이만 가보겠습니다!"

남자 스태프는 마지막에 그렇게 감정을 폭발시키고 그 자리를 떠나갔다.

그 뒷모습을 지켜보면서 나와 리리테아는 말을 나누었다.

"대관람차의 악령 소문에 현장에서 사라진 피해자라."

"저분의 증언이 착각이 아니라고 가정하면……."

"그 없어진 누군가가 범인인가."

"더 말하자면 범인은 소문의 악령을 가장해서 범행에 이르렀을 가능성도 생각할 수 있습니다."

"나아가서 소문을 퍼뜨린 장본인일지도."

범인은 피해자를 가장해서 스태프의 손에 곤돌라에서 운반되어 다른 희생자들 사이에 섞였다.

나무를 숨기려면 숲속. 범인을 숨기려면…… 시체 속?

"그렇다면 다음에는 주위 사람들의 주의가 자기에게서 멀어진 타이밍을 노려 일어나서 태연한 얼굴로 성큼성큼 걸어서 유원지를 떠난다……란 건가."

"죽은 것으로 보이고서 벌떡 일어나다니, 마치 사쿠야 님 같네요."

"그런 소리 하지 마. 하지만 자기가 죽인 대량의 희생자들 사이에 누워서 가만히 도망칠 기회를 기다리다니, 그렇게 간 큰 짓을 할 수 있나? 제정신 같지가 않아."

"하지만 사쿠야 님, 애초에 이런 성대한 대량 살인 사건을 일으킨 시점에서."

"제정신이 아니란 말인가……."

"그렇긴 해도 처음에 말씀하신 것처럼 증언자의 착각일 가능성도 있습니다. 게다가 설령 그렇지 않았다고 해도, 범인이 어떻게 범행을 해냈는가에 대해서는 전혀 모릅니다."

범인은 어떻게 대관람차가 한 바퀴 도는 10분이란 시간 동안, 이동 중인 곤돌라에 탄 사람들을 살해하고 다녔을까.

그런 상식 밖의, 악령 같은 범행이 과연 인간에게 가능할까?

혹시 가능한 인간이 있다면——.

그건 상식의 범주 밖에 있는 레벨의 죄인—— 세븐 올드맨 정도다.

"설마 진짜로 놈들이……?"

"왜 허수아비처럼 멀뚱히 서 있지? 추리는 모든 정보를 테이블에 놓은 뒤에 해라."

멈칫한 나를 보다 못한 걸까, 피도가 말을 걸었다.

"아직 안 본 곳이 있을 텐데."

"그랬죠……."

우리는 스태프에게 허가를 받아서 실제로 곤돌라에 타봤다. 지금은 정지시켰기에 제일 아래쪽 곤돌라에 타보는 형태였다.

곤돌라는 그 이름에 어울리게 번쩍거리는 장식이 달린 보물상자 모양이었다. 하지만 겉만이 아니라 내부도 휘황찬란했다.

"우읍."

말로 표현할 수 없는 약해빠진 소리가 들린다 했더니만, 그건 벨카의 목소리였다. 우리를 따라서 피도와 함께 올라탄 모양이다.

"피도! 피야, 피!"

벨카의 말처럼 바닥에는 생생한 혈흔이 있었다.

"일할 때는 선생님이라고 부르라고 가르쳤을 텐데. 미안, 무심코! 도무지 학습할 줄 모르는 조수로군. 그래서? 좀 어떤가, 애송이. 아니면 빈혈로 쓰러지기 직전인가?"

피도가 놀리고 들었다.

"걱정 마시길. 피에는 꽤 익숙해서요. 익숙해지고 싶지 않았지만."

그렇게 답해 주자 그는 웃었다. 피도는 개지만, 웃은 것처럼 보였다.

"그러고 보면 그랬지, 이모탈(불사신)."

뜻하지 않은 타이밍에 뜻하지 않은 말이 날아들었기에, 나는 무심코 숨을 삼켰다.

"알고 있었습니까. 내……."

"신체적 비밀 말인가. 글쎄, 타츠야에게 들었지만, 아직 실제로 보진 않았으니까 반신반의로군. 불사신의 특이체질이라니."

과연——.

피도는 내 몸의 비밀을 알고 있다. 그렇다면 틀림없이 그는 아버지의 옛 친구이며, 우수한 탐정인 모양이다.

"나는 불사신이 아닙니다. 죽이려고 하면 죽습니다. 평범하게 다시 살아날 뿐입니다."

"평범하게…… 말인가."

나, 오우츠키 사쿠라는 생물은 아무리 죽어도 되살아난다.

심장이 정지해도, 몸이 불타도, 목이 잘려도, 아마 몸을 두 동강 내더라도.

죽지 않는다. 불사신——과는 다르다. 근본적으로 다르다.

그저 되살아날 뿐이다.

복잡한 일이지만, 지금에 와선 나도 이 특이체질——이라고 하기엔 다소 상식을 벗어난 것 같지만——을 받아들이고 있다.

이 사실을 아는 사람은 많지 않다. 나와 아버지와 리리테아, 그리고 몇 명뿐.

"조금 열려 있네요."

내 생각을 끊듯이 리리테아가 곤돌라 창문을 가리켰다. 정말로 창문은 약간, 눈대중으로 10센티미터 정도 열려 있었다.

위쪽을 앞으로 당겨서 여는 창문이다. 손대 보지만, 그 이상은 열리지 않았다. 안전상의 문제로 이게 한계인 모양이다.

"이 폭이라면 몸집이 작은 사람도 드나들 수 없겠군."

혹시나 경이적으로 몸놀림이 가벼운 범인이 대관람차의 기둥이나 골조를 아크로배틱하게 넘어서 각각의 곤돌라로 넘어가 승객을 죽이고 다닌 게 아닐까 상상했지만, 이래선 애초에 불가능하다.

가동 중인 대관람차는 작고 많은 밀실을 운반하는 성가신 장치란 뜻이다.

나는 그대로 유리창 너머로 주위 풍경을 둘러봤다. 건물의 불빛이 거리의 형태를 보여주고 있었다.

그런 내 모습을 보고 피도가 말했다.

"피해자는 어딘가 떨어진 건물에서 저격당한 게 아닐까……라고 생각하나?"

"흠. 어쩌면 그럴지도 모른다고 생각했는데, 그것도 아닌 모양이야. 설령 아무리 실력 있는 저격수가 있다고 해도, 이 각도로 열리는 창문으론 무리야. 직선이 확보되지 않아."

"유리창이나 곤돌라 본체에서도 탄흔은 보이지 않습니다."

리리테아가 그렇게 덧붙였다.

"응. 애초에 사망자 중에 총상으로 죽은 사람은 없을 거야. 총성을 들은 사람도 없어. 처음에 발견된 시체는 등을 나이프로 찔린 거였지?"

"예. 그리고 범인이 그걸 해내려면 역시 곤돌라에 침입할 필요가 있습니다."

"그렇지……."

범인은 어떻게 드나들었을까?

정말로 악령이기라도 한 걸까.

"저기……. 그럼 두 번째로 발견된 피해자의 상태는…… 어땠지?"

틀렸다. 각각의 곤돌라가 구분되지 않는 데다가 피해자가 너무 많다.

"머리가 복잡해지기 시작하네."

벨카도 고민스러운 듯이 끙끙댔다.

"좋아, 그럼 어느 곤돌라에서 누가 어떻게 죽었는지 이 기회에 조회하자. 난 스태프에게 물어보고 올게!"

벨카가 기합이 들어간 기색으로 주머니에서 메모장을 꺼냈다.

"벨카, 항상 말했잖나. 그런 건 경찰에게 시켜라. 그럴 순 없어요, 선생님! 경찰이 늦게 도착하는 이상, 이 자리에 있는 내가 제일 먼저 증거를 기록해야죠! **의욕이 넘치는 건 좋지만, 발밑을 봐라. 피를 밟고 있다.** 으악! 빨리 말해요!"

의욕을 보이는 조수를 피도가 나무라고, 조수는 거기에 반발한다. 버디로서 때로는 그럴 수도 있겠지. 하지만 쌍방의 발언이 벨카의 입을 통해서만 나오고 있으니, 옆에서 보고 있자면 무슨 개그나 1인 만담이라도 보는 것 같았다.

Y. 데린저의 인사 -3-

"오오~ 나온다. 나와."

루치아노 패밀리는 요즘 세상에 드문 아날로그파였다.

피오에게 안내받은 금고실에는 장부 기록이 잔뜩 보관되어 있었다.

재계, 대기업, 의료법인── 세계 각국의 거물에게 보낸 송금 기록, 기타 등등.

세계 어딘가에서 흘러든 자금이 루치아노 패밀리를 거쳐 다시 세계 어딘가로 흘러간다. 어쩌면 루치아노는 중요한 것도 잘 모르는 채로 역할을 다하는 걸지도 모른다.

속옷 속에 숨겨둔 초소형 카메라를 꺼내어 자료를 기록한다.

이름 있는 기업, 조직 중에 알려지지 않은 이름이 다수. 하나같이 사전에 조사한 유령 회사의 이름과 일치한다. 이름도 알려지지 않은 회사에 너무 큰 금액이 송금되고 있다.

"아, 이쪽은 처음 보는 이름. 햐르타 중공? 처음 듣네. 와, 돈 좀 봐."

날짜를 보니, 리스트에 이름이 올라가기 시작한 것은 최근 1년 정도 동안인 모양이었다.

"뭐, 됐어. 생각은 나중."

챙길 것을 챙기고 금고실을 나오자, 복도에는 피오가 기다리고 있었다. 안절부절못하는 기색으로 이쪽으로 다가왔다.

"이제 됐어?"

"응. 오케이, 오케이. 고마워."

V 사인을 만들며 미소를 보내자, 피오는 소년처럼 얼굴을 붉혔다.

마치 사랑하는 소년처럼?

아니, 그게 아니다. 지금 피오는 진짜로 나를 사랑하고 있다.

사랑하게 했다. 조금 전에 내가 그렇게 만들었다.

"저기……. 이건 보스에게."

"물론 비밀. 그렇지?"

사랑을 안 피오는 지금 전면적으로 나를 도와주고 있다.

세뇌──란 것과는 다르다. 그저 나를 좋아해 주고, 도움이 되려는 마음에 협력을 제안할 뿐이다.

조금 전까지 보스에게 충성을 맹세했는데, 지금은 좋아하는 상대의 바람을 들어주고 싶은 일념으로 행동한다.

그는 제정신이다. 다만 사랑에 눈이 멀었다.

"큰 도움이 되었어. 이것도 가져와 줘서 고마워."

나는 내 스마트폰을 흔들면서 미소를 보냈다.

"다음은 여기서 탈출하는 방법 말인데, 아래층은…… 아무래도 걸리려나."

볼일은 끝냈으니 이런 퀴퀴한 장소에 계속 있고 싶지 않다. 얼른 탈출하려고 생각했는데, 갑자기 피오가 내 팔을 잡았다. 절박한 얼굴이었다.

"잠깐, 그 전에…… 약속해 줘! 저기, 여기서 무사히 빠져나가거든 나와…… 함께……."

정말이지. 이탈리아 남자는 왜 이렇게 정열적일까.

프러포즈까지 넘어가는 단계가 너무 적다.

"그건 나를 아내로 맞고 싶다는 소리?"

모르는 척하면서 고개를 갸웃거리며 되묻자, 피오의 얼굴이 점점 더 붉어졌다.

"그, 그, 그래!"

"그런가……. 하지만 그건 조금 더 서로를 알아야 하잖아?"

이 자리를 빠져나가기 위해 말로만 약속할 수는 있다. 하지만 그건 너무 불성실하다. 나는 결혼 사기를 치고 다니고 싶은 게 아니니까.

"하……하긴 그렇군."

피오는 눈에 띄게 낙담했다.

"아무튼 여기서 너를 탈출시켜야겠지. 그거라면 저쪽 계단을 통해 옥상으로 올라가면 돼."

"옥상이란 말이지."

피오가 말한 대로 옥상을 올라가려던 때 아래쪽에서 노성이 들렸다.

"어이! 왜 밖에 나와 있지!"

난간을 통해 아래쪽을 엿보자, 루치아노와 몇몇 부하가 기막히다는 얼굴로 이쪽을 올려다보고 있었다.

"이런!"

나는 다급히 몸을 돌려서 계단을 뛰어올라갔다.

옥상으로 통하는 문을 열자, 오래된 시내의 야경이 시야 가득 펼쳐졌다. 하나하나의 불빛이 합쳐져서 수로를 희미하게 밝히고 있었다.

상쾌한 바닷바람과 하늘 가득한 별들.

빽빽하게 들어선 벽돌 건물.

여기는 베네치아. 물의 도시는 이런 때 봐도 아름답다.

내가 갇혀 있던 건물은 4층으로, 옥상 높이는 지상 10미터.

바로 문을 잠그고 주위에 몸을 피할 곳이 없는지 찾았다.

비상계단을 발견했다. 하지만 이미 계단 밑에서 요란스러운 발소리가 올려오는 게 들렸다. 이 길로 쫓아오는 것이다. 여기는 틀렸다.

그때 내 스마트폰이 느긋하게 울렸다.

"아."

전화 상대의 이름을 보니 무심코 그런 소리가 나왔다. 솔직히 지금은 꽤 빡빡한 상황이다. 하지만 나는 주저 없이 전화를 받았다.

"여보세요~! 스승님! 예. 지금 말인가요? 괜찮아요~."

『왠지 뒤쪽이 시끄러운 것 같은데.』

전화에서는 최근 들어 완전히 익숙해진 오우츠키 사쿠야의 목소리. 박살나려는 문을 등지고 스승과의 대화를 즐긴다.

"실은 촬영 중이고, 다음에 액션 장면 촬영이 있어요."

말하면서 옥상을 한 바퀴 쭉 돌았다.

주위에는 온통 오래된 건물만 있다. 그리고 옥상 끝에서 옆 건물까지는 비교적 거리가 가깝다. 응, 이거라면 갈 수 있겠어.

"스승님. 말해줘요. 촬영, 힘내라고 말해줘요."

『아……. 눈치가 없는 남자라서 미안해. 어흠, 촬영, 힘내!』

"맡겨주세요!"

전화를 끊은 순간, 문이 부서지고 마피아들이 쏟아져 나왔다. 그중에는 피오도 있어서, 복잡한 얼굴로 나를 보고 있었다. 배신은 들키지 않은 모양이다. 어디까지나 내가 멋대로 도망쳤다는 걸로 설명된 거겠지.

응, 좋아. 그거면 돼.

죽어도 너를 따라가겠다는 소리가 나오면, 그게 더 곤란하다.

"유류! 역시 방심할 수 없는 여자로군. 최고야. 하지만 도망칠 수 있을 줄 알았나?"

루치아노가 사나운 눈으로 노려봤다.

하지만 안됐네요. 난 이미 하이힐을 벗어 던지고 준비를 마쳤거든.

"영화 같은 숨바꼭질을 하고 싶은 건가? 하지만 그건…… 어, 어이! 뭘 하려는 거지! 그쪽은…… 그러지 마!"

나는 제지하는 루치아노의 목소리를 무시하고 달려갔다.

울리는 총성. 몇 발의 총탄이 나를 스쳐 지나갔다.

"쏘지 마!"

루치아노가 부하에게 호통을 쳤다.

그 사이 나는 웨딩드레스 차림으로 옥상 끝에서 뛰었다.

완만한 곡선을 그리며 옆 건물 옥상으로 넘어갔다. 거리는 아슬아슬했다.

"붙잡아! 산 채로 잡아와!"

뒤에서 루치아노의 노성이 울렸다.

나는 그들에게 손을 흔들고 그대로 또 옆 건물로 넘어갔다.

그나저나 다음엔 어쩐다. 아무것도 모르는 시민을 가장해서 경찰한테라도 도망칠까.

아니지, 그건 안 돼. 루치아노는 이 동네 경찰과도 한패다.

생각하고 있자, 뒤에서 총성이 들려오고 곧바로 옆에 있던 화분이 산산이 깨졌다.

아이고. 누군가가 옥상정원에서 애정을 담아 기르던 꽃일 텐데. 위협사격치고는 너무 서툴잖아.

젊은 마피아가 건물을 타고 내 뒤를 쫓아왔다. 이대로 차폐물이 없는 장소를 가로지르는 건 똑똑한 선택이라고 할 수 없다.

나는 근처에 있던 비상계단을 조금 내려간 뒤에 바로 옆 건물 창문으로 도약했다.

유리를 깨뜨리며 몸을 굴린 거기는 작은 방이 아니라 파티용의 홀처럼 넓은 장소였다.

아무래도 오래된 고급 호텔인 모양이다.

바닥에 깔린 새빨간 카펫 덕분에 나는 상처 하나 없었다.

홀에는 스무 명 안팎의 사람들이, 제각기 손에 술이나 경식을 들고 있었다. 그들의 눈은 죄다 내게 쏠리고 쥐 죽은 듯이 조용해졌다.

즐겁게 환담 중일 때 갑자기 웨딩드레스 차림의 여자가 유리창을 깨며 뛰어들면 누구든 그렇게 되겠지.

나는 바로 일어서서 차분하게 드레스에서 먼지를 털었다.

"실례. 소란을 피웠네요. 바로 나가겠습니다."

홀의 문을 향해 뚜벅뚜벅 걸어갔다.

너무 느긋하게 굴다가는 금방 그 녀석들이 쫓아온다.

하지만── 그 전에.

나는 한 부인 앞에 멈춰서 상대의 눈을 보면서 이렇게 말했다.

"당신이 입은 옷과 구두, 차가 필요한데."

한순간 정적이 흐른 뒤에 그 자리에 웃음꽃이 피었다.

"지갑도 달라는 말은 안 해?"

귀찮으니까 확 해치울까.

그렇게 생각하며 행동에 옮기려는 때였다. 그 목소리가 들려온 것은.

"이런 곳에서 만나다니 우연이네. 교회에서 도망치기라도 했어? 신부 아가씨."

그 녀석은 홀 중앙에 준비된 푹신한 의자에 자리 잡고, 고급스러운 케이크에 포크를 꽂으며 웃고 있었다.

"사람이 모처럼 호텔을 통째로 빌려서 약소한 다과회를 즐기고 있는데, 그런 먼지투성이 옷으로 찾아오다니 여전히 마음에 안 드는 여자구나."

"Fuck my life(이런 망할). 하필이면 여기서 너라니. 하필이면…… 셀러브리티."

"베네치아를 만끽하고 있는 모양이네. 엠프레스."

세계에서 제일 구역질 나는 여자, 샤르디나 임페리셔스가 거기에 있었다.

"최고로 즐기고 있었어. 네 낯짝을 보기 전까지는. 이런 곳에서 어중이떠중이 친구를 모아서 한가하게 유람 중인가. 뇌세포 대신 동전을 채워놓은 여자나 할 짓이네."

이 녀석의 얼굴을 봐버렸으면 무시하고 이 자리를 떠날 수는 없다. 설령 수십 명의 마피아에게 쫓기는 상황이라도.

"신발도 못 사는 인간은 하는 말도 천박하네."

샤르디나의 근처에는 두 여자가 대기하고 있었다.

"아가씨, 홍차는 어떻습니까?"

"고마워, 카르미나."

나이프를 머리 장식으로 꽂은 냉혹한 인상의 여자는 카르미나. 샤르디나의 오른팔이다. 총화기를 잘 다루고, 쓸데없이 튀어나온 가슴과 엉덩이가 거슬린다. 하지만 내 쪽이 더 크다.

"아가씨, Kill해버리자. 잘 모르겠지만, 지금 Kill 해버리자."

상어처럼 흉포한 눈인 쪽은 알트라. 샤르디나의 왼팔이며, 실제로 흉포한 녀석이다. 카르미나와는 대조적으로 180센티미터 가까운 날씬한 육체를 살린 근접전투 —— 란 이름의 단순폭행이 특기.

"잠깐만, 알트라. 죽일지 말지는 샤르 아가씨의 뜻대로 해야지. 네가 제안할 게 아니야."

"아앙? 뭐야, 카르미나? 나는 아가씨에게 말하고 있는데, 왜 젖가슴이 떠들고 그러냐, 쨔샤! 진짜 거슬려. 저주한다~."

오른팔과 왼팔이 갑자기 티격태격하기 시작했다.

"꼴불견이야. 티타임에는 말다툼도 피비린내도 안 어울려."

샤르디나는 익숙하다기보다도 그냥 느긋한 기색으로 홍차를 마시고 입술을 핥았다.

"있잖아, 엠프레스. 피차 재미없는 담장 안에서 나온 참이니까, 조금 마음의 여유란 것을 갖고 인생을 즐겨보자."

담장 안―― 즉, 샤르디나는 우리가 각각 수감되었던 형무소를 말하고 있다.

"그런 소리 들을 것도 없이 만끽하고 있어. 지금도……."

내가 그렇게 말하는 것과 동시에 샤르디나가 들고 있던 찻잔이 갑자기 터지듯이 깨졌다.

발포음. 창밖에서 총탄이 날아든 모양이다.

나는 근처의 테이블을 뒤집어서 곧바로 몸을 숨겼다.

"벌써 쫓아왔나."

아니지, 샤르를 상대하지 말고 얼른 여기서 도망치면 좋았겠지만.

창밖을 확인하자, 옆 건물 옥상에서 마피아들이 보였다.

루치아노, 쏘지 말라고 하지 않았어? 네 부하는 보스가 한 말도 똑바로 못 지키는 거야?

놈들, 당장에라도 이쪽 건물로 뛰어들 기색이다.

그렇게 제법 긴박한 상황 속에서, 갑자기 놀라서 외치는 소리가 울렸다.

"아, 아가씨!"

카르미나의 목소리다.

창백해진 얼굴로 샤르디나를 걱정하고 있다. 이어서 샤르디나 쪽을 보고 나는 무심코 웃음을 터뜨렸다.

찻잔이 깨지는 바람에 튄 홍차 때문에, 샤르디나의 얼굴은 흠뻑 젖어 있었다.

"카르미나, 알트라……."

샤르디나는 징역 1466년 그 자체의 흉악한 표정으로 부하에게 명령했다.

"인게이지(교전)!"

"뜻대로 하겠습니다."

"니하하! 왔다, 왔어!"

그 한마디가 홀에 울린 순간, 카르미나와 알트라──만이 아니라 그 자리의 모두가 어디선가 총화기를 꺼내어 전투태세를 취했다.

그러고 보면 처음에 총탄이 날아왔을 때, 누구도 겁먹거나 비명을 지르지 않았다.

"샤르의 티파티에 천박하게 납탄을 뿌린 것을 갚아주렴!"

전원이 훈련받았다.

반격의 일제사격.

그리고 화사한 호텔의 홀은 화약 연기가 감도는 전장이 되었다.

순식간에 유리창은 남김없이 깨지고, 레이스 달린 커튼도 구멍투성이가 되었다.

　지금은 티파티를 벌이는 대신 도로 하나를 사이에 둔 두 건물끼리 치고받고 있다.

　"기막혀라. 전부 네 사병이었구나."

　샤르는 직속 호위인 카르미나와 알트라 외에 소수정예의 사병도 데리고 있다는 소리를 들은 적이 있었는데, 직접 보긴 처음이다.

　부대명은 이지 머니였던가? EM인지 뭔지로 불리고 있다.

　"흥. 엠프레스, 당신을 교육하기 전에 시칠리아에서 헤엄쳐 온 무례한 쥐새끼들을 퇴치해야겠네. 다과회도 끝. 최악이야."

　머리 위에 총탄이 오가고, 깨진 샴페인의 물보라가 샤워처럼 쏟아졌다.

　오늘은 빡센 하루다.

　하지만 샤르디나의 뚱한 얼굴을 보니 기분이 좋아졌다.

　"잘한다! 더 해! 피 터지게 싸워라. 이 멍텅구리들! 아햐햐."

3장 절대로 놓지 마세요

곤돌라에서 꺼낸 뒤, 시체는 임시 조치로 근처 직원 휴게소 지하 1층에 안치되었다.

안으로 들어가 보니, 파란 시트 위에 시체가 쭉 놓여 있었다.

그 숫자는 전부 해서 16구.

물론 위에 담요나 시트 같은 걸 덮어놓았지만, 그 시체들 앞에 있자니 뭔가 압도되는 느낌이 있었다.

악몽 같은 광경. 여기는 꿈을 주는 유원지에 갑작스럽게 설치된 지하 묘지다.

그런데도 리리테아는 당찬 태도로 시체 옆으로 다가가서 무릎을 굽혔다.

나도 그걸 따랐다.

장갑을 낀 두 손으로 합장한 뒤에 시트를 젖히고 첫 번째 시체를 살폈다.

파카에 스웨트 조합. 등 중앙에서 다소 왼쪽 부분에 나이프가 깊이 꽂혀 있다.

"등 뒤에 올라타고 찌른 건가?"

참극의 순간을 상상해 봤다. 좁은 곤돌라 안에서는 도망칠 수도 없었겠지.

얼굴을 살펴보니 피해자는 아직 젊은 남자였다. 혹시 몰라 목의 맥박을 짚어봤지만, 이미 정지했다. 동공도 벌어졌다.

시체 옆에는 개인물품으로 보이는 노란색 라인이 있는 빨간 배낭이 놓여 있었다.

"어? 이 사람은……."

그걸 본 순간, 내 안의 기억을 자극하는 게 있었다.

"사쿠야 님, 뭔가 걸리는 점이라도 있었습니까?"

"걸린다고 할까, 이 배낭의 디자인을 보고 깨달았는데, 나 이거 본 적 있어……. 이 사람, 미즈시마엔에 올 때 전철 안에서 봤어."

문에 기대 졸던 사람이다. 전철에 승객이 적었기에 아슬아슬하게 기억 한구석에 남았다.

설마 그때의 그와 이런 형태로 재회하게 되다니.

"뭐, 그냥 그것뿐이지만."

그렇게 이야기를 끝내고, 나는 배낭으로 손을 뻗었다.

안에는 지갑, 정기승차권 케이스, 접이식 우산, 검은 모자. 그리고 감색 스포츠 타월. 색깔 때문에 바로는 몰랐지만, 상당한 양의 피를 흡수했다.

"찔린 뒤에 급하게 출혈을 타월로 막으려고 한 걸까?"

학생증도 나왔다.

"이소카와 상업고등학교 정보처리과, 2학년, 마시바 타쿠. 나와 동갑인가……."

갑자기 답답한 마음이 솟구쳤다. 그걸 억누르며 생각을 정리했다.

"이소카와 상고라면, 여기서 꽤 떨어진 곳에 있어. 일부러 미즈시마엔까지 왔나. 그것도 혼자서?"

삐삐——.

그때, 그 자리에 어울리지 않는 전자음이 울렸다. 뭔가 했더니만, 마시바 타쿠가 차고 있던 손목시계에서 나는 소리였다. 오후 7시 정각을 알리는 모양이다.

지금쯤 인터넷에서 사건의 소문이 퍼지고 있겠지. 재출발한 미즈시마엔은 괜찮을까.

"음……?"

문득 그가 찬 손목시계 아래에서 뭔가가 보인 듯했다.

저건——.

"사쿠야 님."

거기서 갑자기 옆구리를 찌르는 손길이 내 주의를 끌어갔다.

"왜, 왜 그래, 리리테아!"

"배낭의 사이드포켓에서 이런 것이. 이건 뭘까요?"

그녀가 꺼낸 것은 휴대용 게임기의 게임 소프트였다.

"아, 그거 오랜만에 보네. 나도 초등학생 때 열심히 했어."

사실 지금도 가끔은 생각나서 벽장에서 꺼내어 플레이하는 일이 있다. 그도 그런 거겠지.

"마시바도 게이머였나. 하지만…… 어라? 본체, 그러니까 게임기는 없었어?"

"예. 그것뿐입니다."

"흐음……."

다소 석연찮은 부분도 있지만, 볼 것은 봤다. 짐을 원래대로 돌려놓고 시체에 시트를 덮었다. 그리고 다시 두 손을 맞댔다.

다음 시체는 중년 남자였다. 입가가 심하게 더러워졌다. 죽었으니 당연하지만, 안색도 매우 안 좋았다.

"같은 반지를 끼고 있습니다."

바로 옆의 시체를 조사하던 리리테아가 그렇게 말했다. 그쪽은 마찬가지로 40대 정도의 여자가 누워 있었다.

"그래, 두 사람은 부부인가."

"시체의 상황에서 보면, 이 부부는 독살당한 듯합니다."

어떤 독인지는 여기서 확인하기 어렵다. 그 점은 얌전히 경찰의 감식에 맡길 수밖에 없다.

"눈에 띄는 외상은 없군. 그렇다면 역시나 음독인가."

독살이라면 일부러 회전 중인 대관람차에 침입하지 않아도, 대상자에게 미리 먹이기만 하면 된다.

"그 독이 우연히 대관람차에 타고 있을 타이밍에 돌아서 사망했다?"

"음독 이외의 가능성도 있을 것 같습니다. 이걸 봐주세요."

그 말에 살펴보니, 리리테아가 부부의 옷자락을 걷어서 보여주었다. 그러자 두 사람의 팔꿈치 한쪽에 새로 생긴 주삿바늘 자국이 보였다.

"이건 즉…… 범인이 독을 혈관에 주입했다? 아니, 그건 어렵지 않아? 피해자는 당연히 저항할 거 아니야."

"수면제나 알코올로 재워두었다면 가능합니다. 트레체스에 타기 전에 얼마든지 범행 준비가 가능했다고 하면."

"그래. 그런 가능성도……."

"하지만 일부러 그렇게 해서 주사할 바에는 수면제를 먹이는 대신 독약을 먹이면 되니까, 이 추리에는 별로 의미가 없군요."

"사다리 걷어차는 게 너무 빠르지 않아?"

"무슨 말씀인가요?"

"어이, 뭘 쫑알대고 있나. 이쪽도 봐라."

끼어들듯 피도가 말을 걸었다. 그는 우리와는 정반대 쪽에서 순서대로 시체를 조사하고 있었다.

그쪽으로 가보니 피도는 코로 한 피해자의 목을 가리켰다.

목덜미에 흉흉한 자상이 남아 있고, 시커멓게 더러워진 옷이 극심한 출혈량을 말하고 있었다.

"목을 단칼에 찔렸나. 상처 크기로 보면 나이프…… 아니, 식칼일까? 저쪽 고등학생의 등에는 군용 나이프가 꽂힌 채였는데, 이쪽은 현장에 흉기가 없었어?"

"서두르지 마라. 그런 설명을 듣고 싶어서 부른 게 아니야. 목을 보는 건 맞지만, 주목할 것은 그 옆이다."

"옆?"

순간 피도의 의도를 알지 못해서 당황했다. 하지만 차츰 내 눈은 시체에 남겨진 또 하나의 사인에 핀트가 맞았다.

"목에…… 멍이."

"그래. 거의 사라지고 있지만, 뭔가 끈 같은 것으로 목을 조른 흔적이 있다."

""이 사람은 교살당했다?""

그때 나와 벨카의 감상이 완전히 동시에 울렸다. 피도는 '너희는 똑같이 얼간이냐'라는 뜻의 소리를 냈다.

"거의 사라졌다고 하지 않았나. 이건 오늘 생긴 자국이 아니다. 적어도 며칠은 됐다. 애초에 이건 누군가가 목을 졸라서 생긴 것이 아니야."

자살과 교살은 피해자의 목에 남는 자국이 다르다. 그는 그 사실을 말하고 있다.

"즉 이건 자살…… 미수인가."

"피해자가 하드한 밤의 취미에라도 빠지지 않았다면 그렇겠지. 아니, 선생님! 또 그렇게 고인을 모독하는 천박한 소리를!"

앞부분은 피도, 뒷부분은 벨카의 말이다. 완전히 1인 만담으로 보이는 벨카의 말투 전환에도 슬슬 익숙해졌다.

"하지만 말이죠, 그렇다면 선생님, 이 목의 밧줄 자국은 사망 원인과 관계없는 거지요? 그런데 뭐가 그리 마음에 걸리나요? 미안해, 사쿠야. 선생님은 이렇게 때때로 에두르는 버릇이 있어. 진실 주변을 빙글빙글. 이것도 탐정의 천성일지도 모르지만…… 아얏! 선생님, 앞발로 제 다리를 할퀴지 마세요!"

그렇게 싸움을 시작한 영국의 탐정과 조수. 옆에서는 개와 장난치는 걸로밖에 보이지 않는다.

"사망 원인은 지금 관계없어. 어이, 이쪽 시체도 봐라."

피도는 바로 옆의 다른 시체 앞으로 우리를 데려갔다. 이미 시트는 걷어놓았다.

"이쪽은 처음에 조사한 시체다. 어때, 뭐 이상한 점은 없나?"

그 말에 얼굴을 가까이 가져가서 살폈다.

외상은 없다. 이 사람도 독으로 숙음에 이르렀겠지.

"이상한 점⋯⋯. 이상한 점⋯⋯. 아!"

그 발견에 무심코 손을 뻗었다. 나는 피해자의 왼손을 잡고, 모두에게도 보이도록 손목 안쪽을 드러냈다.

거기에는 작은 흉터가 있었다. 오래된 것도 있지만, 그 뒤에 새로 낸 듯한 상처도 있었다.

범인과 싸울 때 난 상처는 아닌 모양이다. 그렇다면——.

"자살성 자해 흔적인가."

"그래. 그리고 그쪽 피해자는 자살 미수자였군."

순간 시간이 멎은 듯이 그 자리가 조용해졌다. 멀리서 경찰차의 사이렌이 울렸다.

"그렇다면 즉⋯⋯ 아!"

나는 다급히 처음에 살펴본 마시바 타쿠의 시체로 달려갔다. 그는 왼쪽 손목에 손목시계를 차고 있었다. 바닥에 무릎을 꿇고, 답답한 마음으로 그것을 벗겨냈다.

그 밑에서 나온 것은 다른 피해자에게 있던 것과 비슷한 흔적이었다.

"마시바 타쿠⋯⋯도 자살 희망자⋯⋯인가?"

나는 다시금 마시바 타쿠가 남긴 배낭으로 손을 뻗었다. 사이드포켓에서 게임 소프트가 나왔다.

생각해 보면 배낭 안에 본체가 없는데 게임 소프트만 들어있는 것도 실마리 중 하나였다.

분명 평소에는 학교에 갈 때도 소프트와 함께 게임기 본체도 배낭에 넣어 다닐 게 틀림없다. 하지만 오늘은 집에 두고 왔다.

왜냐하면 여기 오는 동안, 도무지 게임 같은 걸 할 마음이 아니었으니까. 그리고 자기가 돌아가는 길에 게임을 하는 일도 없을 거라고 알고 있었으니까.

오늘 스스로 목숨을 끊기로 결심했으니까.

하지만 배낭의 사이드포켓에 계속 넣어두었던 작은 소프트만큼은 남아 있었다.

"거참. 이거 그런 방향으로 다른 시체도 조사해 볼 필요가 있겠군."

우리는 다시금 그 자리의 모든 시체를 나눠서 조사했다. 피도가 말했던 그런 방향으로.

그 결과, 총 16명의 피해자 중 8명에게서 자살성 자해 흔적이 발견되었다.

"절반이 자살 희망자였다는 소린가……?"

갑자기 떠오른 피해자의 공통점에, 나는 탐정으로서 기쁨보다 오한을 먼저 느꼈다.

"이건 우연이 아니야."

"아뇨, 사쿠야 님. 절반이 아닙니다."

리리테아가 내 말을 부정했다. 두 번째로 조사했던 부부의 앞에 서 있었다.

"이쪽 부부의 팔에 있던 주사 자국. 어쩌면 약물 사용의 흔적일지도 모릅니다."

"약물······."

분명히 범인이 억지로 독을 주사했다고 생각하는 것보다도 훨씬 앞뒤가 맞는다.

"어지간히 잊고 싶은 괴로운 현실이 있었던 걸지도 모르지만, 이 부부, 뭔가 인생에 절망할 만한 곤경에 처하셨던 것이 아닐까요."

"거참, 아주 보기 더러운 구도가 떠오르는군. 전부 열 명인가. 하지만 손목의 상처처럼 알기 쉬운 사인이 드러난 것이 우연히 열 명이었을 뿐이지, 다른 희생자도 틀림없이 만성적인 자살 충동이 있었을지도 몰라."

피도가 이빨을 드러내듯이 날카로운 표정으로 나를 봤다.

"그런가. 그런 건가······."

나는 그 시선을 받아서 일어섰다.

"사건 현장은 도저히 범인이 드나들 수 없을 대관람차의 곤돌라 안. 그것도 한두 개가 아니라 열다섯 개의 밀실인 곤돌라야. 그런 장소에서 고작 10분 사이에 16명이나 죽이고 다니는 범인이 있을 리 없지. 이런 불가능이 성립한다면 그건······피해자들끼리 공모해서 집단 자살하는 것밖에 없어."

"뭐, 그런 거겠지. 그렇다면 다음으로 궁금해지는 것은······."

"병원 이력을 조사해 볼 필요가 있겠어. 그러면 뭔가 보이기 시작할지도."

"뭐, 그것도 지당하지만, 애송이. 내가 궁금한 건 또 다른 일이다."

피도는 허공의 뭔가를 냄새 맡듯이 코를 움직였다. 사건 전체에 떠도는 무슨 냄새를 구분하듯이.

이윽고 사냥감을 노리는 날카로운 표정을 짓더니, 벨카를 향해 한 차례 짖었다.

"조금 할 일이 생겼으니 일단 빠지마. 벨카, 가자. 이제 곧 굼벵이 경찰도 올 거다. 놈들에게 조사하게 해라. 조금은 일하게 시켜야지. 아! 기다려요, 선생님!"

그렇게 말한 뒤 피도는 조수를 데리고 얼른 방에서 나가버렸다.

"하지만 사쿠야 님."

리리테아는 살짝 눈동자를 흔들면서 말했다.

"자살이라면 저쪽의 피해자, 마시바 타쿠 씨의 사인에 대해서는 어떻게 설명하겠습니까?"

눈앞의 수수께끼에 열중한 것처럼 리리테아는 말을 이었다.

"그는 등을 나이프로 찔렸습니다. 도저히 스스로 찌를 수 없는 위치를, 혹시나 제삼자의 도움을 받았다고 해도, 밀실인 곤돌라 안에서는 도저히."

불가능하겠지.

그건 당연한 의문이었지만, 그 방법이라면 이미 짐작이 갔다. 전철에서 본 인물과 마시바 타쿠가 이어진 지금이라면.

"꼭 트레체스에 탄 뒤에 자기를 찌를 필요도 없고, 남에게 도움을 받을 필요도 없어. 그, 마시바는 미즈시마엔역에 오는 전철 안에서 이미 차살 준비를 한 거야."

"무슨 말씀입니까?"

리리테아는 인형처럼 고개를 갸웃거렸다. 리리테아는 그 전철에서 마시바 타쿠의 모습을 보지 않았으니까, 나와 같은 생각에 도달하지 못한 것도 무리는 아니다.

"그는 그때 전철의 문에 등을 맡기는 형태로 기대고 있었어. 지금 생각하면 묘했어. 전철은 텅텅 비어서 마음대로 앉을 수 있는데, 주행 중에 일부러 문 앞에 서 있다니. 하지만 거기에는 이유가 있었어. 꼭 그래야 했던 이유가."

내가 한 말은 죽은 이가 잠든 방의 벽이나 천장에 스며들었다.

"리리테아는 이런 장면을 본 적 없어? 출발 직전의 전철에 아슬아슬하게 올라탄 사람이 문에 가방의 끈이나 코트 자락이 끼고, 그대로 전철이 출발하는 모습. 그거, 문이 닫히는 압력이 대단해서 한 번 끼면 어지간해선 빠지지 않는다나 봐."

"설마, 사쿠야 님."

리리테아도 눈치챈 모양이다.

"마시바 타쿠는 문을 이용한 거야. 전철 문이 닫히기 직전에 배낭 안에 숨겨두었던 나이프를 배낭과 함께 고의로 문에 끼게 한 거지. 칼날을 자기 방향으로 향해서. 그러면 나이프가 문에 고정돼. 남은 것은 배낭을 짊어지는 척하면서 문에서 튀어나온 칼날에 몸의 체중을 기울일 뿐. 그러면 칼날이 배낭을 관통하여 등을 찔러."

그때, 내 눈에는 그가 선 채로 졸고 있는 것으로 보였다. 하지만 실제로는 그게 아니었다.

졸고 있는 게 아니었다. 괴로워하고 있었다. 고통에 견딜 수 없어서, 비틀대고 있었다.

그때 그의 등에는 이미 나이프가 꽂혀 있고, 출혈도 시작되었다. 그걸 지참한 타월로 닦으면서 고통을 참고 있었다.

"저녁에 사건이 발생할 때까지 의식을 지키고 있었단 소리는, 미리 치명상이 되지 않을 장소나 상처의 깊이를 조사해서 위장한 거겠지."

"그리고 등에 꽂힌 나이프를 배낭을 짊어지는 것으로 숨기고, 그 상태로 트레체스에 탔다……."

"그래. 대관람차의 곤돌라 안에서 혼자가 되자, 그는 배낭만 어깨에서 내려놨어. 그리고 등에 꽂힌 나이프를 곤돌라의 의자나 벽으로 강하게 밀었지."

"그리고 나이프는 치명상의 깊이에 도달했다 이거군요."

우리는 서로 공을 주고받듯이 말을 이어나갔다.

"이거 봐."

나는 다시금 배낭을 들어서 보여줬다.

"그걸 머릿속에 넣고 잘 보면, 등에 밀착하는 부위에 작은 칼집이 나서 구멍이 생겼어."

나이프의 칼날이 관통한 흔적이다.

"하지만…… 그렇다면 왜 그는 그렇게까지 하면서 자살을 타살로 위장하고 싶었던 걸까요?"

"그건 아직 모르겠지만…… 하지만 타살로 보이고 싶었던 것은 마시바만이 아니었을 거야."

독살로 여겨진 희생자는 스스로 다른 장소에서 미리 독을 먹은 뒤에 트레체스에 탔다고 해도, 날붙이에 의한 외상이 남은 희생자도 적지 않다.

　"외상은 있는데 현장에 흉기가 하나도 없다. 왜 그럴까?"

　"그들이 스스로 흉기를 은폐했으니까?"

　"그렇게 하는 것으로 자살이 아니라 끔찍한 학살사건이 일어난 것으로 보이고 싶었던 거야."

　결코 무시무시한 살인마가 곤돌라라는 밀실에서 흉기와 함께 모습을 감춘 게 아니다.

　"마시바 타쿠는 자살 방법을 위장했어. 다른 이들은 흉기를 은폐했어. 그렇게 크든 작든 수고의 차이는 있어도, 다들 각자 자살을 타살로 보이려고 한 것은 일치해."

　등에 찔린 나이프를 그대로 놔둔 사람이나 독을 먹고 자살을 꾀한 사람도 있고, 죽는 방법이나 위장방법은 저마다 한껏 고민해서 실행했다고 보는 게 자연스럽다.

　"이 참극에 범인이 있다면 그것은 자살한 사람들 자신이란 말이군요."

　"아이러니한 소리지. 그리고 문제의 사라진 흉기 말인데……어쩌면."

　"아."

　말하려던 순간, 리리테아가 어린애 같은 소리를 냈다. 살짝 얼굴에 홍조를 띠고 있다. 추리에서 점과 점이 이어진 순간에 보여주는, 들뜬 표정이었다.

"알겠습니다. 곤돌라의 창문 아래, 지요?"

"응, 나도 그러지 않을까 생각했어."

"역시나!"

리리테아는 가슴 앞에서 손뼉을 쳤다.

그런 상태로 3초. 정신을 차린 리리테아는 미안한 듯이 손을 내리고 '봤군요?'라고 하듯이 내게 눈을 흘겼다. 그러지 마.

"트레체스는 일부가 유원지 옆을 흐르는 강 쪽으로 돌출되어 있지. 자살한 사람들은 거기서 강으로 흉기를 버린 거야. 하지 만⋯⋯ 한 가지 의문인 건 치명상이 될 정도의 상처를 입은 뒤 에 흉기를 강에 버릴 여유가 과연 있었느냐 하는 점인데."

죽은 뒤에는 어떤 은폐공작도 할 수 없다.

"그것도 포함해서 아무튼 지금은 확인하러 가지요."

리리테아는 다시 태연한 표정으로 돌아와서 휴게소 출입구 쪽 을 향해 성큼성큼 걸어갔다.

수수께끼를 해명하는 쾌감에 한순간이나마 몸을 맡겼던 자기 자신을 부끄러워하는 듯했다.

□

자, 나와 리리테아가 확인하러 간 곳이 어디냐 하면, 그것은 미즈시마엔의 바로 옆을 흐르는 강이었다.

일단 유원지를 나가서 외곽을 따라 주욱 돌아서 대관람차 바 로 밑을 향했다.

"이쯤일까?"

나와 리리테아는 대충 계산한 뒤에 인도에 설치된 난간을 뛰어넘어 아슬아슬하게 강가로 다가갔다.

떨어지지 않도록 조심하면서 몸을 내미는 동시에 옆에서 리리테아가 회중전등을 켜주었다. 유원지를 나올 때 스태프에게 빌린 것이다.

"리리테아, 뭐가 좀 남았을까?"

"글쎄요. 시간이 지나 이미 강바닥에 가라앉았을 가능성도 있습니다. 그게 아니라면 강을 따라 떠내려갔든가……. 아, 하지만 뭔가……. 지금 순간 반사해서 빛났습니다."

"저 근처입니다."라는 말에 살펴보니, 물가 근처, 수면에서 슬쩍슬쩍 고개를 내민 물풀 안에 분명히 걸려 있었다.

나는 리리테아의 왼손을 든든히 잡아서 강으로 내민 몸을 지탱했다.

"부탁합니다, 사쿠야 님. 절대로 놓지 마세요."

"당연하지. 누구한테 하는 소리야?"

리리테아는 물풀에 걸린 뭔가를 집어들려고 열심히 오른손을 뻗었다.

"사쿠야 님…… 조금 앞입니다. 그렇죠, 더…… 아니…… 그게 아니라…… 사쿠야 님…… 저기, 사쿠야, 똑바로 좀 해."

리리테아에게 야단맞으면서 공동 작업을 했다.

"잡았습니다! 사쿠야 님, 이건…… 아!"

뭐, 당연하다고 할까, 거기서 나란히 떨어졌다. 강으로.

강물의 깊이는 내 가슴 정도로, 빠져 죽을 걱정은 안 해도 될 것 같다.

물가로 올라올 시간도 아까워서, 우리는 그 자리에서 발견한 것을 조사했다.

발견한 것은 어디에서나 흔하게 파는 식칼이었다.

강물이 씻어내서 그럴까. 칼날에 혈액의 흔적은 보이지 않았지만, 나무 손잡이에는 희미하게 피가 보였다. 자살자가 강하게 움켜쥐었던 흔적일지도 모른다.

감식반이 제대로 조사하면 거기서 혈액 반응이나 지문이 검출되겠지.

"과연, 어떤 트릭인가 했더니 그런 건가."

손잡이와 칼날의 경계 부분에 비닐 끈이 묶여 있었다. 그리고 끈 끝에는 주먹 크기의 돌이 묶여 있었다.

그 자리에서 위를 보니, 딱 머리 위로 다가오는 곤돌라 몇 대가 연이어 보였다.

"응. 위치로 봐도 딱 맞아."

끈과 돌. 이것이 사후에 흉기를 은폐한 트릭이다.

"자살한 사람들은 저 지점에서 곤돌라의 창문을 통해 이 강으로 흉기를 떨어뜨린 거야."

"창문 틈새를 통해 끈으로 묶은 무게추 부분을 밖으로 늘어뜨린 거군요."

"그래. 그리고 식칼을 써서, 이를테면 목을 찌르는 거지. 자살자가 죽어가면서 흉기를 놓으면, 자연스럽게 무게추가 낙하해.

당연히 반대쪽으로 끌려간 식칼도 같이 강에 떨어지지. 그리고 곤돌라에서 흉기가 사라지고 자살자는 숨이 멎어."

알고 보면 간단한 방법이다. 딱히 새롭거나 혁명적인 것도 아니다. 고전적이라고 해도 좋다.

어쩌면 다른 손님이 흉기가 낙하하는 순간을 볼 가능성도 있었겠지만, 사건 발생은 이미 일몰 후였다. 그럴 걱정도 없었겠지.

더 많은 이들이 강을 수색하면 다른 흉기도 발견될지 모른다.

강에서 올라가서 숨을 내쉬었다.

"우우, 추워진다……. 하지만 이걸로 확실해졌어. 이 사건은 집단 위장 자살이야. 그건 이미 의심할 여지가 없어."

리리테아는 젖은 신발과 양말을 벗고 치맛자락을 꼭 쥐어짰다.

떨어지는 물방울을 바라보면서 리리테아가 문득 말했다.

"하지만 그렇다면 왜 그들이 이렇게까지 했는지 그 동기를 알 수 없습니다."

□

다시금 유원지 안에 입장하여 트레체스 아래까지 돌아오자, 거기에는 이미 많은 경찰관이 모여 있었다. 그 중심에 있는 것은 탐정 피도와 조수 벨카다.

"여어, 물에 빠진 생쥐. 그 수확물을 보니 성과가 있나 보군."

돌아온 나와 리리테아를 보고 피도가 농담조로 말했다.

"에취."——하는 소리가 옆에서 났다.

"재채기가 나왔습니다." 라고 리리테아가 부끄러운 듯이 중얼거렸다.

그때 경관 한 명이 다가왔다.

"지금은 봉쇄 중이다. 애들은 이만 돌아가."

직무에 충실한 사람이다. 그는 하나도 잘못하지 않았다.

하지만 그런 경관에게 피도가 **"그 녀석은 괜찮아."** 라고 말해주었다. 이미 신분을 밝힌 뒤일까, 아니면 밝히지 않았다고 해도 탐정 피도의 실력과 공적이 경찰에 알려졌기 때문일까, 그의 말에 그 경관은 납득한 기색이었다.

*학의 일성이 아니라 개의 울음소리다.

제법 괜찮은 비유라고 생각하는데, 뒤에서 불쾌한 기색의 목소리가 들렸다.

"어이어이어이, 왜 또 네가 여기에 있는데?"

돌아보니 거기에는 우리의 출세 못하는 형사, 소조로기 카오루타가 서 있었다.

아무래도 오늘은 비번이 아닌 모양이다.

"소조로기 씨도 왔습니까. 별일도 다 있네요. 오늘은 혼자 유원지에?"

하지만 일부러 그렇게 말해 봤다.

"일하러 온 거야! 보면 알잖냐!"

---

* 학의 일성 : 권위자의 한마디 말을 뜻하는 일본어 관용 표현.

"그런 것치고는 늦게 등장한 모양인데요."

"닥쳐. 유원지 안에서 대형 사건이 터졌다고 해서 와 봤더니…… 참 나, 왜 매번 커다란 사건 현장에는 네가 있지?"

"그런데 이번에 탐정은 나 혼자가 아닙니다."

그렇게 말한 뒤 나는 옆에 선 피도를 소조로기에게 소개했다.

"알고 있어. 피도 씨, 아까 갑자기 전화해 주셨을 때는 놀랐다고요. 언제 입국하셨습니까?"

"아, 역시 피도를 알고 있나? 어? 피도, 소조로기 씨한테 전화하러 간 거였어?"

"알고 자시고, 타츠야의 맹우야. 오랜만에 뵙습니다. 변한 게 없군요."

소조로기는 정중한 태도로 피도에게 다가갔다. 이런 소조로기는 처음 봤다. 나에 대한 태도와는 하늘과 땅 차이다.

"털의 결도 여전히 생생하군요. 이건 브러싱 실력이 좋은 거야. 응."

"거기에 관해서는 내 공적임을 여기서 선언하겠습니다."

벨카가 가슴을 폈다.

"벨카도 건강해 보이네. 여전히 이상한 추리를 해서 피도 씨를 난처하게 하고 있어?"

"카오루타, 그런 말은 오해를 부르니까 그만둬! 저번 사건도 꽤 괜찮게 갔다고! 결과적으로 전혀 다른 사람이 범인이었을 뿐이지."

"그래, 그래."

"안 믿는 거야? 그럼 이 사건에서도 내가…… 너는 잠깐 조용히 있어라, 벨카. 그래서 말이지, 배우도 다 모였으니 슬슬 끝내 보실까."

거듭 항의하려던 벨카의 입을 사정없이 빼앗고, 피도가 모두에게 말했다.

"간신히 현장에 달려온 경찰 제군에게는 미안하지만, 이미 우리의 힘으로 이 사건의 전모가 대충 파악되었다. 남은 건 범인 체포 정도인데, 그건 너희 일이지. 그런고로 일단 정보를 공유할까."

일동의 의식을 확실히 모은 뒤에 피도는 간결하게 사건의 경위를 설명했다.

"사상자는 17명. 처음에는 대체 어디의 누가 운행 중의 대관람차 안에 있는 인간을 몰살한다는 미친 짓을 해냈는지 신기하기 짝이 없었지만, 조사를 진행하는 동안에 이것이 살인 사건이 아니라 집단 자살이라는 사실을 알았다."

경관들이 작게 술렁거렸다. 그걸 아랑곳하지 않고, 피도는 자살이라고 보이는 논거를 나열했다.

"자살이야 쓱 보기만 해도 알 수 있다고? 그런데 자살자들은 하나같이 공들여서 타살로 보이도록 위장했다. 그렇지?"

갑자기 나에게 화제를 돌리지 말아줘. 항의의 시선을 보냈지만, 피도는 이미 귀찮다는 듯이 뒷다리로 귀 뒤쪽을 긁어댔다.

"어흠……. 그렇습니다. 현장에 흉기도 없고, 안에는 분명히 타살로 보이는 시체도 있어서, 그래서 당초에 다들 혼란스러웠습니다. 하지만 아까 바로 이 옆의 강에서 이걸 발견했습니다."

나는 찾아온 문제의 식칼을 소조로기에게 보여주었다. 피도가 말했던 수확물이다.

"자살자 중 한 명이 사용한 것으로 보이는 식칼입니다. 아마 지문도 남아 있겠죠. 묶인 끈과 돌은 위장을 위한 공작입니다."

식칼을 근처 경관에게 건넨 뒤 나는 계속해서 흉기의 은폐공작에 대해서도 보충 설명을 했다.

그 부분은 피도도 **"뭐, 그런 거겠지."**라고 동의해 주었다.

"뭐야……. 그럼 이런 소립니까? 이 사건에 범인 따원 없다?"

소조로기는 어딘가 김샌 느낌이었다.

"글쎄. 그런데 카오루타, 아까 부탁한 건 조사해 주었나?"

"예, 뭐가 뭔지 모르겠지만, 부하들에게 조사시켰습니다."

"무슨 이야기인가요?"

"어이, 애송이, 네가 조수 아가씨와 물놀이를 즐기는 동안, 이쪽은 이쪽대로 열심히 일했다. 근면함에서는 너희 나라 사람에게 다소 뒤질지도 모르지만."

피도가 성대하게 투덜거리는 동안에 소조로기는 수첩을 꺼내어 펼쳤다.

"어어, 그러니까 말이죠, 피해자……가 아니라 자살자가 되나, 그들의 대부분이 신원을 파악할 수 있는 물건을 소지하고 있었기에 신원 특정은 순식간에 됐습니다. 피도 씨의 말처럼 그걸 기반으로 각각의 인물의 계좌를 조사시켰습니다. 그랬더니 보고가 좀 올라왔는데요, 지금으로선 조사가 끝난 모든 계좌에 백만 엔 단위의 돈이 입금되어 있었습니다."

"에엑?! 그게 뭐야? 죽은 사람에게 돈이 입금되었어? 이상하잖아!"

벨카는 아니지만, 나도 그 정보에는 놀라움을 감추지 못했다.

"거금……이군요."

나와는 거리가 먼 금액이다.

"그래. 날짜는 모두 보름 전이야. 다른 곳도 계속 보고가 올라오리라 보지만, 아마도 예외는 없겠지."

집단 자살이 일어나고, 뒤에서 그들에게 돈을 준 인물이 있다.

나는 그 사실이 가리키는 바에 대해 깊게 생각해 봤다.

"그들을 부채질하고, 돈으로 조종한 인물이 있군요?"

"그런 소리지. 누군가가 그림을 그렸다. 그 누군가는 여러 자살자를 모아서 움직이는 방법이 무엇일지 생각했을 때, 제일 간단한 건 돈이라고 생각했겠지. 실제로 그 효능은 때로 신의 설법보다도 잘 통한다."

피도는 범인의 생각을 읽었고, 그 예상은 들어맞았단 소리다.

"입금자의 명의는……."

"가명이겠지."

말할 것도 없다고 피도가 소조로기의 말을 가로막았다.

"예. 지로키치——라고 합니다."

옛날 도적, 네즈미코조의 본명이다. 훔친 금품을 가난한 사람에게 나누어준 것으로 유명하다.

"본업이 따로 있고, 도적은 부업 같은 것이었다고 책에서 본 적이 있습니다. 진위는 확실하지 않습니다만."

리리테아가 이때다 싶어서 지식을 피로했다.

"의적 행세를 한 건지는 모르지만, 씀씀이가 좋은 녀석이 다 있군. 아니, 너무 좋을 정도야."

피도의 말이 맞다. 안 그래도 거금인데, 그걸 십여 명에게 입금한다고 생각하면 엄청난 액수가 된다.

"게다가 그렇게까지 하며 시킨 게 대관람차에서 집단 자살이라니. 난 이해하지 못하겠어. 덕분에 이 대관람차가 완전히 자살 명소가 되어버렸잖아."

벨카는 의분에 불타고 있다.

"앞으로는 입금인에 대해도 조사할 생각입니다만."

"그런 쪽으로 꼬리를 잡힐 만한 쥐새끼라고는 생각하지 않지만."

"쥐새끼……라. 이런 걸 계획하는 건 대체 어떤 변태일까. 지금쯤 어디서 웃고 있을지도 몰라."

"저기."

투덜대는 소조로기에게 벨카가 손을 들었다.

"그 주모자 말인데, 사건 발생 당시에 함께 대관람차에 타고 있었다고 생각할 수 있지 않을까?"

"현장에 있었다고?"

"응. 범인으로서는, 관계가 없는 수많은 사람이 계획대로 곤돌라 안에서 자살해 줄지 불안하겠지. 그러니까 분명 어디서 현장을 보고 있었을 거야. 그렇다면 그 특등석은 같은 대관람차가 아니었을까 하는데."

과연. 그건 정말 그럴듯하다.

"그러고 보면 스태프 중 한 명에게 들었습니다. 사건이 일어난 뒤 혼란스러운 가운데, 운반한 희생자의 숫자가 한 명 줄어든 것 같다고."

벨카의 발언을 듣고 나도 한 가지 정보를 추가했다.

"혹시나 그 인물이 범인이고, 피해자를 가장하여 현장에서 빠져나갔을지도——라고 생각합니다만."

하지만 이쪽의 생각은 곧바로 피도에게 부정당했다.

"그건 아니다."

"어째서?"

"아까 나는 말했다. 희생자는 열일곱 명이라고."

"열일곱……."

그러고 보면 그랬던 것도 같다. 열여섯이라고 들었고 확인도 했으니까 잘못 들은 건가 했는데, 그게 아니었나?

"추가로 한 명 늘었다. 조금 전에. 그렇지?"

피도는 소조로기를 힐끗 봤다. 그 시선을 느낀 소조로기가 고개를 끄덕였다.

"현장에 오는 도중, 입장 게이트 옆 울타리에 인파가 생겨있더군. 그래서 무슨 일인가 싶어서 달려가 봤더니, 남자가 한 명 쓰러져 있었어. 아쉽게도 그때는 이미 심폐정지 상태였다. 자세한 사인은 앞으로 감식을 돌려야 알겠지만, 내가 보기로는 음독이야."

"이미, 죽었다……."

"그래, 즉 그 남자도 자살자 중 한 명이었단 소리지. 지금 대관람차의 담당 스태프에게 피해자의 얼굴을 확인시키고 있는데,

손님으로 본 적이 있는 복장과 얼굴이었다나 봐."

"그럼 그 사람은……."

"아마 다른 인간과 마찬가지로 자살을 결행했던 거겠지. 하지만 그 자리에서는 확실히 죽지 못하고, 그 시체 방에서 눈을 떴다."

다시금 이야기를 넘겨받아서 피도가 말했다.

"몹시 겁먹었겠지. 일어나 보니 주위는 시체로 가득, 스태프는 패닉 상태. 이런 난리가 따로 없겠지. 이거 일이 제대로 꼬였어. 그래서 다급히 그 자리에서 도망쳤다고 해도 이상할 게 없지."

남자는 누구에게도 말하지 않고 그 자리에서 몰래 모습을 감추고, 미즈시마엔에서 떠나려고 했다. 죄다 없었던 일로 하려고 했다.

"하지만 결국 밖에 못 나가고, 그 직전에 숨이 끊겼다……."

"그렇게 사망자의 카운트는, 아멘. 하나 늘어났다는 소리다. 착잡해지는군."

그렇게 말하더니 피도는 한 차례 헛기침을 한 뒤에 그 자리에 털썩 주저앉았다.

"어라? 선생님? 잠깐만요! 아아, 선생님의 집중력이 끊겼어. 저기, 안 되잖아요, 그런 태도는. 조금만 더 하면 되니까요. 끝나면 브러싱해드릴 테니까 힘내요. 어? 다음은 내가 하라고? 우우, 멋대로야."

피도와 벨카는 뭔가 다투는 듯했지만, 결국 조수 쪽이 꺾였다.

"저기……. 보다시피 선생님은 의욕을 잃어서, 여기서부터는 조수인 내가 책임을 지고 자리를 이어받겠습니다! 그래서 다음은 자살한 사람들의 병원 이력에 대해서 말인데."

"아, 그것도 피도 씨에게 부탁받아서 조사했지. 그래서 어떻게 나왔지?"

소조로기가 묻자, 부하 중 하나가 달려와서 보고를 시작했다.

소조로기는 보고를 다 듣자, 밝다고도 힘 있다고도 하기 어려운 복잡한 표정으로 말했다.

"자살자는 모두 과거에 병원을 이용한 이력이 있다는 모양이군. 자살 시도나 불면증, 우울증, 약물의 과다 복용, 기타 등등……."

"역시 그렇습니까. 하지만 꽤 조사 결과가 빨리 나오는군요."

"아, 그 점은 나도 놀랐어. 모두가 같은 병원…… 그것도 코앞에 있는 저 병원에 다녔으니까."

"옛?!"

소조로기의 대답에 벨카가 소리를 내며 놀랐다.

"같은 병원? 모두가?"

모두의 시선이 유원지 맞은편에 보이는 건물로 향했다. 어두운 밤에 희미하게 떠오른 토오마스 종합병원이다.

지리를 모르는 벨카만이 혼자 동떨어진 기색으로 멍하니 있었다.

토오마스 종합병원. 그런가──. 즉, 그런 건가.

"그 병원이란 게 저기 보이는 저 건물이야? 헤에! 대단한 우연도 다 있네."

벨카는 솔직히 감탄하고 있다.

"하지만 근처에 병원이 있던 덕분에 다친 사람들도 금방 옮길 수 있고, 그 점은 다행이네."

"응. 정말로 범인에게 다행인지 불행인지는 모르겠군."

"어? 사쿠야, 그게 무슨 의미?"

"범인은 저 병원에 있단 소리야."

나와 벨카의 대화에 소조로기가 한 박자 늦게 입을 열었다.

"범인은 의사인가!"

피해자도, 범인도, 모두 저 병원에 모여 있었다.

□

소조로기를 대동하고 다시금 병원에 도착했을 때는, 이미 범인이 누군지 짚이는 상태였다.

접수처에서 위치를 물어도 좋았겠지만, 그러다가 도망치면 귀찮다. 그런고로 직접 병원 안을 걸어서 찾기로 했다.

그러는 도중에 나는 화장실에서 나온, 하얀 옷을 걸친 인물을 발견했다. 손을 흔들면서 말을 붙였다.

"선생님."

"응? 아, 잠깐만. 안경이 없으면 잘 안 보이거든."

그는 애용하는 검은 테 안경의 렌즈를 손수건으로 닦으면서 웃었다. 내 다리를 진찰해 준 와라우지 선생님이다.

"어디 보자……. 다음 환자?"

"아뇨, 이미 진찰받았습니다."

와라우지는 다 닦은 안경을 쓰고 나를 봤다.

본 순간 갑자기 안색이 창백해졌다.

"으아아아악! 어떻게?!"

비명이 복도 끝까지 울렸다. 다들 멈춰서 돌아볼 정도다.

"넌…… 분명히…… 죽었을 텐데……. 하, 하하. 사망 확인도 했어……. 하하하. 그런데……."

와라우지의 손에서 손수건이 흘러내렸다.

"오늘 이 앞의 미즈시마엔에서 큰 사건이 일어났습니다만. 그일에 관해서 선생님께 조금 물어보고 싶은 게 있습니다."

소조로기가 경찰수첩을 보이면서 용건을 전했다.

나는 무시무시한 기색을 띤 소조로기를 다급히 제지했다.

"소조로기 씨, 진정해요. 아니에요. 그 사람이 아니에요."

"아닌, 건가?"

"예. 와라우지 선생님에게 협력을 좀 부탁하고 싶은데, 진찰때 같이 있었던 그 간호사분은 어디 있습니까?"

덜컥──.

질문과 동시에 뒤에서 소리가 울렸다.

돌아보니, 한 간호사가 눈을 크게 뜨고 나를 바라보고 있었다. 발밑에는 문진표가 떨어져 있었다.

"아, 마침 잘됐네요. 당신을 찾고 있었습니다."

찾는 사람은── 야오토메 간호사다.

말을 걸자, 야오토메 간호사는 와라우지보다 창백한 얼굴로, 와라우지보다 더 큰 비명을 질렀다.

그 모습을 보고 딱 눈치를 챈 듯한 소조로기가 야오토메에게 다가갔다.

"경찰입니다. 미즈시마엔 사건으로 이야기를 들으러 왔습니다. 근무 중에 죄송합니다만, 잠깐 시간을 내주시겠습니까?"

나를 향하던 야오토메의 시선이 소조로기에게 넘어갔다. 그런 뒤에 간신히 상황을 이해한 것처럼 고개를 내저었다.

"어, 어떻게…… 나인 줄……? 아, 아니, 아니야! 아무것도 몰라! 몰라!"

그건 이미 자백이라고 해도 좋았다.

그렇다. 이 사람이 범인이다.

형사가 여기까지 도달한 시점에서 이미 상당한 확신이 있음을 알아차렸겠지. 야오토메는 바로 체념하고, 더 변명하거나 저항하지 않았다.

"동행해 주시길 바랍니다."

하지만 소조로기가 슬쩍 등을 떠밀었을 때, 도저히 못 참겠다는 듯이 갑자기 내 쪽을 돌아봤다.

"저기…… 왜……? 왜 살아 있어! 너! 오우츠키! 분명히…… 분명히 죽였을 텐데."

거듭 동요하여 날뛰기 시작한 그를 억누르느라 소조로기는 꽤 고생하고 있었다.

간호사는 힘쓰는 일이라고 들었는데, 힘도 센 모양이다. 그게 남자 간호사라면 더더욱 그렇다.

□

　자, 먼저 이번 사건의 결과를 발표하자.

　범인은 토오마스 종합병원에서 근무하는 간호사, 야오토메 테츠토, 28세.

　야오토메는 병원에 다니는 자살 희망자 환자의 정보를 모아서 선별하고, 자기가 특정되지 않도록 접촉을 취했다.

　그리고 지정한 조건에서의 집단 자살을 제안했다.

　지로키치 명의로 그들에게 목돈을 부친 것도 야오토메였다.

　나중에 그가 진술한 바에 따르면, 처음에 입금한 돈은 상대에게 신용을 얻기 위한 선금이었다는 모양이다.

　정말로 지시대로 죽어주면 나머지 돈──나는 그 금액까지는 못 들었지만──을 입금하기로 약속했다고 한다.

　"그 사람들은 살아갈 기력 자체를 잃었어. 자기 몸에 상처를 내서 병원에 찾아오지. 그때마다 나는 말을 붙였어……. 하지만 일개 간호사의 말 따위 헛수고, 아무런 효과도 없었어……. 단순히 빚이 있어서 괴롭다든가 그런 게 아니야. 근본적인 생명의 에너지 문제였어."

　하지만 개별적으로 조사해 보니, 그런 사람들에게도 하나씩은 미련이 있었다고 한다.

　"죽기로 결심한 인간에게는 1엔이든 1억 엔이든 똑같이 가치가 없어. 남은 건 언제 떠날지, 그것뿐이지. 하지만 그들이 이

세상에 남기고 가는 사람들에게는 달라."

부모, 조부모, 형제자매, 친척, 혹은 연인──.

뭔가 남길 수 있는 것이 있다면 남기고 싶다고 생각한다. 야오토메가 말을 붙인 것은 그렇게 마음 여린 사람들뿐이었다.

이것도 나중에 밝혀진 일이지만, 실제로 자살자 중 한 명은 받은 선금으로 중병을 앓는 모친의 수술비를 내려 했다고 한다.

그렇다면 그가 그렇게까지 하면서 집단 자살을 프로듀스한 동기는 무엇이었을까──.

"지키고 싶었어. 이 동네의 경관을."

취조실의 작은 창문으로 밖을 바라보면서 야오토메는 그렇게 말했다고 한다.

"환자들이…… 죽을 때 보는 풍경을 되찾고 싶었어. 어디냐니, 이 병원의, 병실의! 창문을 통해 마지막으로 바라보는 풍경을!"

죽음의 낭떠러지에 있는 환자는 병실 침대 위에서 마지막을 맞는다. 그때 눈에 들어오는 것은 필연적으로 병실의 천장, 그게 아니라면 창 너머의 풍경이다.

토오마스 종합병원의 서쪽 창문에선 예전부터 미즈시마엔의 명물인 일륜 관람차를 바라볼 수 있었다. 일륜 관람차와 이 동네의 거리가 자아내는 아름다운 풍경. 그것을 바라보면서 많은 이가 마음 편히 눈을 감았다.

"수십 년 동안이나 그랬어! 내가 태어나기 전부터! 그런데 일륜 관람차는 철거되고…… 대신해서 만들어진 게 하필이면 저렇게 뒤죽박죽이고! 품성이 없는! 천박한 금박 대관람차다! 망할 놈들! 저게 다 뭐냐고! 트레체스? 웃기고 자빠졌네! 저딴 건!"

그렇게 말한 야오토메는 살기가 등등했다는 모양이다.

"처음에는 불길한 소문을 인터넷에 뿌려서 심술을 부렸어. 대관람차에 악령이 있다고. 하지만 그런 것에 큰 의미는 없었지. 코웃음만 사고 끝이었어……. 그러니까!"

그러니까 그는 타살로 가장한 대사건을 일으켜서, 트레체스를 철거로 몰아붙이려고 획책했다.

아마 본인의 목적대로 트레체스는 철거되겠지. 이런 전대미문의 사건이 일어난 지금, 아무 일도 없었던 것처럼 계속 가동하긴 어렵다.

야오토메 테츠토는 적어도 자살교사죄, 혹은 자살방조죄로 처벌받겠지.

그의 행동을 생각하면, 죄가 얼마나 무거워질지 짐작도 가지 않는다.

현직 간호사에 의한 집단 자살 프로듀스.

언론에서 호들갑스럽게 보도하는 모습이 눈에 선하다.

세간은 야오토메를 '악마 같은 간호사'로 비난하겠지.

그래도 그 동기만을 보고 말하자면, 병실에서 죽어가는 사람을 아끼는 순수한 자애가 있었다.

물론 자애가 있으면 만사 오케이란 이야기도 아니다. 죄가 용서받는 것도 아니다.

죽어가는 자를 향한 자애를 왜 자살자들에게 돌리지 못했을까 싶다.

그래도 저 트레체스가 경관을 망쳤다는 주장만큼은 공감한다.

그런데 소소로기가 야오토메를 데리고 경찰서로 간 뒤에, 나와 리리테아는 사건 해결의 여운에 잠길 틈도 없이 미즈시마엔으로 되돌아갔다.

"서두르지 않으면 닫아버리겠어."

"저기, 사쿠야, 저쪽에 아직도 볼일이 있어?"

벨카의 질문에 나는 한 손으로 고리 모양을 만들어 보였다.

"분실물 찾기 의뢰가 남았어."

"그런가. 잘은 모르겠지만 여기까지 왔으니까 도와줄게."

"고마워, 벨카. 너는 좋은 녀석이야."

"괜찮아! 같은 사건에 도전한 탐정 동료! 아니, 친구잖아!"

언제 그 정도의 사이가 된 걸까. 딱히 기분 나쁜 건 아니지만.

"그렇긴 해도 사건 직전에 이미 죽었다면서? 사쿠야는 정말로 불사신이구나."

"불사신이란 거랑은 좀 다르지만."

"선생님한테 듣기는 했는데, 죽어도 다시 살아난다는 거에는 반신반의했어."

"나는 지금도 반신반의야."

"저세상은 어떤 느낌이야?"

"비틀즈가 유행하고 있어."

내가 대충 한 대답에 웃어 주는 것은 벨카뿐이었다.

"하지만 어떻게 그 남자가 범인이라고 알았어? 간호사가 대관람차 사건의 범인이란 것만 해도 난 놀랐는데, 사쿠야도 해쳤다니."

"지금까지 트레체스 집단 자살 사건만으로도 빠듯해서 나는 오우츠키 사쿠야 살인사건에 대해서는 만족스럽게 추리도 하지 못했는데."

"사쿠야 님, 자기 죽음에 그런 이름을 붙이지 마세요."

"달리 표현할 말이 없으니까. 그리고 마지막에 다 같이 병원으로 향하는 도중에 여유가 생겨서 다시금 여러모로 생각해 봤어. 내가 죽었을 때의 일이라든가. 그래, 바로 이 근처."

우리는 마침 병원을 나서 공원을 가로지르려던 참이었다.

"어떤 생각을 했어? 들려줘."

벨카가 다가왔다.

"그건 저도 궁금했습니다."

벨카와는 반대쪽에서 리리테아도 다가왔다.

"리리테아는 알 거라 생각하는데, 나는 이래 보여도 나름 습격당하는 것에는 익숙해."

그렇게 말하자, 피도도 리리테아도 기막히다는 얼굴을 했다. 나도 이런 말을 내 입으로 하고 싶지 않지만, 사실이다.

"그러니까 습격당했을 때 하나라도 좋으니까 증거를 잡고 죽으려고 애썼어. 하지만 아무리 생각해도 흉기가 뭔지 알 수 없었지. 애초에 범인은 아무것도 갖고 있지 않았어. 하지만 맨손으로 그런 파괴력을 내는 것도 무리지. 애초에 그건 주먹의 감촉이 아니었어."

실제로 몸으로 느낀 거니까 확실히 말할 수 있다.

"그렇다면 범인은 뭘 써서 나를 죽였을까? 흉기는?"

"으음…… 뭘까?"

"그 정답을 말하기 전에, 범인의 움직임에 대해 말해야만 해. 그때 범인은 병원을 등지고 미즈시마엔으로 향하는 내 뒤에서 공격했어. 참고로 나는 그때 이 길에서 누구와도 엇갈리지 않았고, 소리도 나지 않았어. 그리고 보다시피 공원길의 양옆에는 저목 울타리가 무성하지. 몰래 울타리를 헤치면서 내 뒤로 돌아오는 것도 불가능해. 그런 짓을 하면 소리가 나서 금방 들켜."

"즉, 범인은 사쿠야 님을 뒤쫓아 병원 쪽에서 온 겁니까."

"그래. 그러니까 범인은 병원 사람이 아닐까 했어. 하지만 병원 사람이 흉기 같은 걸 들고 뛰쳐나가면 동료나 환자들이 의심하지. 애초에 간호사가 근무 중에 병원을 뛰쳐나가는 것 자체가 인상에 남아. 그러니까 범인…… 야오토메 씨는 간호사 복장에서 사복으로 갈아입고 환자인 척해서 나를 쫓아온 거야."

혹시 백의라도 입고 있으면 아무리 어두운 공원에서라도 나도 알아차리겠지.

"그건 그렇다고 하고 흉기 문제는?"

얼른 말하라는 듯이 리리테아가 압력을 가해왔다.

말할게. 말할 테니까 어깨로 밀지 말아줘.

"그러니까 환자인 척한 거야. 팔에 깁스를 차고."

"깁스……. 그 간호사는 깁스로 때린 거야?"

"응. 아마도. 진찰실에 설명용 깁스를 보았는데, 아마 그런 종류야. 뒤에서 맞았을 때 느낀 그 돌덩이와도, 망치와도 다른 묘한 감촉은 깁스였던 거야."

"그런가, 그러니까 범인은 손에 아무런 흉기도 없었던 거구나. 갖고 있을 필요가 없었어."

벨카의 말에 이어서 "*테드 번디도 뒤집어지겠군." 이라고 피도가 말했다.

집단 자살 사건의 흑막은 병원에 있다.

오우츠키 사쿠야 살인사건의 범인도 병원에 있다.

그 두 개의 진실에 도달했을 때, 미세하게 두 사건이 선으로 이어졌다.

"나를 죽인 게 병원 사람이라면, 미즈시마엔으로 향하는 나를 다급히 쫓아와 죽여야 했던 이유는 뭘까? 그건 나를 미즈시마엔에 보내고 싶지 않았기 때문이야. 집단 자살 사건에 내가 엮이는 걸 바라지 않았기 때문이야."

그런 소리를 하는 사이에 우리는 미즈시마엔에 돌아왔다.

유원지는 이미 봉쇄되었고 안에는 경찰 관계자밖에 없었지만, 사건 해결에 공헌했다는 명목으로 입장을 허가받을 수 있었다. 실제로는 피도의 위광 덕분일지도 모르지만.

나는 피도와 벨카에게 반지의 특징을 전달하고 협력을 부탁했다. 더없이 든든한 협력자다.

---

* 테드 번디 : 1970년대 미국의 연쇄살인마.

"범인은 사쿠야 님을 탐정으로 인식하고 있었고, 지금부터 미즈시마엔에서 사건을 해결하러 간다고 알고 있었던 거군요."

열심히 반지를 찾고 있자, 리리테아가 아까 이야기를 이어서 하기 시작했다.

"하지만 언제 어떻게 그 사실을 알았을까요?"

"어? 그 이야기 계속하게? 그보다도 반지를 찾자, 리리테아."

정론을 말하자, 내 조수는 대단히 뜻밖일 때의 귀엽게 토라진 얼굴을 보였다.

"알았어. 알았다고. 어, 그 대답은 리리테아와 한 통화라고 생각해."

"통화……."

그러고 보면 전화를 했다며 리리테아가 중얼거렸다.

"난 그때 병원 옥상에 있었어. 출입금지인 옥상에. 나쁜 짓이지만, 거기라면 아무도 없을 거라고 생각해서."

"하지만 거기에는 범인인 야오토메 씨가 있었다?"

"그래. 그는 나보다 먼저 옥상에 숨어 있었어. 그 이전에 옥상에서 대관람차의 상황을 엿보고 있었던 게 아닐까. 확실히 자살이 이루어졌는지 자기 눈으로 확인하기 위해서. 무슨 일이 일어났으면 대관람차는 정지하지. 옥상에서라도 그건 확인할 수 있었을 거야."

옥상은 출입금지니까 누가 올 걱정은 없다. 야오토메는 그렇게 생각했을 것이다.

그런데 거기에 내가 나타나서, 방금 일어난 사건에 대해 전화로 말하기 시작했다.

"재빨리 몸을 숨긴 야오토메 씨는 그 대화를 듣고 있었군요."

듣고 있었겠지. 내가 세계 최고의 탐정으로 일컬어지는 오우츠키 타츠야의 아들이라는 것, 미즈시마엔에서 일어난 사건 때문에 행동을 시작하려 한다는 것을──.

"야오토메 씨로서는 마음이 편치 않았겠지. 탐정이 순식간에 사건을 해명하고 자기를 붙잡으러 오는 게 아닐까 하고. 그리고 그는 생각했어. 지금이라면 탐정이 현장에 도착하기 전에 처리할 수 있다. 할 수밖에 없다."

내가 전화를 끊고 옥상 문 쪽으로 돌아왔을 때, 맞닥뜨린 것은 다름 아닌 야오토메였다.

그건 문을 열고 옥상에 나온 게 아니라 반대로 옥상에서 안으로 도망치려던 때였다. 하지만 타이밍을 놓쳐서 그 모습을 내 앞에 드러낸 것이다.

나를 찾으러 다녔다고 말한 것은 순간적인 변명이 틀림없다.

"그리고 병원을 나선 사쿠야 님을 쫓아와서 말씀하신 방법으로 살해했다. 그럼 시체의 사후처리는……."

"아마 야오토메 본인이 했을 거야. 일단 내 시체를 공원의 저 목 울타리 안에라도 숨기고, 일단 병원으로 돌아가서 간호사 복장으로 갈아입어 깁스를 처분한 뒤, 바로 공원으로 돌아와서 나를 환자인 척 침대차로 병원으로 옮긴 거지."

그때 나는 이미 죽은 상태였으니까, 환자라고 할 수 있을지 미묘하지만.

"그리고 의사에게…… 아마 와라우지 선생님이겠지만, 조금 전에 진찰한 내가 뇌출혈로 사망했다고 전했어. 교통사고의 부상 때문에 시간차로 사망했다고 보이게 한 거지."

실제로 나는 야오토메에게 머리를 몇 번이나 얻어맞았고, 그 대미지는 애초에 사고로 다쳤던 내 머리를 결정적으로 망가뜨렸다.

"사망진단은 와라우지 선생님에게 시켰겠지. 그 이후의 자세한 수속은 간호사라는 신분을 이용해서 어떻게든 손댈 생각이었을지도 몰라. 와라우지 선생님이 뭔가 반대할 가능성도 있었지만, 선생님으로서는 오진 때문에 내가 죽은 꼴이 되니까 아무래도 켕기는 심정이 있었을 거야. 그러니까 어느 정도 말을 맞춰서 오우츠키 사쿠야는 교통사고로 반송되었지만 처치가 늦었다. 그렇게 할 생각이었을지도."

야오토메의 그런 계획은 내가 일찌감치 소생하면서 결국 의미가 없어졌지만.

거기까지 이야기를 다 듣고 리리테아가 살짝 숨을 내뱉었다.

만족한 얼굴이다.

"뭐, 전부 상상이지만. 하지만 지금쯤 경찰이 오우츠키 사쿠야 폭행 용의에 대해서도 추궁하고 있겠고, 필요하다면 와라우지 선생님에게 사정청취도 할 테니까 조만간 진실이 내 귀에도 들어올지도…… 아."

"왜 그러십니까?"

나는 문득 눈이 멎은 그것을 가리켰다.

"움직였어. 트레체스."

"아……."

우리가 바라보는 앞에서 대관람차가 다시금 천천히 돌기 시작했다.

의아한 마음에 다가가 보니, 처음에 이야기를 들려준 스태프인 아쿠타자와 씨가 우리를 보고 손을 흔들어주었다.

"손님들의 짐은 다 꺼냈고 청소도 끝났습니다만, 만일을 위해 구동에 문제가 없나 확인하기 위해 움직이고 있습니다. 곤돌라를 하나하나 체크해야 해서."

대단히 복잡한 표정이었다. 아니지, 일어난 사건을 생각하면 그 태도는 아주 훌륭하다고 할 수 있다. 꿋꿋하고 프로페셔널하다.

그러니까 트레체스가 앞으로 어떻게 될지——를 본인 앞에서 말할 수 없었다.

"사쿠야 님…… 저걸…… 사쿠야 님. 저기…… 사쿠야."

혼자서 생각에 잠겨있자, 갑자기 리리테아가 초조한 기색으로 내 팔을 잡아당겼다.

"가, 갑자기 왜 그래. 아니!"

내 팔을 잡아끄는 채로 리리테아는 대관람차의 탑승 게이트를 지나 그대로 문이 열린 곤돌라에 올라탔다.

"아! 뭐 하는 거야. 멋대로 올라타고. 스태프에게 방해되잖아. 자, 내리자…… 아니?!"

다급히 밖에 나가려는데 눈앞에서 문이 닫혔다. 유리창에 손을 대고 밖을 보니, 아쿠타자와 씨가 빙그레 웃으면서 주먹을 쳐들고 있었다. 아니, 그 주먹은 뭡니까.

'어쩔 수 없네요. 한 바퀴만 선물할게요.' 라고, 그 얼굴은 그렇게 말하고 있었다.

뭔가 오해한 모양인 스태프의 눈치 덕분에 특별 운행──이 되었다.

"저기, 리리테아. 갑자기 왜 그래? 그렇게 타고 싶었어?"

리리테아는 곤돌라 의자 밑으로 손을 뻗고 있었다. 그것도 꽤 안쪽.

"리리테아……?"

"찾았습니다."

리리테아가 말하면서 나를 돌아봤다.

"찾았다니…… 아!"

그 손에서 소박한 느낌의 다이아몬드 반지가 빛나고 있었다.

"그거…… 아앗! 의뢰받은 반지잖아! 이런 데 있었나!"

"죄송합니다. 한순간 빛나는 게 보여서 뛰어들었습니다."

"그런 거였나……. 놀랐잖아."

리리테아는 발견한 반지를 자신의 하얀 손수건 위에 올리더니, 조심스럽게 내게 건네주었다.

"잘했어, 리리테아. 이걸로 반지 찾기 의뢰도 끝났군."

"예. 의뢰인 부부도 기뻐하시겠지요."

그렇게 되었으면 이젠 사무소로 돌아가면 끝──이라고 말하고 싶지만, 곤돌라가 한 바퀴 돌 때까지는 기다릴 수밖에 없다.

"으음……. 한 바퀴에 10분 정도랬나."

"예."

"그런가…….''

"예."

거듭해서 좁은 곤돌라 안에서 리리테아와 시선이 마주쳤다. 눈 둘 곳이 없어서 무심코 창밖으로 시선을 피했다. 거기에는 야경이 펼쳐져 있었다.

슬쩍 리리테아를 보니, 어느새 예의 바르게 의자에 앉아 이쪽을 올려다보고 있었다.

"리리테아, 저기…… 오늘은 고생 많은 하루였지."

"사쿠야 님도 수고하셨습니다."

"응."

"지쳤나요?"

"지쳤지. 차에 치이고, 강에 빠지고, 덤으로 의료인에게 죽었으니까. 오늘도 죽고 치이고 했어. 가능하면 아래로 돌아갈 때까지 느긋하게 쉬고 싶어."

야경이 만드는 지평선을 바라보면서 기세를 타고 농담 섞인 푸념을 늘어놓자, 내 조수는 잠시 뭔가 생각하듯이 천장을 올려다봤다.

"뭐, 농담이야. 농다…….''

"사쿠야."

이윽고 자기 허벅지를 가볍게 탁탁 두들기며 고개를 갸웃거리고 이렇게 말했다.

"좀…… 쉴래?"

나는 무심코 뒷걸음질 치다가 곤돌라 벽에 머리를 부딪치고
말았다.

그렇게 꼴사나운 탐정님을 보며 조수는 웃었다.

두 손으로 입가를 가리고 가볍게 웃었다.

한편 대량의 사망자를 낸 대관람차는 빙글빙글 돈다.

아이러니하지만, 죽음을 거듭하는 나에게는 정말 잘 어울리
는, 마음 편한 탈것이다.

□

다음 날, 나와 리리테아는 사무소 근처의 오픈 카페에 왔다.

주말의 거리에는 많은 사람이 오가고 있었다. 하늘은 화창하
지만, 공기는 다소 습기를 머금고 있었다.

"여기 밥은 어디서 뭘 먹어도 맛있어. 우리 나라에 가지고 돌
아가고 싶어."

옆자리에서는 벨카가 진심으로 행복한 느낌으로 나폴리탄을
먹고 있었다.

"그렇죠, 선생님?"

벨카의 발밑에는 피도가 있어서, 핫도그를 우걱우걱 먹고 있
었다.

그들은 한동안 이 나라에 체류할 생각이라고 했다.

"아, 맞다, 범인인 그 간호사."

문득 벨카는 먹던 손길을 멈추고 왜인지 작은 목소리로 말을 건네 왔다.

"조사해 봤는데, 실은 그 사람도 병이 있었던 모양이야."

"병……?"

"그것도 꽤 심각한…… 정도가 아니라 나을 가망이 별로 없는 병. 직장에는 비밀로 했나 봐."

"아하. 그래서인가."

그 정보를 듣고 묘하게 납득했다.

"많은 이들의 죽음을 지켜본 그가 이번에는 자기 죽음을 가까이서 느꼈다. 그때 다시금 통감했던 걸지도 모르겠어."

"무슨 소리?"

"마지막 순간을 기다리는 환자와 같은 마음, 같은 시선이 되면서, 그 병원에서 보이는 경치에 절망과 분노를 느꼈겠지."

그것이 야오토메의 동기, 범죄로 치달은 원동력이 되었던 걸지도 모른다.

토오마스 종합병원에는 지금도 몇 명의 피해자가 집중치료실에 있다고 한다. 스스로 목숨을 끊으려고 한 사람을 피해자라고 해도 좋은지 고민스럽지만, 그것은 이 뒤에 또 사망자가 늘어날 가능성이 있다는 소리다.

물론 살아날 가능성도 있다. 하지만 살아도── 그들이 살 기력을 되찾지 못하면 결국 똑같다.

"사쿠야 님, 너무 괴로워하지 마세요."

"고마워, 리리테아. 하지만 이번 사건은 피해자도 주모자도 여러 의미로 마음 후련하지 않아."

얕은 한숨을 쉬자, 피도가 고개를 들었다.

"그렇게 계속 마음에 담아두지 마라. 수수께끼가 풀리고 범인을 붙잡았으면, 탐정의 일은 그걸로 끝이다. 그보다도 지금 해야 할 일은 앞으로의 이야기 아닌가?"

그 말이 맞다.

"너는 세븐 올드맨의 정보를 원하는 거겠지. 하지만 그 결과 놈들을 찾아내서 어쩔 생각이지? 아버지의 원수를 갚으려고 한 명씩 가라테인지 뭔지로 결투라도 청할 거냐?"

그건 물론 피도의 농담이었지만, 그는 아직 마음이 정리되지 않은 나를 한번 흔들어 보려던 모양이었다.

"그건…… 솔직히 아직 모르겠습니다. 나는 그저 아버지가 어떻게 되었는지, 녀석들이 무슨 짓을 했는지, 그걸 알고 싶어. 그리고 혹시 놈들이 나에게 용서할 수 없는 존재라고 알면…… 그때는 내가 다시금 아버지 대신 세븐 올드맨을 잡아다가 감옥에 돌려보내겠어."

"흥, 위험천만해서 두고 볼 수 없군. 애송이, 너는 전장이든 사건 현장이든 제일 먼저 죽을 타입이다."

피도는 여전히 신랄하게 말했다.

"리리테아한테도 자주 듣습니다."

쓴웃음을 짓자, 이야기를 듣고 있던 벨카가 이쪽의 얼굴을 들여다봤다. 윤기 있는 금발이 뺨에서 흔들리고 있었다.

"사쿠야, 미안. 선생님은 이렇게 말하고 싶은 거야. 내버려둘 수 없으니까 한동안 힘을 빌려주겠다고."

"피도……."

"알겠냐, 애송이. 목적이 있으면 힘을 길러라. 하지만 그건 탐정의 힘이다. 미국의 멍청한 영화 속 주인공처럼 마초가 되라든가, 쿵푸 영화를 흉내 내라는 소리가 아니다. 탐정의 힘이다. 보나 마나 타츠야는 그런 쪽을 네게 하나도 가르치지 않았겠지. 그러니까 어디 열심히 굴려서 단련시켜 주지. 네 실수에 휘말려서 우리까지 위험해지긴 싫으니까."

"……고마워."

"그나저나 어제 사건 말인데."

감사의 말 따윈 흥미가 없다는 듯이 피도는 물 흐르듯이 화제를 바꾸었다.

"아직 판명되지 않은 게 하나 있다."

"판명되지 않은 거가 있어?"

"모르겠냐, 얼간이. 그 간호사가 자살자들에게 보낸 돈의 출처다."

"그건…… 확실히."

"돈을 많이 받는 의사가 범인이라면 혹시나 싶겠지만, 그 젊은 간호사가 그런 큰돈을 준비할 수 있었을 것 같지 않지. 한 명 한 명에게 보내는 액수가 크고, 머릿수도 너무 많다. 자, 대체 어디서 나온 돈일까?"

피도가 Q를 던졌다. 이것도 그 수업의 일환일까.

"즉…… 후원자가 있다?"

"그래. 고작 대관람차 하나를 철거하려고 집단 자살을 시키고 싶다는 한 남자의 계획을 위해 수천만, 자칫하다간 억 단위의 돈을 떡 하니 내놓는, 그런 짓이 가능하고 할 만한 녀석이라면 나한테는 한 명……밖에…… 음…… 우우, 와우."

　그때까지 유창하고 시리어스하게 말하던 피도의 말이 도중에 갑자기 흐트러졌다.

　"멍멍이 귀여워."

　살펴보니, 지나가던 어느 어린 소녀가 대담하게도 지면에 엎드린 피도의 머리를 쓰다듬고 있었다. 어느새.

　갑작스러운 아이의 스킨십에 대해 으르렁댈 수도 없이 피도는 얌전히 그 손길을 받고 있었다.

　"이름 뭐야?"

　"피도 선생님이야."

　벨카가 익숙한 기색으로 아이에게 대응했다. 그들에게 이런 일은 일상다반사인 걸지도 모른다.

　"아, 맞다!"

　잠시 피도의 털을 만끽하던 소녀는 중요한 일을 떠올렸다는 듯이 일어서더니, 옷의 먼지를 작은 손으로 털었다.

　"이걸 주라는 심부름이었어! 자, 여기!"

　그리고 주머니에서 뭔가를 꺼내어 내게 건네주었다.

　그것은 최신형 스마트폰이었다. 내가 가진 것보다도 훨씬 비싼 거다.

　"이걸…… 나한테?"

　"응. 저기 어른이 부탁했어. 이거 주라고. 멍멍아, 나 갈게."

　볼일을 마친 소녀는 후다닥 그 자리를 떠나갔다. 그 뒷모습은 사람들 사이에 섞여서 금방 알아볼 수 없게 되었다.

"왜 저런 꼬마애가 나한테 이런 걸······?"

다소 불온한 분위기가 떠돌기 시작했다.

"부탁받았다······. 대체 누구한테······. 애, 잠깐만!"

뒤를 쫓아가려고 벨카가 일어서려는 것을 피도가 제지했다.

"헛수고다. 저 애는 아무것도 모르겠지. 무관계한 인간을 복잡하게 경유시켜서 그걸 전달한 거다."

우리는 자연스럽게 남겨진 스마트폰으로 시선을 내렸다.

그러자 스마트폰에 신호가 들어왔다.

예술적이라고 할 수 있는 타이밍이었다.

벨소리는 들어본 적 있는 곡이었다. 유명한 클래식── 그래, 바그너의 「발키리의 기행」이다.

상대의 번호는 표시되지 않았다.

우리는 순간 서로의 얼굴을 봤다.

피도가 끄덕였다.

나는 마음을 굳히고 전화를 받았다.

"잘 지냈어, 사쿠야?"

그 목소리가 내 고막을 울린 순간, 눈꺼풀 뒤쪽에 어느 색이 스쳐지나갔다.

그것은 눈을 빼앗는 선명한 진홍색. 초연 섞인 바람에 휘날리는 화려한 드레스.

"샤르······. 너인가."

셀러브리티. 샤르디나 임페리셔스.

"샤르의 자선사업을 방해해 줘서 정말 고마워."

시작하는 그 한마디는 모든 것을 이해하고도 남을 만한 것이었다.

옆에서 엿듣고 있던 피도도 '역시나' 라고 작게 신음했다.

"그 인간…… 으음, 야오토무였던가? 어? 야오토메? 아무튼 좋아. 그는 목적을 위해 돈을 필요로 하는 모양이길래 샤르가 조금 돌려줬어. 급하다고 그러던데, 그때는 주머니에 300만 유로밖에 없었지만, 그에게는 충분했던 모양이야."

"자금의 출처는 너였나. 하지만 대체 어떻게?"

야오토메가 가슴속에 감추고 있었던 무시무시한 계획을 알 수 있었을까.

"모르겠어? 정보도 돈으로 살 수 있어. 지폐를 눈처럼 하늘에 뿌리면 자본의 요정이 전 세계에서 재미있는 정보를 모아다가, 침실에서 쉬고 있는 샤르의 귓가에 가르쳐주러 와."

샤르디나는 요염한 느낌을 띤 목소리로 꿈 같은 소리를 속삭였다.

물론 그 말은 비유다. 말하자면 전 세계에 자기 정보망이 깔렸다고 말하고 싶은 것이다.

셀러브리티는 지루함을 잠시 달래줄 정보를 변덕으로 픽업하고 즐긴다.

살짝 밀면 저쪽으로 넘어질 만한 도미노를 발끝으로 툭 건드린다.

그 결과, 야오토메라는 한 남자는 자금을 얻어 저쪽으로 넘어
졌다.

전대미문의 집단 자살을 프로듀스하는 남자를, 뒤에서 프로
듀스한 것은 샤르디나였다.

"뭘 위해 일부러 이런 짓을 했지? 재미있으니까?"

"말했잖아. 자선사업이야……라고 말했지만, 구태여 말하자
면, 그래, 그 트레체스라는 대관람차……."

그 순간, 트레체스의 악취미에 졸부 같은 디자인이 뇌리를 스
쳤다.

"설마, 미즈시마엔의 새로운 출자자라는 게 너야?"

"아니야."

하지만 내 상상은 순식간에 부정당했다.

"혹시 그렇다면 샤르가 그렇게 센스라곤 찾아볼 수 없는 디자
인의 대관람차를 만들게 할 리가 없잖아? 오히려 반대야. 저번
에 갔을 때, 차창에서 보인 대관람차가 마음에 안 들었으니까,
확 부숴버릴까 했어. 하지만 그냥 매수하거나 폭파하는 건 재
미가 없으니까 어떻게 할까 생각했거든. 그랬더니 마침 야오토
무의 계획이 수중에 굴러들어왔으니까, 그에게 시키기로 했어.
그러는 게 더 재미있었으니까."

결국 재미있다는 이유로 귀결된다.

집단 자살이 일어나면 대관람차는 가동을 정지하고, 언젠가
철거된다.

자살 희망자들은 남겨진 가족에게 거금이 인도되니까 안심하

고 갈 수 있다.

"이거야말로 엥엥의 관계잖아? 어머, 윈윈이었던가? 엥엥이면 양쪽 다 울겠네."

샤르디나는 웃었다. 비웃었다.

"샤르······. 어디에 있지?"

"사쿠야, 화났어?"

"아버지에 대해 뭔가 아는 거 아니야?"

"불사의 탐정, 오우츠키 타츠야 말이지. 시체는 찾았다고 들었는데?"

"그런 얼굴도 지문도 모르게 타 죽은 사체를 보여준다고 납득할 수는 없지."

DNA가 일치했다는 설명도 들었지만, 그런 건 결국 모르는 경관이 읽어준 서류상의 데이터에 불과하다.

"그는 불사가 아니었습니다. 끝. 이렇게 하면 안 돼?"

"안 돼."

"참 곤란한 사람이네. 좋아. 그러면 레긴레이프까지 와."

"레긴레이프?"

"지중해에 있는 내 섬이야. 거기에 비밀 별장이 있어. 그쪽에서 오겠다면 오우츠키 타츠야에 대해 가르쳐줄 수도 있어. 다만 멋대가리 없는 경찰들에게는 비밀로. 땀내 나는 놈들에게 달려가서 함께 온다면 이쪽도 상응하는 대접을 하겠어."

"알겠어······."

"그렇지, 사쿠야. 그 스마트폰은 잘 간수해. 세계에서 유일한 샤르와의 직통 전화니까. 알겠지?"

"그래. 반드시 만나러 가지."

"God speed you(행운을 빌어)."

그 말을 마지막으로 통화가 끊겼다.

"후우……."

무시무시한 긴장감에서 해방되어서 무심코 한숨을 쉬었다. 그대로 가라앉듯이 의자에 다시 주저앉아 하늘을 올려다봤다.

"샤르디나의 거점 레긴레이프. 이름뿐이라면 나도 들어본 적이 있지. 지도에는 실리지 않은 경제실험특구라나. 어떤 유쾌한 장소일까. 그래서, 애송이, 갈 건가?"

피도가 부채질하듯이 말을 걸었다.

갈 거야. 가야지.

나는 표정으로 그에게 그렇게 답했다.

"사쿠야 님."

리리테아가 가만히 내 어깨에 손을 댔다.

여기에 있습니다, 라고 전해주었다.

그것만으로 차갑던 팔다리에 혈액이 도는 듯한 느낌이 들었다.

나는 리리테아만이 아니라 피도와 벨카에게도 제안하는 의미로 손을 들었다.

"일단은…… 다 같이 푸딩 아라모드라도 시킬까?"

생각은 그걸 먹고서 하자.

Y. 데린저의 인사 -4-

언젠가 영국의 타블로이드지에 이런 말이 실린 적이 있다.

샤르디나 임페리셔스는 재력을 마술처럼 쓴다.
돈으로 모든 것을 강탈하고 훔쳐간다.
고로 그녀는 이렇게 불린다.
대부호괴도—— 혹은 자본의 마녀.

   작가 아서 C 클라크는 '충분히 발전한 과학은 마술과 구분할
수 없다'고 말했는데, 엄청난 재력 또한 마술과 구분할 수 없는
모양이다.
   샤르디나의 사설 군대 EM 또한 그녀가 쓰는 마술의 하나라는
소리다.
   EM과 루치아노 패밀리 사이에서 우발적으로, 어쩌다가 발발
한 총격전은 꽤 성대한 것으로 발전했다.
   "샤르의 밑에 탄환을 아끼는 애는 없지?"
   샤르디나는 총탄이 쏟아지는 홀의 한가운데에서 상황을 즐기
고 있다.

자기는 총도 들지 않고, 허둥대거나 숨지도 않고, 그저 가만히 서 있다.

적의 탄환? 맞을 리가 없잖아? 샤르잖아?

그렇게 말하는 듯한 얼굴로.

"밖으로 가자. 여기는 먼지가 많아서 못 있겠어. 카르미나."

"예, 아가씨."

전장을 밖으로 옮기기로 한 듯한 샤르디나는 마음대로 발길을 돌렸다. 그렇게 턴한 순간에 샤르디나의 드레스가 변했다.

한순간 눈을 의심했지만, 순식간에 옷을 갈아입은 모양이다. 그걸 해낸 것은 옆에 있던 카르미나다. 훌륭한 솜씨다. 그렇긴 해도, 여태까지 갈아입을 드레스 같은 것을 어디에 숨기고 있었을까.

"저 녀석, 먼지 묻은 드레스 같은 건 1초도 입기 싫다는 거네."

갈아입었다고 해도, 역시 그건 똑같이 새빨간 드레스였다. 하지만 뭔가 원칙이 있는 건지 미묘하게 색상이 다른 듯했다.

먼지 묻은 드레스를 벗어 던지고, 상쾌하게 홀에서 나가는 샤르디나.

나도 뒤를 따라서 그대로 호텔에서 길가로 나갔다.

마피아들은 물러나려고 해도 물러날 수 없다는 느낌의 얼굴로 방아쇠를 당기고 있다. 아마 상대가 누구인지도 잘 모르는 거겠지.

경찰의 사이렌은 아직 들리지 않았다.

경찰서장에게는 루치아노가 이런 연락을 넣었을 것이다.

좀 사정이 있어서 아시아계 젊은 여자를 부하가 쫓고 있다. 조금 시끄러울지도 모르지만, 신경 쓰지 마라——.

서장은 한동안 주머니 속 돈다발의 감촉을 맛보면서, 소동을 모르는 척하겠지.

하지만 이번만큼은 마피아들도 얼른 경찰이 와주었으면 하지 않을까.

그만큼 EM은 통솔이 잡혔고, 자비가 없었다.

샤르디나는 웃기게 기다란 리무진의 지붕 위에 자리를 잡고 지휘관처럼 냉혹한 지시를 내렸다.

"저기 트레일러 뒤의 세 명, Kill' EM."

명령을 하나 내릴 때마다 차례로 드레스가 바뀌었다. 마치 피로연에서 의상을 갈아입는 신부처럼.

카르미나의 솜씨는 훌륭했다. 블루, 오렌지, 핑크, 옐로우, 그린, 블랙——. 이번에는 색상도 다채롭다.

"니하하! 봐요, 봐, 아가씨! Kill했다고!"

"잘했어, 알트라."

그런 한편 나는 나대로 마피아 한 명이 떨어뜨리고 간 기관단총을 주워서 쏟아지는 불똥을 적당히 털어내고 있었다.

총. 때때로 상황에 따라 쏘는 일도 있지만, 역시 써서 재미있는 물건이 아니다.

까놓고 말해 총 같은 건 안 써도 금방 상황을 제압할 수 있다.

이 자리의 모두가 나를 사랑하게 만들면 끝날 일이니까.

"하지만 뒷감당이 귀찮으니까."

지나가던 배송 트럭이 타이어에 총탄을 맞고 확 뒤집혔다.

마찬가지로 사고가 나서 벌집이 된 차가 이미 여기저기에 버려져 있었다.

나는 차로 뛰어올라, 차에서 차로 운동선수처럼 뛰어넘었다.

도중에 마피아들 사이에서 피오를 발견했다. 피오는 나를 보자 '나는 너를 쏘지 않아.' 라는 듯이 눈짓으로 신호를 보냈다.

조직과 사랑 사이에 끼어서 피오도 괴로운 모양이다. 내가 알 바는 아니지만.

그건 그렇고, 피오를 보면 알겠지.

한 번 사랑에 빠지면, 그게 언제 어떻게 식을지는 당사자에게 달렸다.

최면술처럼 손가락을 딱 튕기면 원래대로 돌릴 수 있는 게 아니다.

그러니까 나중에 어떻게 집착하고 들지 알 수 없다.

그게 이 유류 데린저의 성가신 체질이다.

"뭐, 내가 애쓰지 않아도 EM이 알아서 정리해 줄 테니까, 괜찮겠지."

그리고 실제로 샤르디나가 일곱 번이나 추가로 옷을 갈아입는 사이에 전투가 끝을 맞이했다.

총성이 뜸해지고, 마피아 패밀리가 차례차례 도주하기 시작한다. 자신들이 상대하는 패거리가 보통도, 정상도 아닌 것을 이제야 눈치챈 듯하다.

한바탕 소란도 이걸로 끝이다.

길거리는 완전히 조용해졌다. 시민은 창문으로 얼굴을 내밀려고도 하지 않았다.

타이밍을 재고 있었던 것처럼 순찰차가 멀리서 우르르 달려오는 게 보였다.

ㅁ

충격전의 이틀 뒤, 나는 샤르디나와 스페인의 깡촌에 있었다.

경찰의 눈을 피해 샤르디나의 자가용 제트기에 타고, 겸사겸사 같이 국경을 넘어서, 지금은 샤르디나의 별장 중 하나에서 머물고 있다.

잠잠해질 때까지 여기서 얌전히 있는 게 제일이지만, 이제는 슬슬 지겨워졌다.

그런고로 아침, 바깥바람이나 쐬고자 계단을 올라가 2층 테라스에 나가 봤다. 거기에 선객이 있었다.

샤르디나다. 스마트폰을 귀에 대고 누군가와 통화 중이다.

상대는──.

"사쿠야, 화났어?"

뭐?

왜 이 녀석이 스승님과 전화를 하고 있지?

게다가 치정싸움 같은 분위기를 내고.

통화 중에도 카르미나의 손에 샤르디나의 의상은 계속해서 바뀌었다.

"참 곤란한 사람이네. 좋아. 그러면 레긴레이프까지 와."

샤르디나가 전화를 끊는 것을 기다렸다가 뒤에서 귓가에 대고 속삭여 주었다.

"아가씨 캐시카드는 무슨 색이야?"

"꺄아아아아아악?!"

그러자 샤르디나는 스마트폰을 내던질 기세로 놀라며 나와 거리를 벌렸다. 유쾌한 움직임이다.

"사람 놀라게 하지 마!"

"여전히 겁이 많네. 웃겨."

"뒤에서 말을 거는 게 싫을 뿐이야! 뒤는 안 돼!"

오오. 화났네, 화났어.

"아, 그래. 뭐, 네가 숨긴 설정 같은 건 흥미 없지만."

"설정 아니야!"

"아아, 심심해."

샤르디나의 말을 한 귀로 흘리며, 나는 근처 의자에 앉았다.

"넌 어제 방에서 음악을 틀고 혼자 마구 춤췄잖아."

"그것도 금방 질렸어."

베네치아에선 별의별 일이 있어서 지쳤지만, 정보는 손에 넣었고, 얼른 일본에 가서 하이가미네 유리우로 돌아갈까.

탐정의 제자로.

"애초에 당신 탓이잖아. 그런 마피아 패거리를 샤르의 파티에 데려오고 말이야."

샤르디나도 나를 따라서 옆에 있는 의자에 앉았다.

"그것 때문에 샤르도 이탈리아에서 쫓겨나게 됐잖아."

"그런데 아까 그 전화."

"그래. 오우츠키 타츠야의 아들이야. 왜? 아, 신경 쓰여?"

"딱히~."

"일본에서 좀 알게 되어서."

"방심했다간 큰일 나겠네."

"그렇게 말하는 당신이야말로 요즘 그 아이를 집요하게 쫓아다 닌다며?"

"너하곤 상관없어. 아, '진짜 나(엠프레스)'에 대해 고자질할 거라면 일단 네 입부터 막을 거야."

"샤르가 사쿠야한테? 그런 짓은 안 해. 샤르는 그 애의 베이비 시터가 아니야. 그거야말로 내 알 바 아니지. 썩어도 탐정이라 고 말할 거라면 사쿠야가 스스로 알아차려야 하잖아."

내가 견제하자, 샤르디나는 진짜 무덤덤한 투로 그렇게 말했 다. 마음에 안 드는 말투다. 하지만 이 녀석이 그렇게 말한다면 진짜 그런 거겠지.

시시한 거짓말은 마음의 강도를 떨어뜨린다. 그리고 샤르디 나라는 여자는 그런 종류의 거짓말을 하지 않는다.

항상 가슴을 펴고 본심만을 말하는 여자다.

항상 가슴을 펴고 본심을 숨기는 나와는 정반대다.

"베네치아 쪽은 문제없어?"

"글쎄? 그래도 뇌물은 있는 대로 뿌렸어."

"넌 여전히 돈을 바보 같이…… 아니, 마법 같이 쓰네."

"그런 당신은 질리지도 않고 이 별에 병을 뿌리고 다니는 모양이잖아."

"난 몰라."

"뻔뻔하긴. 그렇게 수많은 남자에게 쫓기고선."

좋아서 그러는 것도 아닌데.

하지만 샤르디나의 말은 정말 그럴싸했다.

분명히 나는 온 세상에 병을 뿌려댄다.

특효약이 없는 병을.

인류는 그것을 사랑의 병이라고 부른다.

최초의 7인 (세븐 올드맨)

PROFILE

세계의 연인(엠프레스)
유류
Y. 데린저
징역 999년

천성의 매력으로

무의식중에 주위의

인간을 끌어들이고,

자기를 좋아하게 만든다.

연령은 불명.

사[건]2 사건메모

KILLED AGAIN, MR. DETECTIVE.

데모니아카 빌라
멈춰 선 자들의 저택 겨냥도

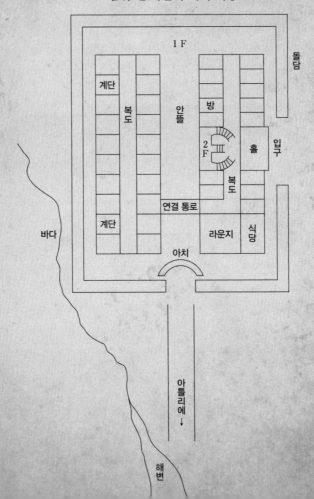

사건 2 화랑도의 살인
─전편─

KILLED AGAIN, MR. DETECTIVE.

1장 너무 멋부리셨네요, 사쿠야 님

"아햐! 스승님! 물이! 물이!"

"아! 아! 분명 암초에 걸린 거야! 조종이 안 먹혀! 선생님! 가라앉아요! 개헤엄 준비해요!"

지중해의 수평선에 유리우와 벨카의 비명이 교대로 울렸다.

배 밑바닥에서 침입하는 바닷물의 기세는 그칠 줄을 몰라서, 양동이로 퍼내는 정도로는 도무지 어떻게 할 수 없다.

이럴 때 인간은 육지 생물이라고 자각하게 된다.

즉, 어쩔 도리가 없다.

우리를 태운 소형선은 강한 파도에 떠밀려서 좌우로 크게 흔들렸다.

"다들, 뭐라도 붙잡아! 구명조끼는 어디 있지……?"

나는 객실 옆에서 자세를 낮춘 채로 모두에게 소리쳤다.

"사쿠야 님!"

그런 나에게 리리테아가 소리쳤다. 꽤 절박한 기색으로.

"어?"

어느새 내 몸은 배 위에서 날아가고 있었다.

추락―― 물에 빠진다. 차가운 바닷물이 내 몸을 감싼다.

지중해의 눈부신 햇살에 의해 바닷속의 환상적인 광경이 드러났다.

물론 그 광경을 즐길 여유는 없다.

커다란 파도가 몇 겹이나 쏟아져서 내 몸을 이리저리 밀쳤다.

위도 아래도 오른쪽도 왼쪽도 모르겠다. 때때로 운 좋게 물 밖으로 얼굴이 나갔지만, 숨도 제대로 쉴 수 없다.

배는 어디 있지?

다들 무사한가?

서서히 바다 위로 떠오르는 횟수가 줄어들었다.

아아, 산소가 부족하다. 드디어 죽는 건가——.

아니, 내 경우 드디어라고 할 정도도 아닌가. 내가 생각해도 한심하지만.

어라?

지금 코끝을 뭔가가 스쳤는데.

저건…… 꼬리지느러미?

새하얀…… 투명한…… 꼬리지느러미다.

그렇게 생각한 순간, 내 몸이 물 위로 두둥실 떠오르는 느낌이 들었다.

무언가가 나를 밀어 올리고 있다.

아니, 누군가가——.

내 겨드랑이 밑에 휘감긴 그것은 인간의 팔이었다. 가늘면서 부드럽고 하얀 팔.

그 감촉을 확인하기 전에 내 사고는 기포에 녹아 흩어졌다.

□

　침몰하기 두 시간 전.

　우리는 시칠리아 섬에 있는 팔레르모라는 도시에 도착한 참이
었다.

　시칠리아 섬 최대의 도시라는 말에 거짓은 없어서, 거기는 활
기 넘치는 동네였다.

　"여기가 이탈리아인가!"

　지중해의 바람을 느끼며 오랜만에 느끼는 대지를 확인했다.

　"본토는 아니지만요."

　"아, 리리테아, 쿨한 척하네. 기내식 메뉴, 나보다도 고민했
으면서."

　"무슨 말씀입니까? 사쿠야 님은 참 가엾게도 기압의 변화로
헛것이라도 보신 거로군요."

　리리테아는 내 반격 따윈 씨알도 먹히지 않는 기색으로, 짐을
담은 커다란 트렁크를 씩씩하게 옮겼다.

　"난 이탈리아는 선생님을 따라 몇 번 온 적 있지만, 시칠리아
는 처음이야!"

　우리 옆에서 기분 좋게 기지개를 켜는 것은 영국 최고의 탐정
견 피도와 그 제자 벨카다.

　세븐 올드맨 중 한 명, 샤르디나 임페리셔스의 흉흉한 제안을
받아 우리는 어제 도쿄를 떠났다.

물론 상상도 안 가는 위험을 내포한 여행이다. 가능하면 정중하게 사양하고 싶었다. 하지만 나는 알고 싶다. 생사도 행방도 모르는 상태인 아버지가 어떻게 되었는지를.

정보를 얻으려면 역시 가야만 하는 것이다.

샤르디나와의 약속에 따라 이번 일은 소조로기에게도 경찰에게도 알리지 않았다.

우리만의 비밀 결사행이다.

그리고 긴 하늘의 여행 끝에 여기 시칠리아 섬의 팔코네 보르셀리노 국제공항에 착륙했다.

목적지는 지중해에 있다는 샤르디나의 사유지, 레긴레이프——.

"그렇게 해서 우리는 이제부터 드디어 거악의 아지트로 가는 거네. 태양보다도 위험이 가득! 한 거야! 앞집뒷집 모두 모이는 거야. 사쿠야, 리리테아, 방심하지 마."

"기합 들어갔네, 벨카."

"무슨 일이 일어날지 모르는 여행이니까. 완벽한 태세로 가고 싶어. 지금 몇 시?"

"오전 10시."

"지금 그대는?"

"장미십자."

무슨 미친 소린가 생각하지 말았으면 싶다. 이건 비행기 안에서 벨카가 억지로 정한 '여차할 때를 위한 암호'다. 하지만 쓸 기회가 있다고는 생각되지 않는다.

"좋았어! 이걸로 여기에 있는 사쿠야와 리리테아는 적이 변장한 가짜가 아니라 진짜라고 증명되었어. **그거 다행이군. 누구든 좋으니 벨카의 입을 막을 획기적인 방법을 고안해 준다면 상금을 내놓지.** 선생님, 너무해요!"

참고로 지금 암호, 오전 10시는 내가 대답하고, 장미십자는 리리테아가 대답했다.

"햇살이 강하네."

손으로 햇살을 가리며 다시금 맑고 파란 하늘을 올려다봤다.

하늘에 태양이 두어 개 정도 떠 있는 것도 아닐 텐데, 지중해는 일본과 명백히 다르게 명료한 햇살이 지배하고 있었다.

그리고—— 그런 햇살 아래, 한 소녀가 길 저편에서 기운차게 손을 흔들면서 달려왔다.

"스승님~! 젤라토 사 왔습니다!"

뜨기 시작한 신인 여배우이자 나의 임시 제자, 하이가미네 유리우다.

"숨 돌리면서 젤라토 먹어요!"

새하얀 원피스에 차양이 큰 밀짚모자. 그리고 시원스러운 샌들. 여행 기분이 가득하다.

"고마워……."

녹기 시작한, 맛있어 보이는 이탈리안 젤라토를 받았다.

"유리우……. 설마 진짜로 따라오다니. 몇 번이나 말했지만, 이건 한가한 관광여행이 아니야. 약속했던 해수욕도 없을 거고……"

"무슨 말씀인가요! 악당을 잡으러 가는 거잖아요? 즉, 스승님의 해외 데뷔전이잖아요! 제자로서 따라가는 건 당연합니다!"

뭐, 유리우는 일본을 뜨기 전부터 이런 느낌으로, 결국 자기 돈으로 우리를 따라왔다. 전화에서 실수로 이탈리아행 이야기를 꺼낸 내 책임이 크다.

"이해해, 유리우. 그 마음, 절실히 이해해!"

"벨카라면 그렇게 말해줄 것 같았어!"

이야기를 듣던 벨카가 유리우의 손을 잡고 큰 공감을 드러냈다.

한쪽은 탐정의 제자. 한쪽은 탐정의 조수. 그런 두 소녀가 친해지기까지 시간은 필요 없고, 여기까지 오는 도중에 완전히 의기투합했다.

"이거야 원. 폭풍처럼 시끄러운 계집들이군."

피도의 한숨이 바닥의 먼지를 날린다.

"여러분의 젤라토도 있어요! 이미 녹고 있지만요! 아햐햐."

아주 신난 유리우를 등지고 나는 스마트폰 화면으로 시선을 내렸다. 그것은 샤르디나가 내게 떠넘긴 것으로, 지금 화면에는 지도 앱이 표시되어 있었다.

"셀러브리티 녀석. 여전히 황당무계한 아이로군. 자기가 직접 장소를 알려주다니."

피도는 어이없다는 듯이 말했다.

지도 앱이 표시하는 것은 지중해의 티레니아해다. 그리고 새파란 화면 한가운데에는 아이콘 하나가 깜빡이고 있었다.

그것은 귀엽게 그려진 샤르디나의 얼굴이었다.

즉 '샤르는 여기 있어'라고 가르쳐 주는 것이다.

혹시 몰라 다른 지도로 확인해 봤는데, 그 좌표에 섬은 없었다. 그만큼 레긴레이프가 세계에서 숨겨진 특수한 섬이란 것이 느껴졌다.

"여기부터는 배 여행이군요."

바닷바람에 흔들리는 머리를 누르면서 리리테아가 말했다.

공항에서 직행한 팔레르모 항구에는 바다 냄새가 떠돌았다. 냄새도 일본과 미묘하게 다른 느낌이 드는 것은 기분 탓일까.

"배…… . 그렇군."

"샤쿠야 님, 퀸 아이리호 때의 일을 떠올리며 걱정하시는 겁니까? 침몰하는 게 아닐까 하고."

"그런 일은, 없어!"

아니, 있다. 사실은 아직 배의 트라우마에 사로잡혀 있기도 하다.

하지만 그런 소리나 하고 있을 순 없다.

선착장에는 배들이 줄줄이 있고, 여기저기서 바다 사나이들이 힘차게 일하고 있었다.

"그래서 피도, 배는 어떻게 마련하지? 맡겨달라고 그랬는데, 레긴레이프처럼 지도에도 없는 섬으로 가줄 배편이 있을 것 같지 않은데."

동네 어부에게 태워달라고 부탁할 생각일까.

"멍청하긴. 재앙 소리를 듣는 국제지명수배범의 품에 뛰어드는 데 민간인을 데려갈 수 있겠나."

들고 보니 그것도 그렇다.

"그럼 어떻게……."

"이렇게 한다."

피도가 코끝으로 가리킨 곳에는 새 소형선이 떠 있었다.

"사전에 배를 사뒀다. 저걸 타고 간다."

"……샀어? 배를?"

"고작 5톤 정도밖에 안 하는 작은 낚싯배다."

역시나 영국 최고의 탐정. 하는 일의 스케일이 크다.

"하지만 운전은 누가?"

"내가!"

내 의문에 벨카가 흥겹게 대답하고 시원하게 배에 올라탔다.

선박 면허가 있다고 했다.

"탐정의 조수인 자. 모든 상황에 대응할 수 있도록 준비해야 하니까!"

"좋겠다! 우우…… 스승님! 저도 면허 딸래요! 우, 우주 로켓이라든가!"

"경쟁하지 않아도 돼, 유리우."

"자, 가자. 북서쪽으로!"

전원이 올라타는 것을 기다린 뒤에 벨카가 솜씨 좋게 배를 묶어둔 밧줄을 풀었다.

"니는 혹시 일본인이가?"

그때 옆 배를 청소하던 남자가 말을 걸어왔다. 의외로 그건 일본어였다. 억양이 좀 이상하지만.

"예, 그렇습니다."

"그라나! 내는 옛날에 일본 오사카에 살았데이. 아나?"

"헤에. 일본어 잘하시네요."

　무슨 일일까 생각하고 있자, 그는 간신히 본론에 들어갔다.

"느그 말인데, 이자부터 바다에 나갈 기가?"

"그럴 생각인데, 문제라도 있습니까?"

"딱히 문제는 없는데, 오후부터 바다가 거칠어질 기색이라서. 그기…… 예보에선 그른 소리 없었그든? 뭐, 뱃사람의 감인기라."

　나는 무심코 하늘을 살펴봤다. 드문드문 구름은 있었지만, 완전 화창했다.

"됐다. 걍 흘리들으라. 내가 하고 싶은 말은 이기다. 미인을 싸 델까뽐꼬 있으니까, 형씨는 곱게 안 죽을 기라!"

　그렇게 말하고 뱃사람은 호쾌하게 웃었다.

"충고해 주셔서 고맙습니다. 하지만 꼭 가야만 해서요."

"그라나. 그라믄 좋은 배 여행을……이라고 말하고 싶지만, 아까 북스쪽으로 간다 캤지? 가는 길의 바다는 조심해라. 특히나 아쿠아리오 슴 근처는."

"뭐가 있습니까?"

"그 근처는 예전부터 해난사고가 잦데이. 세이렌의 둥지……니까."

"세이렌……? 그건 노랫소리로 배를 유인해서 침몰시킨다는…… 그 세이렌 말입니까?"

판타지 영화나 게임에서 이름을 들은 적이 있다.

세이렌. 그 이름을 말할 때, 뱃사람은 호들갑스럽게 몸을 떠는 시늉을 했다.

"할아부지한테 자주 들었던, 그냥 옛날이야기래이. 아무튼 작은 섬에 덩그러니 저택이 있는 게 보이믄 조심해라."

이윽고 준비는 진행되어, 우리를 태운 배는 기운차게 항구를 떠났다. 친절한 뱃사람에게 손을 흔들어주며 다시금 바다 쪽을 봤다.

피도가 뱃머리에 서서 '저쪽이다.' 라고 말하듯이 한 차례 짖었다.

"멍!"

왜인지 이어서 유리우도 짖었다.

바람은 잔잔하고, 시야는 양호하다.

"이 상황에서 무슨 일이 일어날 것 같지는 않은데. 하물며 사고라니……. 설마."

그리고──우리 배는 기대에 어긋나지 않게 침몰한 것이다.

□

끊겼던 의식이 돌아온 순간, 나는 성대하게 물을 토해내고 크게 기침했다.

"쿨럭! 콜록! 으으……? 여……여긴?"

옆에는 리리테아가 있고, 내 얼굴을 살피고 있었다.

"정신이 드셨습니까, 사쿠야 님."

"어어…… 배에 물이 들어와서…… 그다음에는…….'

"간신히 침몰은 면했습니다. 여기는 근처에서 찾은 섬입니다."

"섬……."

"작은 외딴섬인 것 같네요. 저희는 여기에 간신히 정박할 수 있었습니다."

내 몸은 매끄러운 바위 위에 있었다.

"사쿠야 님은 배에서 떨어지셨습니다. 하지만 무사히 발견할 수 있어서 다행입니다. 해안 근처를 걸으면서 꽤 찾았습니다."

거센 파도가 끊임없이 바위를 때렸다.

바람이 불기 시작했다. 올려다보니 구름의 흐름이 아까보다 더 빨라졌다.

"나, 죽었던 건가?"

"아뇨. 꽤 운이 좋았던 거겠지요. 바위에 떠밀려 와서 목숨을 건진 모양입니다."

"살았나……. 어쩐 일로."

내가 말하고도 슬퍼진다.

"인공호흡을 할 필요도 없이, 숨은 붙어 있었습니다."

"인공호흡."

그건 혹시나 죽었다면 해줬을 거란 소린가? 하지만 내 경우는 설령 죽었더라도 알아서 살아나니까 필요 없다.

"다른 사람들은?"

"다들 무사하십니다. 지금쯤 저택에 도착하셨겠지요."

"저택? 이 섬에는 사람이 살고 있나."

"선착장에서 조금 떨어진 장소에 훌륭한 건물이 보였습니다. 빈집으로 보이진 않았기에, 도움을 청하기로 했습니다."

"도움……."

"배 밑에 구멍이 뚫렸습니다. 수리하려면 도구를 빌릴 필요가 있습니다."

"그런 건가."

"그래서 둘로 나뉘어서, 저는 사쿠야 님을 찾고, 다른 분들은 저택을 방문하러 간 상황입니다."

"고마워."

다소 비틀거리면서 바위 위에서 일어났다. 바닷물을 흠뻑 먹은 옷이 무겁다.

"불길한 예감이 들어맞았군."

역시 배는 최악이다.

우리의 뒤에는 광대한 지중해가, 그리고 이제부터 갈 곳에는 낯설고 거친 섬이 펼쳐져 있었다.

지중해. 이 아름다운 바다는 고대부터 여러 문명의 교역을 도와왔다.

나폴리, 마르세유, 알렉산드리아. 불안정한 풍향을 아랑곳하지 않은 사람들의 역사가 지금도 해안가에 남은 오래된 도시에 새겨져 있다.

지중해성 기후는 여름비가 적고 건조하다. 태풍과 습기에 고민하는 일본인으로선 정말 부러운 환경이다.

"사쿠야 님, 오늘 아침에 읽었던 여행 잡지의 지식은 말씀하지 않으셔도 됩니다."

"그래. 잡지에는 좋은 말밖에 없지. 시간과 돈이 남아도는 사람을 유인하는 미사여구뿐이야."

"날씨가 나빠지기 시작했습니다. 그 뱃사람의 충고는 진실이었군요."

리리테아의 안내에 따라 섬의 작은 언덕을 오르자, 조금 떨어진 장소에 그 건물이 보였다. 우리를 압도하는 듯한 커다란 3층짜리 서양식 저택으로, 그것이 두 채 나란히 서 있었다.

그것 외에 사람이 사는 집 같은 것은 보이지 않고, 반대쪽 해안이 보였다. 여기는 꽤 작은 섬인 모양이다.

"그래, 꽤 오래된 느낌이지만 분명히 훌륭한 저택이야……. 응? 작은 섬에 있는 저택……? 그건 혹시?"

"여기가 이야기로 듣던 아쿠아리오 섬일지도 모르겠군요."

저택은 해변 아슬아슬한 위치에 서 있고, 주위에는 돌담을 둘러싸놓았다.

"저기 봐, 리리테아. 돌담에 뭔가 귀여운 낙서가 그려져 있어. 어린아이라도 있나?"

분필인지 크레용인지 내 눈으로는 알아볼 수 없지만, 돌담에는 서툰 느낌으로 사람이나 물고기나 동물 등이 연이어 그려져 있었다.

그대로 돌담을 따라 돌아가 보니, 저택의 두 건물과 조금 떨어진 장소에 또 다른 작은 건물이 보였다.

저택보다 다소 새것처럼 보이지만, 바닷바람을 맞아 꽤 빛바랜 느낌이었다.

돌담 일부가 끊어지고 아치형 문을 이루고 있으며, 거기서 모래사장을 따라 간단한 샛길이 이어졌다. 그걸 보면, 저 건물도 저택의 일부로 별채 같은 것일지도 모르겠다.

그렇게 관찰하는 사이에 어느새 저택 입구 앞에 도착했다.

정면에서 보니 저택은 중앙 입구를 기점으로, 팔을 펼치듯이 좌우로 뻗어 있었다. 올려다보니 3층까지 있고, 지붕은 이끼 같은 진녹색이었다.

발을 멈추고 그렇게 바라보고 있자, 전방에서 카메라 셔터 소리가 연속으로 들렸다.

소리가 난 쪽으로 다가가 보니, 모르는 남자 하나가 돌담 위에 올라 카메라를 들고 있었다. 프로를 위한 커다란 렌즈가 달린 SLR이었다.

"저기…… 이 집 사람입니까?"

조심조심 말을 붙였다.

하지만 남자는 카메라를 보는 채로 이쪽에 시선도 주지 않으며 셔터를 연거푸 눌러댔다.

"어? 뭐라고 했어?"

대답은 영어로 돌아왔다.

"뭘 하고……. Hello."

일본어로 말을 걸려다가 곧 정신을 차리고, 이쪽도 영어로 말했다.

"여어, 안녕."

다행이다. 통한 모양이다.

어렸을 적부터 아버지를 따라서 몇 차례 해외로 나갔기에 영어라면 간신히 할 수 있다. 그렇다고 해서 학교 시험에서 성적이 좋냐 하면 그런 것도 아니지만.

"뭘 찍고 있습니까?"

"저거야, 저거."

남자가 가볍게 턱짓한 것은 저택의 외벽이었다.

"신기하단 말이지. 저 이상한 장식은 뭘까. 이따 물어봐야지."

남자의 말처럼, 잘 보니 외벽 도중에 괴상한 오브제가 붙어 있었다.

봐서는 쇠로 된 듯한데, 마치 창이나 작살처럼 벽에 꽂혀 있다——기보다는 벽에서 *끄트머리가* 튀어나온 것처럼 보였다.

그런 괴상한 물건이 벽에 여러 개 붙어 있었다.

"무슨 의미라도 있나?"

그렇게 말하더니 남자는 만족한 듯이 카메라를 내리고 돌벽에서 뛰어내렸다. 남자가 신은 빨간색 등산화가 발밑의 들풀을 짓밟았다.

체구가 작은 남자였지만, 가무잡잡하게 탄 몸은 군살이 별로 없고 건강해보였다.

"기다리게 했군. 나는 하비. 보다시피 사진가야."

"사진가……. 이 집 사람이 아니라?"

"아쉽지만 아니야. 언젠가 이렇게 널찍한 저택에서 살아보고 싶긴 하지만. 그런데 넌 누구지? 대단한 미인을 데리고 있는데, 관광……으로는 보이지 않는군. 애초에 여기는 그런 것과는 거리가 먼 섬이야."

"예, 사정이 좀 있어서."

"그래. 누구든 사정이 있는 법이지. 아, 저택 사람이라면 안에 있어. 들어가 봐. 난 이만."

하비는 그렇게 대화를 끝마치더니, 우리가 온 방향으로 걸어갔다. 계속 촬영하려는 모양이다.

저택의 현관문 쪽으로 다가가자, 거기에는 벨카가 서 있었다.

"아! 다행이다!"

벨카는 이쪽의 모습을 보더니 우는 건지 웃는 건지 모를 표정을 지었다.

"살아 있었네! 사쿠야, 살았어! 리리테아, 무사히 찾았구나!"

벨카의 목소리로부터 십 초 뒤, 살짝 열려 있던 문에서 슬쩍 얼굴을 내민 것은 피도였다.

"소란을 떨지 말아라, 벨카. 그 녀석은 죽어도 안 죽으니까 당연히 살아 있겠지. 오히려 바다에 떨어진 뒤 우리와 같은 섬에 표류한 것을 기뻐해야 한다."

여전히 피도는 냉정함 그 자체다.

"선생님, 잔소리는 나중에 해! 자, 다들 안으로 들어와. 이 저택 사람하고 이미 말했으니까."

문을 통해 안에 들어가자, 거기에는 현관홀이 펼쳐져 있었다.

홀 좌우에는 완만한 커브를 그리는 나선 계단이 위층으로 뻗어 있었다.

그리고 중앙에는 옛날 엘리베이터가 있었다. 영화나 드라마에서나 본, 문이 창살처럼 된 엘리베이터다.

벽은 어두운 회색으로, 군데군데 상한 곳이 있지만 불결한 인상은 없었다.

"우와."

그대로 벽으로 시선을 돌렸다가 무심코 그런 소리가 입에서 튀어나왔다.

벽에 몸을 기댄 여자. 물을 받아 마시는 아이. 황야에서 다른 길로 가려는 남자들. 하늘을 나는 물고기──.

그림이다. 벽에는 온갖 모티브의 그림이 걸려 있었다.

훌륭한 액자에 담긴 그림이, 하나, 둘, 셋──.

"아니, 몇 점이나 있는 거야?"

얼마나 많은지 다 셀 수 없었다.

그리고 좌우 계단의 중앙, 문을 등지고 정면 벽은 특히나 이상한 그림이 장식하고 있었다.

위아래가 몇 미터씩은 될, 거대한 그림이었다.

"대단한데."

무심코 대단하다고 말했지만, 꼭 크기 때문만은 아니었다. 그려진 그림 자체에 압도되었다.

다소 어두운 색조의 푸른 바다에 몇 척의 배가 떠 있었다. 파도는 마치 유리 세공 같은 터치로 표현되어서, 아름답다기보다는 이질적이었다.

그림 중앙에는 피부가 하얀 여자. 그 감정은 헤아릴 수 없었다. 얼굴에 표정이 담기지 않았기 때문이다. 다만 눈을 크게 뜨고 멍하니 이쪽을 보고 있었다.

그려진 여자는—— 인간이 아닐지도 모른다. 다리가 인간과 다르게 물고기 형태였기 때문이다. 가슴이나 허리는 묘하게 육감적으로 그려져 있었다.

여태까지 본 적 없는 그림이었다.

나는 유화니 추상화니, 무슨 파니 하는 어려운 건 모른다. 하지만 그 그림에는 신기한 설득력—— 아니, 절박함이 있었다.

무섭다. 하지만 싫지는 않다.

"인어의 그림……인가."

"세이렌."

갑자기 목소리가 들려서 놀라 돌아보니, 계단 옆의 문 앞에 웬 여자가 서 있었다.

그야말로 메이드란 느낌의 옷차림으로, 갈색 피부와 날카로운 느낌의 눈썹이 인상적이었다. 스페인 쪽 사람일까.

"그것은 인어가 아니라 세이렌입니다."

"세이렌……입니까."

또 세이렌이다. 그 뱃사람도 말한 바 있다.

"이 주변 바다에 예전부터 전해지는 전설상의 생물이지요. 세이렌은 대체로 상반신이 여자, 하반신이 새라고 전해집니다만, 이 지방에서는 하반신이 물고기라고 전해집니다. 이 그림은 그 모습을 본뜬 것이라고 들었습니다. 아름다우면서도 암시적인 그림이지요?"

그 여자는 그림을 등진 채로 우리 쪽을 향하며 막힘없이 설명했다. 흔들림 없이 차분한 목소리도 있어서 우수한 관광 안내라도 듣는 듯했다.

"그나저나 친구분이 발견된 모양이라 다행이군요."

아무래도 이 집 사람인 모양이다. 나이는 20대 중반 정도일까. 외국인 여자는 외모로 나이를 추측하기 어렵다.

"저는 우르스나라고 합니다. 여기서 메이드 겸 가정교사를 맡고 있습니다."

다가가 보니 우르스나 씨는 나와 비슷할 정도 키에, 넉넉한 메이드복을 입었는데도 느껴질 만큼 몸매가 좋았다.

"오우츠키 사쿠야입니다."

"사정은 멍멍이를 데리고 있는 저 소녀에게 들었습니다. 암초에 걸렸다고요. 이 근처 바다에 특히 많지요. 해마다 몇 척씩 침몰합니다. 하지만 당신은 이렇게 살았지요. 불행 중 다행이로군요."

정중하게 말하면서도 거부감이 안 드는 언동이 좋은 인상을 준다. 좋은 사람 같아서 다행이다.

"배를 수리하실 거지요? 그동안 이 저택을 써주세요. 주인 아가씨께는 제가 말씀드리지요."

"고맙습니다. 주인 아가씨라고요?"

"제 주인이십니다. 지금은 침실에서 주무시고 계십니다. 손님이 연거푸 찾아와 지치신 거겠지요."

"그 점에 대해선, 갑자기 찾아와서 죄송합니다."

고개를 숙이자, 우르스나 씨는 눈에 띄게 어깨를 으쓱었다.

"아뇨, 아닙니다. 손님이란 당신들 이야기가 아니라……. 뭐, 나중에 아시겠지요. 아무튼 편히 계세요. 빈방이라면 해변의 조개껍질만큼 있으니까요. 점심 식사도 곧 준비됩니다."

"어? 런치? 와아! **벨카, 밥 하나로 바보처럼 소란을 떨지 마라**. 에 엣, 하지만 난 소란을 떨고 싶을 정도로 배가 고픈걸."

편히 쉴 곳을 확보했다고 알자마자 피도와 벨카가 평소 같은 대화를 시작했다. 그 모습에 왠지 모르게 이쪽까지 마음이 편해 지니까 신기하다.

"후후후, 그쪽의 벨카 씨는 재미있는 특기가 있군요. 똑똑한 멍멍이에게도 맛있는 걸 준비할게요."

그런 놀이라고 해석했는지, 우르스나 씨는 벨카와 피도의 대화를 들어도 놀라거나 얼굴을 찌푸리지 않았다.

"뜻하지 않게 샛길로 빠졌군, 리리테아."

"괜찮습니다. 리리테아는 사쿠야 님의 조수가 되기로 결심한 날부터 이미 각오하였기에."

"각오라니, 무슨 각오?"

"물론 파란만장, 사랑과 수수께끼가 가득한 나날을 보낼 각오……입니다."

"그 말, 아직도 기억하고 있었나."

"잊지 않습니다."

그렇게 말하며 리리테아는 화려한 색깔의 눈동자를 눈에 띄게 찡긋 깜빡였다.

"여러분 방은 2층에 준비하겠습니다. 점심때까지 거기서 기다려주세요."

우르스나 씨가 잘 울리는 목소리로 그렇게 말하고 계단을 가리켰다.

그 계단 위에는 담요 귀신이 서 있었다.

"으헉!"

무심코 그런 소리가 나왔다.

머리부터 담요를 뒤집어쓰고, 두 손에도 대량의 담요를 들고 있다. 대체 뭐지?

담요 귀신은 아래층의 나를 보더니, 굴러떨어지는 듯한 속도로 계단을 뛰어내려왔다.

그 바람에 뒤집어쓰고 있던 담요가 벗겨지자, 그 밑에서는 아주 애교 있는 미소가 튀어나왔다.

"스승님! 살아계셨네요!"

"뭐야, 유리우였나. 귀신인 줄 알았잖아."

"끄으으응! 그건 제가 할 말이에요! 스승님이 바다에 떨어졌을 때는 '이젠 끝장이다!'라고 생각했는데, 역시나 스승님! 이미 불사신이라고 해도 과언이 아니네요!"

"나는 불사신 같은 게 아니야. 그런데 그 담요는……."

"아, 이 담요 말인가요? 스승님을 찾으러 가는 역할은 리리테아 씨에게 양보했으니, 하다못해 베드메이크를 도와서 존재감을 보이려고……."

"여기서 자고 갈 생각인가."

"어? 아닌가요? 저는 분명 다 같이 두근두근하는 1박이 되리라고 생각했는데요."

"유리우 씨 말처럼 오늘 중에 배를 고치긴 어렵겠죠. 하루 머무실 수 있게 준비하겠습니다."

우르스나 씨가 그렇게 말하니 어쩔 수 없다.

"번번이 죄송합니다. 그렇다면 방에서 쉬도록 할까."

모두에게 그렇게 제안하면서 별생각 없이 창밖을 보니, 어느새 비가 오고 있었다.

"이제 날씨가 궂어지기 시작하나……."

창밖의 하늘은 완전히 회색으로 물들어 있었다.

"정말로 폭풍이 올지도 모릅니다."

리리테아가 그렇게 말하자, 우르스나 씨가 차분한 얼굴로 말했다.

"하늘빛이 이런 경우는 좀처럼 없지요. 폭풍이라니. 덧문을 닫는 게 좋으려나……."

"그러고 보면 하비 씨가 밖에 돌아다니고 있었는데, 괜찮나?"

아까 본 사진가가 마음에 걸려서 별생각 없이 이름을 말했는데, 갑자기 우르스나 씨가 눈썹을 곤두세웠다.

"만나셨군요? 하지만 내버려두면 됩니다. 그런 남자."

"저기, 그는 어떤 사람입니까?"

"어디선가 굴러온 사진가지요. 전 세계의 바다나 섬을 찍고 다닌다면서 오늘 아침에 갑자기 어느 섬의 고기잡이배를 얻어 타 여기에 왔습니다. 여기 아쿠아리오 섬의 사진을 찍게 해달라며."

항구에서 어부가 말했던 섬의 이름이다. 역시 여기는 아쿠아리오 섬이 틀림없는 모양이다.

"작다고는 해도 명의상 현재 이 아쿠아리오 섬은 아가씨의 사유지입니다. 그런데 그 남자가 그렇게 멋대로 사진을 찍고 다니고 있습니다. 신기한 산호초가 있는지는 저는 모르지만, 그렇게 계속해서 여기저기 찍고 다니지요. 나가 달라고 해도 듣지 않습니다. 정말로 어떻게 해야 할까요, 멍멍이 씨."

그렇게 말하면서 우르스나 씨는 자기 마음을 가라앉히려는 듯이 웅크려 앉아서, 거기 있던 피도의 등을 쓰다듬었다. 피도는 귀찮다는 티를 냈지만, 그 손길을 거부하진 않았다.

안내받은 객실은 2층 구석방이었다.

"사쿠야 씨는 이쪽 방을 써주세요."

다른 이들은 이미 우르스나의 안내로 각기 방을 안내받은 뒤라서, 순서상으로 내가 제일 마지막이었다.

"고맙습니다."

"부족한 게 있거든 편하게 말씀해 주세요."

"충분합니다."

"그러면 이따 다시 뵙죠."

그렇게 말하며 우르스나 씨가 발길을 돌렸을 때, 앞치마 주머니에서 뭔가가 슬쩍 떨어지는 게 보였다.

"아, 우르스나 씨, 뭔가 떨어졌어요."

그걸 주워서 우르스나 씨를 불렀다.

떨어진 것은 투명한 비닐……조각 같은 물건이었다.

그것도 새빨간.

"아! 죄송합니다!"

그걸 깨닫자마자 우르스나 씨는 부끄러운 듯이 내 손에서 조각을 받았다.

"그건 뭔가요?"

순수하게 궁금했다.

우르스나 씨는 왜인지 주저하듯이 머뭇거렸지만, 이윽고 이쪽으로 가까이 다가와서 속삭였다.

"저기……. 이건…………."

숨결이 귀에 닿았다.

"둘만의 비밀입니다?"

갑자기 뭐지? 어? 이게 어떻게 돌아가는 거야?

"이건 시내에서 산 장식용 컬러시트입니다. 내일은 아가씨의 생일이라서, 깜짝 놀라게 하면서 축하해드리려고 비밀리에 장식을 만들고 있었습니다."

"아하, 그런……."

"오전 중에 제 방에서 오리거나 하면서 준비하였지요. 물고기나 토끼나 새 모양으로. 그리고 남은 조각을 나중에 버리려고 주머니에 넣고 깜빡했습니다."

"아가씨를 기쁘게 해드리려고 애쓰시네요."

"예. 그거야…… . 내일은 식당 창문에 근사한 장식을 붙이려고 전부터 몰래 계획하고 있었습니다. 그런데 이 타이밍에 손님이…… ."

"예?"

"여러분 이야기가 아닙니다! 보세요. 이거, 빨강, 파랑, 노랑…… . 색색이지요."

우르스나 씨는 빨간 비닐조각을 한쪽 눈에 대면서 말했다.

"깜짝 선물이니까 여기만의 비밀……입니까."

"예. 꼭 부탁드립니다."

그렇게 당부한 뒤, 우르스나 씨는 내게서 몸을 떼고 1층으로 돌아갔다.

남겨진 나는 잠시 문 앞에 멀거니 서 있었다.

"어른의 향기…… ."

무심코 그런 말이 흘러나왔다.

내가 무슨 소리를 하는 걸까. 방에 들어가자.

그러며 손잡이에 손을 댔을 때, 맞은편 방의 문 틈새로 피도가 슬쩍 얼굴을 내밀고 있었다.

눈이 마주친 순간 문은 닫혔다.

언제부터 봤지?!

켕기는 일은 하나도 없지만, 괜히 창피하다.

나는 도망치듯이 방에 들어갔다.

"오, 넓네."

예상한 것보다 훨씬 넓어서 놀랐다. 7평 정도는 족히 되겠다.

문은 간단한 걸쇠로 잠글 수 있는 타입. 열쇠 구멍이 있으니까 밖에서도 잠글 수 있는 모양이지만, 딱히 열쇠를 주지 않은 걸 보면 평소에는 안 쓰는 거겠지.

눈에 들어오는 가구는 침대와 빈 선반 정도. 방 중앙보다 약간 왼쪽에 기둥이 서 있는데, 그게 멋스러운 모습이었다.

그 옆의 테이블 위에는 오래된 전화기가 설치되어 있었다.

나는 말없이 수화기를 들고 211을 눌렀다. 신호음이 울렸다.

이윽고 상대가 전화를 받고 통화가 시작되었다.

『누구십니까?』

"오우츠키 사쿠야를 데리고 있다. 무사히 돌려받고 싶거든 앞으로 사쿠야에게 더 다정하게 말해."

『교섭의 여지는 없겠습니까?』

"그, 그렇게 싫나. 그렇다면 더 양보해서, 평소에 여러 이유로 지친 오우츠키 사쿠야를 위로하는 의미로 어미에 꼭 '하뮤' 라고……."

『말이 안 통하는군요. 교섭은 결렬입니다.』

"자, 잠깐만. 조금 더 이야기를……."

통화가 일방적으로 끊겼다.

마지막에 입장이 역전된 것 같지만, 아무튼 이걸로 방들을 잇는 내선용 전화라는 것을 확인했다.

확인은 했지만, 그 대가가 너무 큰 것 같다.

다시금 방을 둘러봤다. 바닥은 구식 판자 바닥으로, 그 위에 두꺼운 융단이 깔려있었다. 벽의 색깔은 마음이 차분해지는 녹색으로 통일되어 있었다.

그리고 이것뿐이라면 그야말로 흔한 '서양풍 저택의 방'이란 느낌으로 끝났겠지만, 일부에는 무시할 수 없는 구조라고 할까, 취향이 드러나 있었다.

왼쪽 벽에 창문이 있는데, 왜인지 서양풍이 아닌 둥근 창문이었다. 지름은 1미터 정도. 투명 유리가 끼워져 있는데, 여닫을 수 없도록 막힌 타입이었다.

"이건······. 오오."

안쪽에 다른 방이 있을까 싶었는데, 살펴보니 실제로는 벽의 일부가 창문 형태로 50센티미터 정도 움푹 들어가 있을 뿐이었다.

그렇다고 해도 나도 그 정도로는 탄성을 올리지 않는다.

"달······."

안쪽 벽에는 달 그림이 걸려 있었다.

그것은 현관홀에 장식되어 있던 수많은 그림과는 또 다르게 아주 단순한 것이었다.

그렇기는 해도 특이한 점이 전혀 없는 것도 아니었다.

그 달은 오렌지색으로 그려졌기 때문이다.

게다가 배경이 보라색이라는 점이 특이했다.

"이게 예술……이란 건가?"

심미안이 없어서 미안하지만, 나로서는 잘 모르겠다.

달 그림은 액자에 넣은 것도 아니라, 캔버스를 그대로 드러낸 상태였다.

이렇게 움푹 파인 공간이 액자 그 자체라는 걸까.

객실에 일부러 이런 식으로 공을 들이다니, 이것도 손님에 대한 접대 정신인 걸까?

"다른 방도 이런 느낌인가?"

우르스나 씨의 배려로 우리에게는 각각 방이 주어졌다.

나는 북쪽 구석방인 210호실. 왼쪽의 211호실에는 아까 전화를 건 것처럼 리리테아가 있다. 복도를 사이에 두고 정면에 있는 209호실은 벨카와 피도, 그 왼편인 208호실은 유리우의 방이다.

일반적인 집의 방에는 이런 식으로 번호를 붙이지 않는다. 원래는 호텔 같은 데였을지도 모른다.

입구에서 봐서 정면에 커튼이 쳐진 창문이 있다. 틈새로 밖을 살펴보니, 옆 건물이 바로 눈앞에 보였다. 그쪽에서는 인기척이 느껴지지 않았다.

방이 남아돈다는 우르스나 씨의 말은 결코 과장이 아니었다.

이만큼 방이 많은데도, 내 방에서는 먼지를 찾아볼 수 없었다. 평소 깔끔히 청소한다는 증거다.

"우르스나 씨, 부지런하기도 하네."

감탄하고 있자, 문을 두드리는 소리가 들렸다. 문을 여니 앞에 리리테아가 서 있었다.

"실례하겠습니다······················하뮤."

"어?"

"어?"

눈총이 돌아왔다.

애써서 서비스해 준 걸까?

아무튼 조수를 방으로 들였다.

"역시 이쪽 방도 비슷한 구조였습니까."

리리테아는 자기 추태에 따른 동요를 얼버무리듯이 방을 둘러보고 말했다.

"그쪽도 같은가. 특이한 방이네."

"제 방의 벽은 핑크색이었습니다. 창문도 마찬가지고, 그려진 그림도 역시나 달이었습니다. 다만 색깔은 흰색에 모양은 초승달입니다."

"각각 달의 종류가 다른가. 방에 따라 열다섯 가지 달을 그리고 있나?"

"방은 열다섯 개 넘게 있는 모양이니까, 형태는 같아도 무작위로 색깔이 바뀌거나 하는 걸지도 모르겠군요. 어찌 되었든 흥미로운 취향입니다."

"이 원형 창문은······ 동서양 절충이라고 할까? 해외······ 특히나 유럽의 예술 애호가 중에는 일본의 예술이나 문화를 즐기는 사람이 많다고 들은 적이 있는데, 그런 부류일지도."

"예술 애호가, 입니까."

"그도 그렇잖아? 현관홀의 그 수많은 그림!"

그런데도 예술 관련에 흥미가 없다면 그게 더 놀랍다.

"사쿠야 님, 저 그림을 보자면 이 저택의 주인은……."

"뭐?"

"아뇨, 그보다도 이 섬은 아무래도 전파가 닿지 않는 모양입니다. 기상 정보를 조사하고 싶었습니다만……."

"아, 나도 아까 스마트폰을 확인해 봤는데 안 되더라고."

그렇게 말하며 스마트폰을 침대에 던졌다. 바다에 내던져졌을 때, 소중한 화물은 트렁크에 넣어서 수몰이나 분실을 면했지만, 인터넷도 전화도 안 된다면 쓸모가 없다.

"나중에 TV나 라디오를 빌릴 수 없겠냐고 우르스나 씨에게 물어보지요."

그때 다시금 문을 두드리는 소리가 있었다.

나는 문으로 얼굴을 가져가서, 바깥의 상대를 향해 물었다.

"지금 몇 시?"

"오후 1시."라는 벨카의 목소리.

"지금 그대는?"

"그러니까 1시라고 했잖아. 됐으니까 얼른 열어."

어이, 암호는 어디 갔냐.

문을 열자, 벨카와 피도, 그리고 유리우가 줄줄이 들어왔다.

"안녕, 사쿠야. 왠지 마음이 편치 않아서 왔어."

벨카는 기분 탓인지 불안한 표정이었다.

"뭐야, 이 저택의 분위기에 쫄았어?"

"No. 용감한 탐정 조수는 겁먹으면 곤란해."

"아, 그렇지. 맞아, 벨카. 그리고 피도도. 말하는 게 너무 늦어지긴 했는데, 미안해."

"어? 무슨 소리? 선생님, 알겠어요? **모르겠군**. 네 이마에 몰래 해**삼 낙서라도 한 거 아니냐? 어?! 언제?! 뻥이다**. 저기요, 선생님!"

"아니, 저기, 이런 위험한 여행에 끌어들여서."

"뭐야, 그런 거야? 진짜로 이제 와서 무슨 소리야! 사쿠야!"

그렇게 말하면서 다시금 고개를 숙이자, 벨카는 장난치듯이 내 등에 뛰어 올라탔다.

"무슨 싱거운 소릴! 친구잖아?"

"벨카…… 고마워. 아까 바닷물에 빠져서 싱겁지 않을지도."

벨카의 행동에는 놀랐지만, 그 밝은 모습에 마음이 다소 가벼워진 듯했다.

"**흥. 친구가 된 기억은 없지만, 이쪽도 이미 한 배를 탄 몸이니까.**"

피도가 낼름 혀를 내밀었다.

"**그런고로 쉬고 나면 그 배를 수리해야겠지. 가능하면 내일 아침이라도 출발……하고 싶다만.**"

"피도가 보기에 배는 어땠어?"

"**글쎄. 못 고칠 건 아니지만, 시간은 걸릴 것 같군.**"

"맞아요, 스승님! 커다란 구멍에서 물이 이렇게 콱 하고! 전 그때 무심코 소리쳤어요. 타이타닉! 오마이! 갓! 이라고요!"

유리우가 두 팔을 펼치며 스펙터클하게 호소했다. 본인도 나름대로 무서웠겠지만, 묘한 데서 여유가 느껴졌다.

"나도 목숨이 아슬아슬했지만, 다들 고생이었지. 레긴레이프로 가는 길은 꽤 힘들군."

그렇게 나는 다시금 목적지를 확인하듯이 말해 봤다.

"설마 이 사고도 샤르디나가 재력으로 일으킨 건 아니겠지?"

농담한 건데, 아무도 웃어 주지 않았다.

□

그로부터 30분도 지나지 않아서 우리는 식사 자리에 초대받았다.

거기는 거실…… 아니, 홀이라고 해도 지장이 없을 정도로 넓은 방이었다. 중앙에는 커다란 테이블이 있고, 사용감이 조금 있는 탁자보가 깔렸다.

테이블에는 이미 요리가 몇 점이나 차려져 있었다. 모두 이탈리아의 향토요리다. 아마도.

"저기……."

내가 뭐라고 말하려던 순간, 밖에서 바람이 후웅 하는 소리를 내며 휘몰아쳤다.

테이블에는 네 명의 선객이 있었다.

남자 셋과 여자 하나. 테이블 오른쪽에 줄줄이 앉아 있었다.

"뭐야. 표류자라고 들었는데, 애 아닌가."

처음에 발언한 것은 제일 앞에 앉은 초로의 남자였다. 신사 같은 태도에 둥근 안경이 잘 어울렸다.

본인의 소지품일까. 자리 근처의 벽에는 멋스러운 지팡이가 세워져 있었다.

"게다가 개를 데려왔어? 나는 매운 요리와 개가 싫은데."

갑자기 말을 막 내던졌다.

벨키가 울컥한 표정으로 상대를 노려봤다. 당사자인 피도는 '인간이 뭐라고 짖고 있군.' 이라고 생각하는 건지 개의치 않는 기색이었다.

"갑작스럽게 방문해서 죄송합니다. 오우츠키 사쿠야라고 합니다."

"이반 자바티니다."

남자는 이쪽을 보지도 않고 그렇게 이름을 댔다.

"오우츠키? 그 이름, 어디서 들어본 적 있어!"

한발 늦게 내 이름에 반응을 보인 것은 이반의 옆에 앉은 30대 중반 양복을 입은 마른 체격의 남자였다.

금발을 올백으로 넘기고, 몸가짐은 청결 그 자체.

"분명히 일본에 그런 이름의 탐정이 있었지! 아니, 소설 속 캐릭터였나?"

하지만 그 어조는 꽤 또랑또랑해서 마치 연극배우 같았다.

그런 남자에게 이반은 기막히다는 듯이 말했다.

"라일, 또 네가 좋아하는 탐정소설 얘기냐. 기가 막히는군."

"좋아한다고 할 정도는 아니에요, 아버지! 그래서, 사쿠야, 내 말이 맞아?"

"내 아버지는 방랑벽이 있는, 그냥 한심한 인간입니다. 실질적으로 무직입니다."

아버지 문제나 우리에 대해 솔직히 말해도 좋았겠지만, 이 여행의 목적을 생각하면 함부로 정체를 밝히긴 위험하다.

"우리는 졸업여행 중이었습니다. 그렇지?"

"그, 그래, 그래! 다들 친구! 스쿨메이트!"

벨카가 재빨리 말을 맞춰주었다.

"학생인가! 그거 좋지! 사랑이다! 청춘이다! 라일 자바티니다!"

우리를 요란스럽게 칭찬한 뒤에 금발 남자는 흥겹게 이름을 대고 오른손을 내밀었다.

"잘 부탁합니다."

외국식 느낌에 다소 얼떨떨한 기분으로 악수에 응하고, 라일이 이끄는 대로 우리는 각자 마주 보는 자리에 앉았다.

라일은 이반의 아들인 모양이다. 하지만 닮지는 않았다. 애초에——.

"어머니는 이탈리아 사람이었어. 아버지랑은 유학을 갔던 미국에서 만나고 엄청난 연애를 했지! 그렇죠, 아버지?"

"장난치지 마라, 라일."

이반이 아들을 노려봤다.

과연, 어쩐지 부자의 외모가 안 닮았다 했다.

그리고 상대를 관찰하다가 깨달았다.

내가 그러듯이, 상대도 우리를 가늠하고 있다. 시선으로 안다. 하지만 그럴 수밖에 없겠지. 이런 외딴섬에 갑자기 동양인 소년과 영국 소녀가 개를 데리고 나타났으니까.

"배가 고장 나서 여기에 흘러왔댔나? 그거 고생 많네. 하지만 뭐 도울 수 있는 일이 있거든 뭐든지 말………… 아름다워!"

라일이 가볍게 말을 붙여주고 있었지만, 도중에 그 시선은 노골적으로 한곳으로 쏠렸다.

"으헤? 저, 서 발인가요?"

누굴 보는 건가 했더니만, 그 상대는 유리우였다.

"놀라워! 직업상 아름다운 보석을 질릴 만큼 봐서 어지간한 것에는 눈을 빼앗기지 않을 자신이 있었는데!"

"직업상?"

"아, 나는 보석상을 조촐하게 하고 있거든!"

"보석상……입니까."

그 말을 듣고 나는 무심코 내 손을 바라봤다.

"동양에 아직 너 같은 주얼이 숨어 있었군! 미스터리어스한 눈이야!"

"미, 미스터리……?"

라일의 직설적인 칭찬을 듣는 동안, 유리우는 책상 밑에서 내 옷자락을 필사적으로 붙잡고 있었다. 이렇게 직설적인 화법에는 약한 걸까.

"아니, 당신, 잘도 아내 앞에서 당당히 다른 여자를 칭찬하는 군요. 바람둥이처럼. 애초에 상대는 아직 애잖아요."

그런 그를 황당한 기색으로 제지한 것은 왼쪽 옆에 앉은 여자였다. 가슴께가 크게 트인 블라우스 위에 카디건을 걸쳤다. 물들인 걸까, 흑발이 동양적인 느낌이다. 왼손 약지에서 화려한 반지가 빛났다.

"카티아. 네가 질투하는 걸 보고 싶었어! 용서해 줘!"

라일과 카티아는 부부 사이였다.

"언제든 사이가 좋은 것 같아서, 아들로서도 기쁠 따름이야."

마지막에 발언한 것은 제일 안쪽 의자에 앉은 소년이었다. 나이는 열여섯이나 일곱 정도일까. 흘러내리는 머리를 잘 빗질해서 다듬어두었다. 눈가도 닮았다.

목에 두른 오렌지색 스카프가 특징적이었다.

"그렇긴 해도 설마 이런 장소에 손님이라니. 아, 딱히 나가란 소리는 안 해. 편히 있어요. 외국인 여러분."

"드미트리, 실례다! 남을 배려할 줄 알라고 항상 말하지 않았나. 그러니까 학교에서도 친구 0명의 기록을 세우는 거다!"

"그런 기록은 세우지 않았어, 아버지."

소년은 라일과 카티아의 아들로, 이름을 드미트리라고 했다. 눈매는 어머니를 많이 닮았다. 하지만 라일과는 얼굴이 별로 안 닮은 것이 마음에 걸렸다.

반항기인지 평소 이러는지는 모르겠지만, 드미트리는 야유 섞인 언동을 숨기려 하지 않았다.

할아버지 이반. 그 아들인 라일. 라일의 아내 카티아. 그리고 또 그 아들인 드미트리.

이렇게 우리는 자바티니 일가의 식탁에 초대받게 되었다.

"저기, 이제 먹어도 될까?"

우리를 놀리는 것도 질렸는지, 드미트리가 못 참고 눈앞의 접시에 손을 대려고 했다.

"기다려 주세요. 아직 아가씨가……."

그런 그를 우르스나 씨가 제지하려 했을 때, 뒤늦게 문이 천천히 열렸다.

"늦어서 미안해요."

나타난 것은 몸집이 작은 소녀였다. 방에서 급하게 왔는지 숨을 헐떡였고, 그 얼굴은 다소 붉었다.

과연. 이 아이가 우르스나 씨가 말한 아가씨인가.

나이는 열대여섯 살쯤 먹었을까. 앳된 티가 많이 나지만, 얼굴은 숨이 막힐 만큼 고왔다.

가녀린 몸을 감싸는 블라우스는 간단했지만, 대대로 물려져 내려온 듯한 빈티지 느낌이었다.

또한 길고 섬세한 머리칼은 아름답게 묶어서, 마치 예술품 같았다.

"자, 아가씨, 이쪽으로 오시죠."

우르스나 씨가 식탁까지 아가씨를 밀고 갔다.

그렇다. ──아가씨는 휠체어 신세였다.

소녀의 다리는 롱스커트로 조심스럽게 감춰져 있었다.

"어머? 저, 저기. 기다려, 우르스나. 모르는 사람이 많아."

"그렇지요. 자."

자리 앞에 도착하자, 아가씨는 팔을 써서 휠체어에서 상석의 의자로 넘어갔다. 익숙한 동작이었다.

"루시오라 아가씨, 말씀해 주셨으면 제가 도와드렸을 텐데."

"항상 말했잖아. 루우도 이 정도는 혼자 할 수 있어."

"아……. 매일 아가씨를 안아서 체중과 체격의 미세한 변화를 느끼고 싶은데."

"느끼지 마!"

두 사람 사이에 그런 농담이 오갔다. 그렇긴 해도 실제로는 이탈리아어로 이루어진 대화였기에, 이쪽은 분위기로 느꼈을 뿐이다.

하지만 그런 대화를 들으면 아가씨의 휠체어 생활은 일시적인 것이 아닌 모양이다.

"그래서, 저기, 이분들은 누구야?"

"보시다시피 오늘은 아무래도 폭풍이 올 것 같습니다. 그러니까 아가씨가 겁먹지 않도록 이렇게 많은 분이 놀러와 주셨습니다."

"정말?! 파티야? 모르는 사람인데?"

물론 우르스나 씨의 말은 거짓말이다. 거기에 대해 아가씨는 진짜인지, 순수하게 이야기를 맞추면서 놀고 있는 것뿐인지 모르겠지만, 일단 보기로는 기뻐하는 듯했다.

"오우츠키 사쿠야입니다. 일본에서 왔습니다. 이러면 모르는 사람이 아니지?"

그 모습이 애처로워 보여서, 어느새 나는 자리에서 일어나 인사하고 있었다.

하지만 아무래도 이건 너무 나선 걸까?

그렇게 생각한 동시에 리리테아가 옆에서 내게 속삭였다.

"너무 멋부리셨네요, 사쿠야 님."

바로 들켰다. 하지만 리리테아의 표정은 호의적이다. 기쁜 기색이라고 해도 좋다.

"저는 리리테아라고 합니다. 갑작스러운 방문을 용서해 주세요. 배로 다른 장소에 가던 도중이었습니다만, 난파하는 바람에 어쩔 수 없이 도움을 청하는 형태가 되었습니다."

내가 작은 감동을 곱씹는 동안에 리리테아도 자연스럽게 자기소개를 마쳤다.

이어서 유리우와 벨카도 간단한 자기소개를 했다.

그걸 듣고 아가씨도 씩씩하게 자기소개를 했다.

"처, 처음 뵙습니다. 제 집에 와주셔서 감사합니다."

이쪽의 영어에 대해 아가씨도 영어로 대응해 주었다. 영어는 나와 마찬가지로 어색한 느낌인데, 그 머뭇거리는 느낌이 그녀의 귀여움을 한층 강조해주었다.

"루우의 이름은……이 아니라, 내 이름은 루시오라 데 시카입니다. 루우라고 불러줘요."

아가씨, 다시 말해 루시오라의 인사는 갑작스러운 내방자에 대한 불안과 기대, 그리고 부끄러움이 뒤섞인 사랑스러운 것이었다.

"데 시카? 어라?"

그 성을 듣고 나는 반사적으로 입을 열었다.

"성이 다르네요."

이반을 시작으로 눈앞의 일가는 자바티니라고 하였는데.

"아, 그 점의 설명이 아직이었군! 우리는 이 저택에 사는 일족의 먼 친척에 해당하는 일가야!"

"그래. 친척을 보러 허위허위 먼 길을 따라 이렇게 아무것도 없는 외딴섬까지 온 거지."

라일에 이어서 드미트리가 말했다.

"애초에 얼굴을 보면 모르겠어? 저쪽의 아가씨는 이탈리아계, 우리는 러시아계."

듣고 보니 분명히 그렇다.

"나한테는 이탈리아와 러시아의 피가 섞였어. 따라서 내 아들에게도 두 민족의 피가 섞였지."

"그랬습니까. 국제성이 강하군요."

그렇게 적당히 받아주었는데, 사실은 잘 모르겠다. 외국 사람의 얼굴을 슬쩍 보고 어느 나라와 어느 나라 민족의 피가 섞였는지 바로 판단할 수 있을 만큼 나는 아직 세계를 많이 돌아다니지 않았다.

"어라? 그럼 루우의 다른 가족은?"

벨카가 소박한 의문을 말했다. 아니, 벌써부터 루시오라를 애칭으로 부르고 있다.

"일곱 살까지 아버님과 어머님이랑 셋이 오스트리아의 시골에서 살았어. 어머님은 재혼이었지만, 행복해 보였어. 하지만 두 분 다 루우가 어렸을 적에 돌아가셨어."

아무렇지도 않게 대답하는 바람에, 우리는 한순간 아무런 반응도 보일 수 없었다.

"교통사고. 어느 날 아침에 순식간에 루우의 앞에서 없어졌어. 그날 아침부터 루우가 있을 곳, 집은 없어졌어. 그걸 보다 못한 할아버님이 루우를 여기로 거둬주었어."

루시오라는 어제 본 영화의 줄거리라도 말하듯이 담담하게 자신의 반생을 들려주었다.

"하지만 올해 초에 할아버님도 돌아가셔서, 지금은 루우와 우르스나, 단둘뿐인, 생활."

"아……. 그렇구나. 저기…… 왠지 미안……. 미안해."

가슴 아픈 대답에 벨카는 미안한 기색으로 어깨를 움츠렸다.

"이 넓은 저택에서 둘이서 사는 건가요? 섬에 다른 주민은 없나요?"

"여기 아쿠아리오 섬에 사는 다른 사람은 아무도 없습니다."

유리우의 질문에 우르스나 씨가 대답했다.

"밝은 낮 시간에 섬을 보시면 일목요연하고 명확합니다. 있는 거라곤 이 저택과 밭, 그리고 작은 목장 정도지요."

"불편하지는 않나요?"

"걱정은 감사합니다. 하지만 섬에는 배가 있고, 저는 선박 면허가 있습니다. 한 달에 한 번 팔레르모에 장을 보러 나갈 수만 있으면, 저와 아가씨 둘이 조용히 살기에는 곤란하지 않습니다."

과연, 그런 식의 삶도 있구나 하고 납득했다.

"그런고로 다들 모이셨으니, 차린 것은 없지만 오찬을 드시지요. 요리가 다 식겠습니다."

우르스나 씨는 그렇게 말했다. 분명히 그건 큰 문제다.

하지만 전원 다 모였다는 말에 떠올랐다.

"그러고 보면 하비 씨를 불러야 하는 거 아닙니까?"

"괜찮습니다. 식사 시간은 사전에 전해두었습니다. 그런데 멋대로 돌아다니면서 돌아오지도 않으니까, 먹기 싫은 모양이지요."

진짜 미운털이 박힌 모양이다.

하비라는 남자를 위해 더 버틸 의리도 없다. 실제로 나도 배가 고픈 터라서 더는 못 참겠다.

"그럼 감사히 잘 먹겠습니다."

요리 앞에서 두 손을 모으자, 유리우와 리리테아 이외의 모두가 신기하게 쳐다봤다. 일본식 밥상 예절을 처음 본 모양이다.

"잘 먹겠습니다."

"그럼 나도! 잘 먹겠습니다!"

유리우가 뒤를 따르고, 또 그걸 보고 벨카가 밝게 흉내 냈다.

2장 나를 더 소중히 여겨야 해

 식사를 마친 뒤, 우리는 바로 섬의 작은 선착장에 가보려고 했다. 물론 배를 수리하기 위해서다.

 하지만 그건 실현되지 않았다. 그때 이미 섬은 한창 폭풍에 시달리는 중이라서 도무지 수리를 시작할 만한 상황이 아니었기 때문이다.

 그래서 결국 날씨를 지켜볼 수밖에 없게 되었고, 하릴없이 우리는 저택 1층의 라운지에서 시간을 보내기로 했다.

 자바티니 일가는 식사 후에 재빨리 각자의 방으로 돌아갔다.

 라일, 카티아, 드미트리는 2층 남쪽의 방을 각각 쓰고 있다.

 유일하게 이반만 1층의 안뜰에 접한 111호실을 사용한다고 했다. 듣자 하니 그는 무릎이 안 좋아서, 그렇다면 이동이 편한 1층이 나을 거라면서 루시오라가 배려해 주었다고 한다.

 시각은 오후 5시. 해가 지려면 아직 멀었지만, 밖은 잔뜩 흐리고 어두웠다.

 우리는 소파에 앉아서 쉬고 있었다.

 벽에는 오래된 괘종시계가 있었다. 진자가 흔들리는 것을 보면, 지금도 사용되는 모양이다.

"우르스나 씨의 요리, 맛있었지."

그렇게 말하는 벨카는 분명히 잘 먹었다.

"뭐하면 요리라도 배우는 게 어떠냐. 저기, 선생님. 그건 내가 항상 만드는 요리가 맛없다는 소리? 뜻밖이네요. 저번에 한 번 대충 도그푸드로 때운 걸 아직도 원망하는 건가요?"

또 피도와 벨카의 항상 있는 싸움이 시작되었다.

"정말로 신기하네. 멍멍이랑 대화가 되다니."

유리우가 거듭 놀라움과 감탄을 곱씹고 있다.

"그렇긴 해도 선생님의 말만 알아듣는 거야. 다른 개랑은 이렇게 안 돼."

"그래도 대단해! 부러워! 하지만 언제부터 알게 되었어?"

"으음, 선생님하고 만나서 같이 지내는 동안에 왠지 모르게. 처음에는 내 착각인가 생각했는데, 그게 아니었어. 그 덕분에 나는 지금 이렇게 여기에 있어."

갑자기 벨카의 시선이 흔들렸다. 그것은 모종의 과거를 짊어진 사람이 보여주는 눈빛 같았다.

"선생님이 없었으면 나는 그때 이미……. **어이, 벨카, 퀴퀴한 옛날이야기는 그만둬라. 분위기 죽는다.**"

그런 벨카의 말을 가로막은 것은 피도였다.

"응……."

벨카는 얌전히 고개를 끄덕이고 소파에 몸을 기댔다.

그런 벨카를 유리우보다 더 부러워하는 눈치로 바라보는 시선이 있었다.

루시오라다. 식사 후에 일단 거실에서 휠체어를 밀며 나갔지만, 또 돌아온 모양이었다. 우물쭈물하면서 이쪽을 바라보고 있다.

"아, 루우! 이리 와, 이리 와!"

벨카가 손짓하자, 루시오라는 활짝 얼굴을 밝히고 이쪽으로 다가왔다. 귀엽다.

"저기……. 어어, 경이적. 동물과 이야기할 수 있다니, 벨카, 멋져."

"어, 어어? 멋진가? 그런가?"

"Si. 그림책의 등장인물…… 같아."

"그림책! 들었어? 선생님, 들었어요? **아가씨, 조금 더 괜찮은 그림책을 보는 게 좋겠군.** 저기, 선생님! 그런 소리 하지 마세요!"

"세계는 정말로, 넓네."

루시오라는 꽤 감격했다. 정말 순수한 아이구나.

분명히 세계는 나름 넓지만, 개와 이야기할 수 있는 인간은 분명 달리 없을 거다.

"**그래, 넓지. 유쾌한 녀석들로 북적거려. 예를 들어서 베어도 태워도 되살아나는 좀비 같은 녀석이라든가. 안 그런가, 사쿠야?**"

"하하하, 피도! 아가씨를 겁주면 안 되지."

"사쿠, 좀비…… 봤어? 경험 있어?"

"없어, 없어! 그런데 사쿠라는 건 나야?"

"사쿠는 사쿠."

왠지 요즘 들어 다종다양한 애칭으로 불리는 것 같다. 하지만 아가씨가 그렇게 부르고 싶다면 그렇게 해주자.

"물론 사쿠면 돼. 하지만 루우, 너는 이 섬 밖으로 안 나가? 여행이라든가."

흥미를 갖고 물어보자, 루시오라는 다소 난처한 기색으로 고개를 내저었다.

"루우는 다리가 계속, 이래서……."

그렇게 말하며 루시오라는 롱스커트 위로 자기 다리를 만졌다.

그것은 그녀가 걷지 못하는 몸이라는 것을 암암리에 말하고 있었다.

"하지만 대미지, 없어. 괜찮아. 루우, 할아버님이 남겨주신 이 섬 좋아해서."

이전에 다녔던 학교도 지금은 가지 않는다고 했다. 공부는 우르스나에게 배우고 있으니까 문제는 없다는 모양이다.

그 자리의 분위기가 조금 무거워진 것을 느꼈는지, 루시오라가 부끄러운 듯이 말했다.

"저기, 방…… 올래?"

"루우 방?"

"으, 응. ……싫어?"

스커트를 꾹 움켜쥐는 작은 손이 인상적이었다. 긴장 끝에 용기를 내서 모두에게 말한 거라고 생각하니 갑자기 감싸주고 싶은 마음이 떠올랐다.

"갈래! 물론 갈게요! 그렇죠, 스승님!"

다들 긍정적이라서 루우의 말에 따르기로 했다.

루시오라의 방은 1층 북쪽에 있는 모양이라서, 우리는 나란히 라운지를 나섰다.

라운지에서 간다면 현관홀을 가로질러서 복도를 똑바로 가기만 하면 된다.

그렇다고 해도 거리는 제법 되었다.

열심히 휠체어를 손으로 돌리고 있는 귀여운 모습을 바라보며 잠시 고민한 끝에, 나는 이렇게 제안했다.

"내가 밀게."

휠체어의 손잡이를 잡고 도왔다.

"고……마워."

한순간 당혹스러워했던 모양이지만, 곧 몸을 맡겨주었다. 이런 제안은 때로는 괜한 참견이 될 수 있기에 조금 주저했지만, 말하길 잘했다.

"이 부분 멋지네!"

그게 계기였다는 듯이, 유리우가 루시오라의 휠체어를 가리키며 말했다.

"Si. 할아버님이 예전에 디자인해 주신, 거."

꾸밈없는 칭찬이 기뻤는지 루시오라는 멋쩍은 기색으로 팔걸이를 손으로 쓸었다.

"센스가 좋아. 귀여워."

실제로 루시오라가 앉은 휠체어는 의료 현장에서 일상적으로 보는 것과는 조금 달라서, 그야말로 특별히 주문해서 제작한 것처럼 생겼다.

특히나 취향이 듬뿍 담긴 것은 지금 루시오라가 쓰다듬고 있는 팔걸이였다. 매끄럽고 얇은 판자가 아름다운 곡선을 그리고 있었다.

소재는 뭘까?

좌석 옆에는 작은 주머니도 있었다.

뭐가 있냐고 물어보자 "꽃씨나 나사."라는 재미있는 대답이 돌아왔다.

외딴섬에 사는 소녀에게 소중한 것을 일상적으로 넣고 다니는 거겠지.

응, 일단 모든 게 귀엽다.

"아, 저기, 루우의 방……이야."

루시오라가 배시시 웃고 앞쪽을 가리켰다.

"저기인가. 좋았어."

"어? 어?"

"꽉 잡아!"

나는 조금 기세를 타고 휠체어를 미는 속도를 올렸다.

"꺄아! 빨라!"

처음 느껴보는 속도에 루시오라는 기쁜 듯이 비명을 질렀다.

"대, 대단한 건 없지만…… 들어와…….."

루시오라는 문을 열고 우리를 방 안으로 들여보내주었다.

그녀의 방은 제일 북쪽에 있고, 안은 소박한 모습이었다.

　이 저택의 아가씨라는 이유로 사치스러운 방에 사는 것은 아닌 모양이다.

　둥근 창문과 달 그림은 없었지만, 방의 넓이도 객실과 큰 차이 없었다.

　작은 침대와 책상. 그리고 벽에는 라임색의 귀여운 벽장.

　방 안쪽에는 창문이 하나 있었다. 바깥쪽을 향해 한가운데에서 좌우로 밀어서 여는, 그야말로 서양식의 멋스러운 창문이다. 거기서는 그 돌담이 보였다.

　돌담 앞에는 안뜰이 펼쳐져 있고, 거기에는 장미나 라벤더 꽃이 눈에 들어왔다.

　"와아! 귀여운 정원!"

　그 광경에 제일 먼저 달려든 것은 벨카였다. 의외로 소녀다운 반응이었다.

　"꽃……. 항상 루우가 물을 먹여줘."

　루시오라가 두 손으로 귀엽게 물 주는 시늉을 했다.

　"폭풍만 아니었으면 안내했을 텐데. 안뜰."

　"그런가, 그건 아쉽네. 아, 그렇지, 만일을 위해 잠가둘게."

　벨카가 창문 한가운데의 잠금장치를 가리켰다. 강풍으로 덜걱덜걱 흔들리고 있으니까, 일단 잠가두는 편이 안심이다.

　잠금쇠의 위치는 제법 높아서 휠체어에 앉은 루시오라는 손을 뻗어도 닿지 않았다. 벨카는 그걸 배려해서 제안한 거겠지.

　"고마워. 평소에는 잠그거나, 안 해서."

그렇군. 저런 높이에 있는데, 평소에는 어떻게 잠그고 사나 생각했는데, 아예 안 잠그고 사는군.

"그렇겠네. 이 섬은 도둑도 없겠지. 가령 배로 왔다고 해도 훔친 물건보다도 교통비가 더 들겠고."

"헤엄치면 공짜. 하시만 그런 도둑이 있으면, 그건 도둑이라기보다 그냥 괴짜……. 에헤."

내 농담에 농담으로 받아쳤다.

"헤엄을 잘 치는 도둑……. 올림픽 선수가 되는 게 낫겠어……. 그런 말…… 에헤헤."

아까부터 루시오라의 얼굴은 뭐라고 할까, 완전히 풀어져 있었다.

그런데 그런 루시오라에게, 리리테아가 무자비한 질문을 날렸다.

"실례지만, 루시오라 님. 혹시 방에 누군가를 초대한 것은 이것이 처음이신지요?"

"하우우!"

순간 루시오라가 크게 충격을 받은 듯한 얼굴로 굳어버렸다.

"남을 초대할 때의 방 정리도 서투른 기색이었고, 꽤 신이 나신 것처럼도 보이기에."

"히익!"

"리리테아! 궁금하다고 뭐든지 물어도 되는 건 아니야! 봐, 루루의 저 모습! 정곡을 찔러서 치명상을 입었잖아!"

"죄, 죄송합니다. 제 배려가 부족했습니다."

여기에는 리리테아도 어쩐 일로 동요하는 빛을 보였다.

"사쿠야도 그만둬라. 아가씨 숨넘어가신다."

피도의 말처럼 루시오라는 새빨간 얼굴로 눈에 눈물을 맺고 있었다.

"이, 있어……. 아미코(친구), 있어."

"그래! 있어! 우리도 이미 훌륭한 친구야!"

"정말……? 친구?"

"정말이지! 나랑 피도 선생님도! 아미코, 아미코!"

"아미코! 기뻐!"

아가씨의 웃음을 되찾는 것은 의외로 간단했다.

본인은 이 섬이 좋다고 말했지만, 역시 이 또래 소녀에게 고독과 함께하는 생활은 힘든 걸까. 아니, 그런 식으로 생각하는 것은 도시에 사는 인간의 오만일까.

"응? 이 사진은……."

문득 책상 위에 장식된 사진이 눈에 들어왔다. 거기에는 등이 구부러진 노인과 의자에 앉은 어린 소녀가 찍혀 있었다.

사진에는 날짜가 찍혀 있는데, 대략 5년 전이었다.

소박하지만 멋스러운 액자 안에서 그들은 즐거운 듯이 미소 짓고 있었다.

"이 사람, 혹시?"

"Si. 돌아가신 할아버님."

루시오라는 딱히 침울한 느낌 없이 밝게 대답했다.

액자 옆에는 화려한 산호 장식품이 있어서 소박한 방에 은은

한 멋을 더하고 있었다.

"헤에. 여기 앉아 있는 건 루우지?"

벨카도 흥미진진하게 사진을 들여다봤다. 하지만 곧 그 표정은 어두워졌다.

그 마음은 잘 안다. 의자에 앉은 어린 루시오라의 다리가……조금 쇼킹했기 때문이다.

사진 속 어린 루시오라의 두 다리는 넓적다리 중간부터 가운데로 모여서 하나로 붙어있었다.

하나로 붙은 다리는 끝에서 또 살짝 갈라져서, 발끝은 두 개의 다리가 되어 좌우로 나뉘었다.

그것은 마치 물고기의 꼬리지느러미처럼도 보였다.

"시레노멜리아(sirenomelia)인가."

피도가 특별한 감정을 싣지도 않고 조용히 말했다.

"인어증후군이라고도 하지."

그쪽의 이름이라면 나도 떠오르는 게 있었다.

아주 희귀한 선천성 기형이라고 책에서 본 기억이 있다.

탐정이라면 어려운 책 한두 권 정도는 봐야 한다며 의학서에 도전했다가 하루 만에 포기했던 것은 좋은 추억이다.

"루우는 태어났을 때부터 이래. 하지만 남에게 보여주면 놀래. 오히려 겁먹……겁을 주게 되니까."

루시오라는 난처한 듯이 웃으면서 스커트 위로 자기 무릎을 가볍게 두드렸다.

분명히 사고나 그런 걸로 걸을 수 없게 된 거라고 상상하고 있었는데.

나는 뜻하지 않게 루우가 짊어진 상처를 발견한 기분이 들었다.

"루우……."

유리우가 무릎을 굽히고 루시오라의 손에 자기 손을 겹쳤다.

선천적인 다리 때문에 루시오라는 많은 것을 포기했겠지. 밖에 나가는 것을, 언덕이나 시내를 뛰어다니는 것을, 친구를 방에 불러들여 노는 것을.

그것은 외딴섬의 생활 이상으로 자유를 구속했으리라.

"요만큼도 무섭지 않아."

"사쿠……?"

"무섭지 않아. 루우, 아직 멀었네. 나는 이래 보여도 탐정이야. 여태까지 무서운 거라곤 많이 봤어. 그러니까 네 다리 정도로는 이제 와선 놀랍지도 않아."

"무섭지 않아? 하나도?"

"하나도."

"그렇……구나."

루시오라는 새콤달콤한 나무 열매를 입에 넣은 듯한 얼굴을 하며 자기 귓불을 만지작거렸다.

"어라? 그런데 사쿠는 탐정이야?"

아, 그러고 보면 아직 말하지 않았지.

"사실은 그래. 아직 신출내기지만."

"그……그랬구나."

루시오라는 눈을 크게 뜨고 나를 올려다봤다.

"왜, 왜 그래?"

"놀랐어…… . 탐정이란 게 진짜 있는 거구나. 세상은 정말, 넓어…… ."

그 뒤로 우리는 루시오라의 방에서 서로의 대수롭지 않은 점에 대해 이야기를 나누었다.

루시오라에 대해서는 새로운 발견이 몇 가지 있었다.

나이는 열다섯 살. 브로콜리를 싫어한다. 노래와 음악을 좋아하고, 피아노를 조금 칠 줄 안다.

"피도 선생님, 만져 봐도 돼? 접촉."

또 동물을 좋아한다.

"물론! 그렇죠? 선생님!"

휠체어 위에서 필사적으로 손을 뻗어서 피도의 코끝을 만지는 모습이 귀엽다.

우리 일행의 여행 목적은 루시오라에게도 숨기기로 했다.

세븐 올드맨과 싸우러 간다는 흉흉한 이야기를 이 아이에게 할 수는 없다.

"어라? 선생님이 어쩐 일로 기분 좋은가 보네요. 루우, 너는 제법 소질이 있어! 어흠, 나 다음으로."

"정말? 진실? 에헤헤. 항상 섬에 있는 동물, 관찰하니까."

루시오라는 작은 얼굴을 새빨갛게 물들이며 부끄러워했지만, 이윽고 "후아아." 하고 뜨거운 숨을 내뱉었다.

"처음…… 이렇게 다른 사람하고 많이 이야기한 거."

"그래?"

"루우의 다리가 아니더라도, 애초에 이 섬에…… 데모니아카 빌라(멈춰 선 자들의 저택)을 찾아오는 사람, 없어서."

"데모니아카……?"

"이 저택의 예전 이름입니다."

설명을 해준 것은 우르스나 씨였다. 어느새 방문 앞에 서 있었다. 식사 뒷정리가 완전히 끝난 모양이다.

"완전히 친해지셨군요, 아가씨. 친구가 많이 생겨서 다행입니다."

우르스나 씨는 기쁜 기색으로 루시오라에게 고개를 끄덕여 주었다.

"이걸 보면 언젠가 바깥의 학교에 다니실 때도 안심하고……."

"무리. 루우는 다리가 이런걸. 밖에 나가도 누구랑도 친해질 수 없어."

"또 그런 약한 말씀을. 아가씨는 항상 다리 핑계를 대며 많은 것을 포기하시고……."

"됐어. 루우는 이 섬이면 충분해."

루시오라는 휙 하고 고개를 돌렸다. 소극적인 경향인 루시오라도 우르스나가 상대일 때면 마음 편한 태도를 보일 수 있는 모양이다.

"그런데 우르스나 씨, 데모니아카 빌라가 뭐죠?"

"예. 시칠리아 섬 사람들이 전부터 이 저택을 그렇게 부릅니다. 저도 전임자 대신 여기 온 지 그렇게 오래되지 않아서 자세히는 모릅니다만, 애초에 이 저택은 병원으로 세워졌다는 모양입니다. 병원이라고 해도 실제로는 격리시설 비슷한 것이었다는 모양입니다만."

"격리, 입니까."

"애초에 이렇게 외딴섬이니까 평범한 병원일 리가 없습니다. 사연 있는 환자들을 한곳에 모아서 치료하며 관리했던 거겠지요."

"어쩐지 개인이 세운 것치고 너무 넓다 했습니다."

원래는 호텔이었을까 하는 내 예상은 빗나갔지만, 완전히 헛짚은 것도 아닌 모양이다.

"반세기 정도 전일까요. 시설은 폐쇄되고 한동안 아무도 없었던 모양입니다. 데모니아카 빌라의 이름은 그즈음에 붙은 별명이라고 들었습니다."

"그렇기는 해도 좀 무시무시한 느낌의 이름이네요."

"말씀드렸다시피, 원래 이 근처 해역에는 오래전부터 불길한 괴물 세이렌이 출몰한다는 말이 나돌았습니다. 거기에 또 수상쩍은 격리시설의 폐허가 있으니, 괴담이 한층 더 부풀어 오를 만도 하지요. 해 질 녘의 폐허 앞에 누군가가 서 있었다든가, 오싹한 노랫소리가 들렸다든가. 게다가 실제로 해난사고도 많았으니, 이거고 저거고 죄다 세이렌의 짓이 틀림없다는 식으로 뱃사람들 사이에서는 날씨 이야기처럼 흔한 화제였던 모양입니다."

말하자면 액이 낀 건물이란 소린가.

"옛날 뱃사람들은 불안한 날이면 밀랍으로 귀를 틀어막았다고 합니다. 그만큼 진심으로 세이렌의 존재를 느끼고, 들릴 리 없는 노래를 듣고 두려워했던 거지요."

"우르스나 님, 혹시 이 저택 외벽에 붙어있던 무수한 오브제도 그런 믿음의 일종입니까?"

"예, 리리테아 씨의 생각이 맞습니다. 그건 어부들이 쓰는 작살을 본뜬 것으로, 액막이 비슷한 것입니다. 세이렌은 그 작살 끝을 두려워하여, 그 집에는 다가오지 않는다고 합니다."

"헤에. 일본식이라면 도깨비기와 같은 거겠네요, 스승님?"

그거 제법 절묘한 비유다.

액막이는 이 건물이 세워진 당초부터 있었던 모양이라고 우르스나 씨는 말했다.

"그 작살에는 그런 의미가 있었던 것이군요."

남모를 의문이 해소된 게 기뻤는지, 리리테아는 만족스럽게 끄덕였다.

"아마 해류나 암초가 사고 다발의 원인이겠지만, 뱃사람들은 그런 자연의 위협을 세이렌이 저지른 것으로 받아들였겠지."

"옛날 사람은 믿음이 깊었단 소리? 후아……."

침대 위에 깊이 앉은 유리우가 꽤 마음 편히 피도에게 말을 걸었다. 식후 탓인지 졸린 얼굴이었다.

"그런 걸로 넘어가자는 약속이 필요했으니까, 그렇다고 친 거다. 옛날 인간은 무지몽매하고 어리석으니까 아무리 말도 안 되는 일이라도 믿었을 거란 생각은 현대인의 오만이다. 우연히 나중에 태어났을 뿐이면서. 실제로는 시대를 불문하고 어느 시대든지 인간이란 그런 법이다."

견종인 피도가 그렇게 인류를 논했다.

"그런 소문이 있는 저택에 이주하신 것이 루우 아가씨의 조부님입니다."

우르스나 씨의 말을 긍정하듯이 루시오라가 몇 번이고 고개를 끄덕였다.

"아가씨, 저는 이제 목욕 준비를 하러 가보겠습니다. 준비가 다 되거든 모시러 오겠습니다."

대화를 마칠 적당한 타이밍을 재어서 우르스나 씨는 서둘러 그 자리를 떴다.

그녀가 나간 뒤에도 대화는 이어졌다.

"루우의 할아버지는 혼자 이 섬에 이주하신 거야?"

"Si. 할아버님은 몇 년 동안 애써서 건물을 손대고 살기 좋게 만드셨……을 거야. 그럴걸?"

"혹시 객실의 그 둥근 창문이나 달 그림도?"

"사쿠, 봤어? 달님, 멋져."

루시오라는 자기 일처럼 자랑스러워했다.

"응. 둥근 창문 너머라는 것도 재미있는 아이디어야."

"할아버님은 일본의 교토 시티의 템플에서 쇼크를 받아서, 특별히 목수에게 부탁했대. 아주 신경 쓰셨어."

"그랬던 건가."

"저기, 사쿠가 태어난 나라, 일본? 그렇지? 할아버님, 살아계셨으면 분명 크게 기뻐하며 질문 공세를 퍼부었을걸."

"꼭 만나 보고 싶었는걸."

내가 다음에 죽었을 때, 한순간이라도 천국에서 만날 수 있으려나.

그런 하찮은 생각을 하고 있자, 또 리리테아가 뜻하지 않은 각도에서 질문을 던졌다.

"실례입니다만, 혹시 루시오라 님의 할아버님은 화가인 엘리세오 데 시카 씨 아니십니까?"

갑작스러운 질문에 나는 순간 고개를 갸웃했다. 하지만 루시오라는 눈에 띄게 얼굴을 활짝 폈다.

"와. 리리테아 씨, 알아?"

"예. 훌륭한 예술가입니다."

"헤에! 할아버지는 대단한 사람이었구나!"

벨카도 티 없이 흥미를 보였다.

"엘리세오 데 시카 씨는 1970년대 후반, 미술계에 갑작스럽게 나타난 기재라고 일컬어집니다. 그분은 큰 것을 작게, 작은 것을 크게 그린다는 독자적인 수법으로 많은 명화를 남겼다고 하죠."

"그래. 고야 쪽의 낭만주의와 동양의 우키요에에서 영향을 받았다고 공언했던가. 일본에는 잘 알려지지 않은 모양이지만, 유럽에서는 어느 미술관이든 한 점씩 두고 있지. 저기, 그럼 선생님도 알았단 소리? 미리 말해줘요!"

역시나 피도 선생님, 개인데도 미술사를 잘 안다.

나는 다시금 책상 위의 사진에 찍힌 노인을 봤다. 그런 거물이었다니 놀랍군.

"Si. 할아버님, 그림 그리는 사람이었어."

"역시 그랬습니까."

"하지만 리리테아, 어떻게 알았어?"

"현관홀에 장식된 그림 때문입니다. 그 그림이 기억에 있었습니다."

"그 커다란 그림? 세이렌이 그려져 있던?"

"예. 그 그림은 엘리세오 데 시카가 몇 년 만에 내놓은 작품으로, 작년에 발표되어서 미술계에서 주목받은 것입니다. 타이틀이 분명히……."

"창영(蒼泳)의 시어레이츠."

기억을 더듬어 말하는 리리테아를 루시오라가 거들어주었다.

"시어레이츠?"

과거에 들어본 적 없는 신기한 말이다.

"할아버님이 생각하신 조어……. 그러니까 의미는 루우도 몰라. 하지만 그 그림을 그릴 때의 할아버님, 무서울 정도, 였어. 하지만 할아버님, 그 뒤에 금방 천국에 가셨어."

"돌아가신 줄은 몰랐습니다. 명복을……."

리리테아의 말에 루시오라는 조용히 고개를 끄덕였다. 뭐라고 할까, 두 사람의 이런 자연스러운 행동에 고상함이 느껴졌다.

"엘리세오 데 시카가 모든 힘을 담은 유작인가. 그건."

많은 인간이 탐낼 만하겠군.

그 말까지는 입 밖에 낼 수 없었다. 하지만 루시오라는 내 생각을 읽은 것처럼 이렇게 말했다.

"할아버님, 그 그림을 발표했을 때, 이런 말도 덧붙였어. 정당한 가치를 매긴 사람에게 시어레이츠를 양도한다고⋯⋯."

"정당한 가치?"

그건 매매에서 보통 하는 말이었지만, 이 경우는 왠지 아리송한 뉘앙스였다.

"그건 엘리세오 씨가 납득할 가격을 붙이라는 의미?"

"그건 루우도 여엉⋯⋯. 즉 몰라. 할아버님의 참뜻은. 하지만 그게 테스터먼트(유언)."

아무튼 그것들은 엘리세오가 남긴 뜻에 따라 집행되었다는 소리인가 보다.

결국 매입자가 나타났는지, 가격이 얼마였는지, 그런 면에 대해 호기심이 일었지만, 더 물어보지 말자.

적어도 창영의 시어레이츠는 아직 저렇게 현관홀을 장식하고 있다. 그리고 그런 귀중한 그림을 볼 수 있었으니까, 지금은 그걸 기뻐하도록 하자.

"이 저택의 여기저기에 장식된 그림들도 본 적 없는 것들뿐이었습니다만, 엘리세오 씨의 터치와 같았으니 아마도 여기는 그의 집이 아닐까 추측했습니다."

그림. 정말 무수히 걸려 있었다. 현관홀에도, 복도에도.

그리고 이 방에도── 말이다.

"죄송합니다, 루시오라 님. 저택에 들어왔을 때부터 궁금했던 것이었기에."

내 조수는 내가 모르는 곳에서 항상 꼼꼼하게 관심을 기울이는 모양이다.

"아니. 사과하지 마."

"하지만 엘리세오가 죽었다는 건 나도 몰랐군."

피도도 위대한 화가의 죽음에 놀라고 있다.

"그것도 할아버님의 유언이라서. 당신이 죽어도 세간에는 알리지 말고, 이름, 작품, 전부 풍화시켜 달라고."

"그래서 아무에게도 알리지 않았나."

"Sì."

내 질문에 루시오라는 살짝 끄덕였다.

"할아버님, 예전부터 세상을 싫어해서 등을 돌리듯이 이 섬에서 침묵하면서 사셨어. 누구한테도…… 다른 화가에게도, 미술상에게도, 사는 곳을 알려주지 않으셨어."

"비밀 은거지 같은 것이었나."

"그리고 할아버님은 어디에도 발표하지 않은 작품, 이 저택에서 많이 그리셨어."

"혹시나 그게 저택 여기저기에 장식되어 있던 그림들?"

"Sì."

"나도 엘리세오의 그림을 몇 점 본 적이 있지만, 이 저택의 그림들은 하나같이 다른 곳에서는 못 본 것이었다. 그만한 양을 어디에도 팔지 않고 소장하고 있었던 거지. 혹시 엘리세오의 죽음과 이 저택의 존재를 미술상들이 알면……."

피도가 무슨 말을 하고 싶은 건지는 나도 알겠다. 다들 가치를 가늠하러 여기에 우르르 오겠지.

"할아버님은 말씀하셨어. 죄다 팔 수준이 안 되는 그림. 트래시(실패작). 하지만…… 루우는 잘 몰라."

망작으로 보이지는 않았는데.

"실패작을 일부러 장식한 건가."

"이렇게 말씀하셨어. 실패작은 자기의 부족함을 잊지 않도록 하는 거울이다."

특이한 사람이다.

"특이한 사람, 이지?"

"아니……. 저기."

"됐어. 진실. 누구랑도 친해지려고 하지 않았고……."

"남들과 어울리지 않는 사람이었나. 아, 혹시 그래서 일부러 이 섬을 골랐을지도?"

여기는 사람들이 두려워하며 다가오지 않는 장소다.

"Si. 하지만, 그것만이 아니라, 어쩌면 모두가 두려워하는 바다의 전설에, 할아버님 나름대로 끌린 것, 있었을지도……라고, 루우는 생각하기도 해……."

"그러니까 세이렌 그림을 남기고 홀에 장식했나……."

"분명 여기는 할아버님에게 비밀 낙원이었을 거야. 왜냐하면, 할아버님은 항상 이 섬을 언급할 때 이렇게 말씀하셨어. 갈레리아 이솔라(화랑도)라고."

과연, 화가다운 이름을 붙였군.

할아버지 이야기를 많이 했기 때문일까, 루시오라는 뭔가 다른 기억을 떠올리는 표정을 짓고 있었다.

"그런데 루우, 너도 이 섬을 좋아한다고 했지."

"좋아해."

"즉, 거친 뱃사람들이 두려워하는 세이렌도, 전혀 무섭지 않다는 소리?"

"물론. 괜찮아. 아무렇지 않아."

"오늘처럼 폭풍이 몰아치는 밤에는 뭔가 나올 것만 같은데, 그래도?"

"공포는 없어. 우, 우르스나도 있고……."

"그런가. 그럼…… 베어도 태워도 부활하는 좀비는 어때?!"

"꺄악!"

장난스럽기 짝이 없는 내 위협에 루시오라가 귀여운 비명을 질렀다.

"사쿠야 님."

"미안, 미안. 루우의 반응이 재미있어서 그만."

하지만 루시오라가 무서워한 것은 처음 1초 정도뿐이지, 비명은 그대로 귀여운 웃음소리로 바뀌었다.

"아꺄악?! 뭐, 뭔가요, 지금 비명은?!"

침대 위에서 졸던 유리우가 벌떡 일어났다.

"사, 사건인가요? 사건이지요?! ……아닌가? 아, 실례했습니다."

그 모습을 보고 루시오라가 또 웃었다.

"아, 폭풍이 물러간 뒤에도 다들 쭉 여기에 살면 좋을 텐데."

그 미소가 너무 티 없는 것이었기 때문에, 루시오라가 흘린 그 말에 허를 찔린 듯했다.

그리고 그건 말을 꺼낸 본인도 마찬가지였던 모양이다.

"그런 거…… 바늘을 쓰지 말고, 바느질 자국도 남기지 말고, 셔츠를 만들라는 이야기……. 에헤헤."

실현할 수 없는 일을 비유하는 말이라고, 나도 이해했다.

얼버무리는 미소는 빈말로도 훌륭하다고 할 수 없었다.

그때 다시금 우르스나 씨가 라운지에 들어왔다.

이번에는 다소 초조한 표정을 하고 있었다.

"우르스나 씨, 무슨 일 있었습니까?"

"그게…… 그 남자가 보이지 않아서 찾고 있습니다……."

"그 남자라면, 혹시 하비 씨 말인가요?"

"예. 식사 뒷정리도 다 끝났는데 나타나지 않아서, 뭘 하나 싶어서 걱정되어 방을 보러 갔습니다. 그랬더니…… 침대 위에 이런 게."

그렇게 말하며 우르스나 씨가 내민 것은 메모지였다. 영어로 뭐라고 적혀 있었다.

그건 가볍게 넘어갈 수 없는 내용이었다.

──나는 봤다, 세이렌을. 폭풍이 세지기 전에 섬을 떠나겠다.

그 이상한 문장에 우리는 잠시 말을 잃었다.

"이건…… 하비 씨가 남긴 겁니까?"

"예. 짐도 죄다 없어졌습니다."

"세이렌을 봤다……니……. 마, 말도…… 안 돼."

벨카가 불안한 눈치로 모두를 둘러봤다.

"사진 촬영 중에…… 뭔가 봤다……는 소릴까?"

"그것도 의문이지만, 그보다도 지금은 이게 더 중요해, 벨카. 섬을 나가겠다고 썼잖아. 하지만 밖은 이미 폭풍 한가운데야."

저택 밖을 바라보니, 폭풍이 완전히 상륙했다고 해도 과언이 아니었다.

"물어볼 필요도 없지만, 섬을 나가는 수단은, 배 말고…… 없지요?"

내 질문에 우르스나 씨가 수긍했다. 정말로 물어볼 것도 없는 일이었다. 여기는 작은 외딴섬. 다리도 없고 항공편도 없다.

"선착장은 저택을 나가 정면으로 뻗은 언덕길을 내려간 곳에 있습니다. 그게 섬에서 유일한 선착장입니다."

그렇다면 그는 이미 저택을 나가서 선착장으로 향했다고 생각하는 게 타당하겠지. 하지만 이런 날씨 속에서 배를 띄우겠다니 말도 안 된다.

"저도 제정신인지 의심했습니다. 그래서 아직 저택 안에 있는 게 아닐까 해서 찾아봤습니다."

"하지만 보이지 않았다?"

"예…….."

한순간. 모두가 하비가 남긴 메모에 대해 생각했다.

"저기, 우르스나 씨. 그러고 보면 바로 옆에 별관도 있지요?"

그런 가운데 소박한 의문을 말한 것은 유리우였다.

"서관 말씀이군요. 예, 그쪽은 거주용으로는 쓰지 않습니다."

즉, 우리가 있는 장소는 동관이란 소리다.

우르스나의 말에 따르면, 서관도 동관과 마찬가지로 3층 건물로, 지금은 세상에 없는 엘리세오 씨의 그림 도구나 습작이 다수 보관되어 있다고 했다.

"두 건물은 1층 남쪽의 연결 통로를 통해 이어집니다. 북쪽에 뒷문이 있지만, 열쇠를 분실해서 그쪽은 계속 잠긴 상태입니다."

동서의 저택은 완전히 U자형인 모양이다.

"하지만 그 남자는 서관에 없을 겁니다. 연결 통로로 통하는 문은 보통 닫아놓습니다. 아까 조사했을 때 문은 계속 잠긴 상태였습니다."

"열쇠는 어디 있죠?"

"저쪽의 열쇠함에 있습니다."

우르스나가 가리킨 곳은 복도 옆에 있는 나무 열쇠 상자였다.

열어서 확인해 보니, 안에는 열쇠가 주렁주렁 매달려 있었다.

각 방의 열쇠. 거기에 서재, 욕실, 부엌, 드레스룸 등, 각각 알기 쉬운 이름이 적혀 있었다.

연결 통로라고 적힌 열쇠도 그 사이에 있었다.

"그렇다면 역시 하비 씨는 저택 밖으로 나갔나?"

"솔직히 그 남자가 섬을 나가 준다면 저로서는 기쁘고 마음이 놓입니다만, 그렇다고 해서 자기 발로 위험 속에 뛰어드는 인간을 놔둘 수도 없습니다."

"배는…… 한 척밖에 없습니까?"

그때 리리테아가 다른 각도에서 발언했다. 하지만 우르스나 씨는 그 의도를 이해하지 못하는 눈치였다.

"이 섬에 서백 소유의 배는 몇 척 있습니까?"

"아, 그렇군요. 하……한 척뿐입니다."

"자바티니 일가 여러분은?"

"제가 배로 모시러 가서 함께 섬에 왔습니다."

"그렇습니까. 사쿠야 님, 하비 씨는 다른 섬의 어선을 타고 오셨다고 말씀하셨지요."

"그런가! 우리가 타고 온 배는 지금 고장이 나서 움직일 수 없지. 그렇다면 지금 띄울 수 있는 건 저택의 배뿐이야!"

"그거 큰일입니다! 그 배를 도둑맞으면 뭍으로 이동할 수단이 없어집니다!"

즉, 적어도 우리가 무사히 배를 다 수리할 때까지 아무도 이 섬에서 나갈 수 없다는 소리고, 그동안 혹시 부상자나 환자가 생겨도 도움을 청하러 갈 수도 없다는 소리다.

"그 남자! 얼마나 피해를 줘야 성이 풀리는 걸까요! 지금이라면 아직 안 늦었을지도 모릅니다! 바로 살펴보러 가겠습니다!"

우르스나 씨가 활짝 열린 방문으로 뛰쳐나가려고 했다.

"선착장에 가려는 건가요?"

그걸 벨카가 다급히 제지했다.

"혼자서는 위험해요. 나도 같이 갈게요!"

"그건 든든합니다만…… 누가 되지 않을지……?"

"됐어요! 가만히 둘 수 없으니! 선생님!"

용감하게 주먹을 쳐든 벨카. 반대로 피도는 "**나는 움직이기 싫다.**"며 고개를 돌렸다.

"**인간들끼리 알아서 해라**……라니, 선생님! 같이 안 가요? 어, 어 어쩌지……."

피도가 동행하지 않는다고 안 순간, 벨카의 눈이 웃길 정도로 흔들리기 시작했다. 한동안 그렇게 흔들리던 그 눈이 나를 바라봤다.

"사쿠야~……. 에헤헤……. 지금부터 같이, 어때?"

아니, 그 말은 뭐냐고.

"사쿠야~!"

"알았어! 알았다고. 나도 같이 갈게."

"와와! 고마워! 친구!"

한숨을 섞어가며 끄덕이자, 벨카는 내가 더 부끄러워질 정도로 기뻐하며, 거의 몸을 부딪치다시피 팔짱을 꼈다.

가까워, 가깝다고. 남녀의 거리감 같은 건 없냐.

"무슨 일 생겼어? 꽤 시끄러운데!"

그때 소리를 듣고 달려왔는지, 라일과 드미트리가 얼굴을 내밀었다.

"너무 시끄러워서 집 안에까지 폭풍이 들어왔나 싶었어!"

그렇게 말하는 라일 본인이 제일 시끄럽다.

"뭐? 그 카메라맨이 안 보여? 그런 거라면 돕지!"

사정을 말하자 라일도 하비 탐색을 거들어준다고 했다.

"문제가 생겼을 때는 서로 도와야지! 그렇지? 드미트리."

그렇게 말하며 그는 아들의 어깨를 두드렸다. 하지만 드미트리는 얼굴을 잔뜩 구기면서 노골적으로 그걸 거부했다.

"싫어. 어디의 누군지도 모르는 그런 녀석, 내버려두면 되잖아. 멋대로 찾아와서, 돌아가라고 해도 멋대로 눌러앉은 녀석이잖아? 자업자득이야."

"어이! 드미트리!"

"나도 못된 놈은 아니니까, 같은 인간으로서 무사하길 기도할게. 잘 있어."

드미트리는 라일의 손을 뿌리치고 또 자기 방으로 돌아갔다. 얼굴도 별로 안 닮았지만, 성격도 정반대다. 아버지와 달리 꽤차가운 성격이다.

그런 아들을 지켜본 뒤, 라일은 미안해하는 눈치로 머리를 긁적였다.

"미안해! 좀처럼 말을 안 듣는 아들이라서!"

"꽤 고생하시는 모양이군요."

"대놓고 말하긴 그렇지만! 그러니까 작게 말하겠는데! 드미트리는 아내가 데려온 아이야! 그 탓인지 좀처럼 마음을 열어주질 않아!"

그런 것치곤 목소리가 큰 귀띔에 이래저래 납득했다.

그래. 안 닮은 부자구나 싶었는데, 그런 건가.

"아니, 이렇게 이야기나 하고 있을 때가 아니지! 그렇다면 선착장 쪽과 저택 주변으로 각각 나뉘어서 찾아보도록 할까!"

마음을 다잡듯이 라일이 작전을 세웠다.

"혹시 배가 선착장에 그대로 있다면 하비는 아직 섬의 어딘가에 있다는 소리가 되지. 어디서 다리를 다쳐서 못 움직이게 되었으면 큰일이야!"

라일의 제안은 일리가 있어서, 그 작전에 따르기로 했다.

"그렇군요. 그럼 우르스나 씨, 라일 씨, 벨카는 선착장을, 나와 리리테아는 저택 주변을 찾아 ……."

"물론 친애하는 탐정의 제자인 하이가미네 유리우도 동행하겠습니다!"

이때다 싶어서 유리우가 손을 들며 주장했다.

"어? 따라오게?"

"제자, 제자!"

이어서 그렇게 주장하고 나섰다.

"아, 알았어."

정말로 위험한 짓을 시키고 싶지 않았는데, 여기서 입씨름을 벌여도 시간만 낭비할 뿐이다.

"그럼 서둘러 비옷과 회중전등을 가져오겠습니다!"

그렇게 말하며 우르스나가 뛰어나가려던 때, 루시오라가 그녀의 옷깃을 붙잡았다.

"우르스나, 루우도 도울래."

"아뇨. 아가씨는 안에서 기다려 주세요. 밖은 위험합니다. 젖은 지면에 휠체어 바퀴가 빠져서 넘어질 수 있습니다."

"하지만……."

"이해해 주세요."

"……Si."

루시오라는 계속 물고 늘어지려고 했지만, 결국 우르스나의 설득을 받아들여 물러났다.

그런 루시오라의 이마에 우르스나가 입을 맞췄다.

"아가씨가 말을 잘 듣는 착한 아이라서, 우르스나는 기쁩니다."

그것은 무슨 영화의 한 장면을 보는 듯했다.

두 명의 주종 관계를 보고 있자니, 리리테아가 옆에서 슬쩍 귓속말을 했다.

"사쿠야 님이 저만큼 현명하시면 리리테아도 안심할 텐데요."

"그, 그럴 수도 없잖아. 나도 위험한 건 싫지만, 직업상……."

"탐정의 직업상, 말씀입니까?"

"또, 또 무서운 얼굴 한다. 리리테아, 자, 웃어, 웃어."

다소 울컥한 표정인 리리테아의 마음을 풀어주려고, 그 뺨을 잡아서 웃는 낯을 만들어주었다.

리리테아는 딱히 저항하는 기색도 없었지만, 마지막에는 꽤 차가운 시선으로 이렇게 말했다.

"사쿠야 님이 말을 안 듣는 못된 아이라서, 리리테아는 슬픕니다."

멀리 라운지에서 괘종시계가 6시를 알리는 소리가 들려왔다.

□

　레인코트를 빌려 밖에 나오자, 강풍과 비가 우리를 환영했다.

　나와 리리테아, 유리우는 저택 남쪽을 지나 시계방향으로 도는 루트를 가고, 우르스나 씨와 라일과 벨카는 선착장으로 향했다.

　회중전등을 든 내가 선두에 서고, 리리테아와 유리우가 뒤를 따랐다.

　"하비 씨!"

　강풍에 지지 않도록 소리쳤다. 대답은 돌아오지 않았다.

　"저게 서관으로 통하는 연결 통로인가."

　비바람 너머로 동관과 서관을 잇는 통로가 보였다. 거리로 보면 5미터 정도라서 연결 통로치고는 짧다.

　인접한 두 건물 사이에는 빌딩 사이에 지나는 바람의 원리로 강한 바람이 휘몰아치고 있었다. 유리창들이 바람에 덜걱대는 소리는 사람의 비명처럼도 들렸다.

　서관의 뒤쪽으로 돌아가서, 밑에서부터 회중전등으로 건물을 비추다가 깨달았다.

　"이쪽에도 있군."

　낮에 봤던 액막이다. 서관 외벽에도 끝이 뾰족한 그 오브제가 여럿 있는 게 보였다.

　뒤쪽에는 건물과 돌담 사이의 거리가 짧고, 사람이 두어 명 지나갈 정도 폭의 샛길이 똑바로 남쪽으로 이어져 있었다.

——나는 봤다, 세이렌을.

다시금 하비가 남긴 메모가 떠올랐다.

"리리테아, 그 사람은 정말로 세이렌을 봤을까?"

"무슨 비유일지도 모릅니다."

"그래. 처음에 저택 앞에서 봤을 때는 이상한 낌새가 없었지."

"예. 뭔가를 봤다고 하면 그 이후의 일이겠지요."

과연 그는 무엇을 봤을까——.

"와. 바다! 가깝네요."

유리우의 말처럼 돌담 너머를 보니 바로 밑이 이미 바다였다. 기껏해야 해수면에서 2미터 정도의 여유밖에 없었다. 물보라가 얼굴에 닿을 정도였다.

"아햐아. 이거 떨어지면 큰일이겠네요. 바위에 부딪혀 괴로워하다가 순식간에 영원히 어두운 바다 밑바닥이에요."

"표현이 무섭잖아."

때때로 말을 나누면서 신중하게 발을 옮겼다.

하비의 모습을 찾아 한 걸음, 한 걸음.

저택을 나오고 10분 정도 지났을까.

이윽고 길 저 너머에서 불빛이 보였다.

어라? 라고 생각하는 동시에 저쪽에서 "꺄웅!" 하고 비명을 지르는 소리가 들렸다.

"나왔다! 윌 오 더 위스프! 살려줘!"

벨카의 목소리였다.

이쪽의 회중전등 불빛을 보고 착각한 모양이었다.

우르스나 씨와 라일의 모습도 있었다.

"우리야."

다가가서 말을 걸고 불빛을 비추자, 벨카의 울상이 드러났다.

"사람 겁주지 마! 사쿠야는 나를 더 소중히 여겨야 해!"

"미안해. 벨카, 그쪽은 어땠어?"

울상을 한 벨카를 달래면서 일이 어떻게 되었는지 묻자, 벨카는 "어쩌고 자시고!"라고 소리치면서 얼굴을 가까이 가져왔다.

"우리, 선착장으로 가던 도중에 흩어져서 큰일이었어! 그렇죠, 우르스나 씨!"

"괜찮았어?"

"응. 선착장까지는 키가 큰 풀이 우거진 곳 사이로 길이 이어져 있었는데, 어느새 나 혼자라는 걸 알고 오싹했어……. 다른 사람을 찾느라고 5분 정도 우왕좌왕하고……."

이럴 때 하필 선생님도 옆에 없다며…… 벨카는 투덜거렸다.

"어쩔 수 없으니까 저택의 불빛을 표식 삼아 일단 바다 쪽으로 향했어. 그랬더니 운 좋게 선착장이 나와서 어떻게든 된 거야."

"죄송합니다. 제 길 안내가 어설퍼서……."

그 말에 이어서 우르스나 씨가 미안하다는 모습으로 고개를 숙였다.

"저 근처는 도중에 풀이 무성한 덤불 속의 샛길을 지나야만 합니다만…… 그 근처에서."

"미안해! 나도 헤맸어! 보석을 보는 눈에는 자신이 있는데, 방향 감각은 한심하기 짝이 없다고 아내도 곧잘 그러지!"

그리고 라일도 당당하게 사과했다. 잘 보니 그의 양복에는 젖은 풀 조각이 붙어 있었다.

"아뇨. 그건 됐어요. 안 그래도 시야가 안 좋은데 이렇게 폭풍이 치는 밤이니까요."

"선착장에서 조금 기다렸더니 조금 있다가 라일 씨와 우르스나 씨가 왔어."

이건 벨카의 말.

"그래서 배는 어땠어?"

"그래! 배! 역시 없어졌어! 조사해 봤더니, 배를 묶는 밧줄이 풀려 있었어! 하비인가 하는 사람 짓이 틀림없어! 서둘러 그걸 전하러 온 거야."

"그런가⋯⋯."

즉, 하비는 이미 배를 훔쳐서 섬에서 도망쳤다는 소리가 된다.

"그러면 이쪽은 헛걸음이었던 모양이군."

"그렇게 되는군! 뭐, 나는 길을 헤맸을 뿐이지 아무것도 안 했지만!"

"라일 씨는 잠깐 조용히 있어 주세요."

"너무하네, 사쿠야 소년!"

"아무튼 폭풍이 지나기를 얌전히 기다린 뒤에, 우리가 타고 온 배를 서둘러 수리하죠. 배를 다 고치면 라일 씨 가족분들도 팔레르모 항구까지 모셔갈 수 있습니다."

"그거 고맙지! 하지만 그 사진가, 엄청난 짓을 다 하네!"

"사쿠야 님."

그때 리리테아가 폭풍에 지지 않도록 평소보다 큰 목소리로 나를 불렀다.

"저기에 뭔가 걸려 있습니다."

그녀는 돌담에서 몸을 내미는 듯한 자세로 아래쪽의 바다를 가리켰다.

암벽에 거센 파도가 끊임없이 부딪치고 있었다. 잘 살펴보니, 그 강한 파도 사이에 뭔가가 떠올랐다 가라앉는 것을 반복하는 게 보였다.

"저건…… 쓰레기? 아니…….."

신발이다.

그걸 안 순간 내 등에 오한이 일었다.

그 신발은 내 기억에 있었기 때문이다.

빨간색 등산화.

"하비 씨가 신고 있던 신발이다!"

"뭐라고?! 그럼 그는 바다에 떨어졌나……? 하지만 배는 없어졌는데!"

"처음에 만났을 때, 하비 씨는 돌담 위에 올라가서 열심히 사진을 찍고 있었습니다. 이 장소에서 같은 짓을 하다가 강풍에 떠밀려서 그만 추락했다고 생각하는 게 타당하겠죠."

"아니, 잠깐만……! 그렇다고 하기엔 이상하지 않아?"

라일이 심각한 표정을 지으면서 회중전등으로 발밑을 비추었다.

"이 자리에 하비의 발자국 같은 게 없어. 선착장부터 여기에 올 때까지도 그런 건 못 봤다고! 그쪽은 어때?"

들고 보니, 그런 건 눈에 띄지 않았다.

우리가 걸어온 발자국은 진창 위에 뚜렷하게 남아 있는데.

"하비는 어떻게 여기까지 온 거지?"

"그건……."

머리를 굴리고 있자, 갑자기 리리테아가 땅을 박차며 돌담 위로 올라가서 나를 놀라게 했다.

강한 바닷바람이 그 얼굴에 불어닥쳤다. 레인코트의 후드가 확 벗겨져서 백금발이 춤추었다.

"뭐 하는 거야, 리리테아! 그런 곳에 서면 위험해!"

"알고 있습니다. 하지만 리리테아는 저게 마음에 걸립니다."

"신발이라면 이제 됐어. 위험을 감수하면서까지 일부러 회수하지 않아도, 여기서 보면 틀림없이 하비 씨의……."

"아뇨. 그쪽이 아니라."

막을 틈도 없이 리리테아는 돌담 너머로 뛰어내렸다. 자칫하면 하비 꼴이 나는 거 아닌가 싶었지만, 그렇지는 않았다.

리리테아는 보통이 아닌 날렵함으로 바위밭을 내려가 그 바위 틈새에서 뭔가를 줍더니, 다시금 확실한 발판만을 골라서 이쪽으로 돌아왔다. 고작 몇 초 만에 이뤄진 솜씨였다.

"사람 간 떨어지게 하지 마……."

"주워 왔습니다."

리리테아는 태연한 얼굴로 주워온 물건을 내게 내밀었다.

"이건……."

카메라다. 하비가 쓰던 SLR이다.

"바위 사이에 걸려 있었습니다. 아마 낙하 시의 충격으로 심하게 파손되었습니다."

"그런 모양이군. 역시 하비 씨는 여기서 바다에 떨어져……."

"사쿠야……."

그때 이번에는 벨카가 떨리는 목소리로 내 이름을 불렀다.

"저기……."

"벨카, 이건 불행한 사고야. 누구의 책임도 아니야."

"그게 아니라……. 하비 씨, 바다에 떨어진 게…… 아니야."

"어? 진짜로? 하지만 왜 그렇게 생각해? 분명히 배가 없어진 건 의문스럽지만, 현재 이렇게 카메라나 신발이……."

"하지만…… 하지만! 저기 있어!"

"……어? 뭐라고…… 했어? 다시 한번 말해볼래?"

되물으면서 돌아봤다.

벨카는 돌담에 등을 기대는 듯한 자세로 저택 쪽을 바라보고 있었다.

그것도 꽤 위쪽을.

"저기에! 하지만…… 왜?! 어떻게 저런 곳에 사람이!"

올려다보니 거기에 남자가 매달려 있었다.

3층 창문과 비슷하든가, 그 이상의 위치에.

나는 그게 누구인지 금방 알 수 있었다.

"하비……씨."

사진가 하비다.

그는 저택 외벽에서 튀어나온 예리한 철침에 복부를 찔린 채로 거꾸로 매달려 있었다.

그 몸을 꿰뚫은 것은—— 액막이 작살이다.

그것만이 아니라 하비는 두 다리 중 넓적다리 아래가 완전히 없었다. 마치 뭔가에게 잡아먹힌 것처럼.

"아, 아니! 어떻게……! 죽은 겁니까? 정말로?!"

우르스나 씨가 비명에 가까운 소리를 질렀다.

죽었다. 하비는 이미 죽었다.

확인할 것도 없다. 본 순간, 같은 인간으로서 직감적으로 알았다.

하비는 빛이 없는 눈으로 우리를 내려다보고, 아무 말 없는 입에서 피를 흘리고, 그저 폭풍을 맞고 있었다. 잃어버린 두 다리는 어디에서도 보이지 않았다.

"아니…… 그는…… 바다에 떨어진 것도…… 배로 섬을 떠난 것도 아니라……."

둘 다 아니었다.

"사람이 저런 높이에서……. 대체 뭘 어떻게 하면 저렇게 되는 거지……?"

라일은 입가에 손을 대고 눈을 크게 떴다.

"사, 사고입니다! 분명 사고예요!"

"사고로 인간이 저렇게 되겠냐! 지상에서 7, 8미터는 가뿐하게 넘어간다고!"

"부, 분명 지붕 위에서 미끄러져 떨어진 거예요!"

너무 이상한 사태 앞에서 라일과 우르스나 씨 사이에 작은 말싸움이 일어났다.

"지붕? 저 지붕 말이야? 하지만 보아하니 차양이 꽤 튀어나온 걸로 보이는데! 저기서 미끄러져 떨어지면 사람은 포물선을 그리면서 지금 우리가 서 있는 이 근처에 떨어질 거야! 저런 장소에 걸리는 건 물리적으로 말이 안 돼!"

"하지만……!"

"게다가 몸이 꿰뚫릴 정도로 세게 부딪친다니 말도 안 되지! 뭔가…… 엄청난 힘이 덮친 거라고 생각할 수밖에 없어."

"세이렌……."

중얼거린 것은 리리테아였다.

말이 오가는 동안에도 혼자 바다 쪽을 계속 바라보고 있었다.

"리리테아……?"

"뭔가 들리지 않습니까?"

"어?"

우리는 입을 다물고 각자 귀를 기울였다.

……휘이이이이이——……이…….

그러자—— 희미하긴 하지만, 파도와 바람 소리에 섞여서 뭔가 들어본 적 없는 소리가 들렸다.

"저기, 사쿠야……. 이, 이, 이거……."

방향도 정체도 모르는, 알아들을 수 없는 소리.

아니, 그것은 소리라기보다도 누군가의 목소리처럼 들렸다.

그것도 일정한 음정을 가진 노랫소리처럼.

"이건…… 대체 어디서……."

"꺄……꺄아아아악!"

그 직후 도저히 버텨낼 수 없었던 걸까, 벨카가 비명을 지르며 그 자리에서 도망쳐버렸다.

"어? 어? 아니……. 기, 기다려, 벨카!"

그 공포가 전염된 걸까, 따라서 유리우도 뛰어갔다.

"둘 다! 무턱대고 뛰면 위험해!"

"아야! 넘어졌어! 기, 기다려!"

그렇게 두 사람의 모습은 순식간에 보이지 않게 되었다.

"어쩔 수 없지……. 우리도 일단 저택으로 돌아가죠."

"동의하지! 나도 이 자리에서는 냉정한 판단이 어려울 것 같으니까!"

우리는 일단 태세를 가다듬기로 하고 온 길을 되돌아갔다.

그때는 이미 그 노랫소리가 끊겼다.

3장 여기가 좋아

"세이렌 같은 건 그냥 옛날이야기입니다!"

동관으로 돌아오자마자 우르스나 씨는 언성을 높였다.

"아까 그 소리는…… 근처를 지나던 배의 기적 소리거나……."

"나도 그렇게 생각합니다. 하지만……."

하지만 이런 폭풍 속에서 배가 다닐까?

나는 말하면서 레인코트를 벗어 현관 옆의 옷걸이에 걸었다. 코트에서 흘러내리는 물방울로 순식간에 바닥에 물이 고였다.

"사쿠야 군, 너는 어떻게 생각하지? 역시 하비는 세이렌에게 죽었을까?"

"아뇨. 그게 사고가 아니라면 역시 현실에서 사는 누군가가 저지른 짓이 되겠지요."

"그렇다면 누가(whodunnit), 왜(whydunnit), 어떻게(howdunnit) 그를 죽였을까?"

그렇게 그는 전형적인 표현으로 대화를 이어나갔다.

그러고 보면 라일은 추리소설 애호가라고 했지.

"이 섬은 폭풍 때문에 현재 그림으로 그린 듯한 클로즈드 서클이야! 물론 폭풍이 아니더라도 지금 이 섬에서 움직일 수 있는 배는 없지만! 그리고 머무르는 것은 우리 일가와 루시오라 아가씨와 우르스나 양, 그리고 너희 일행뿐이지!"

"용의자는 한정된다. 그렇게 말씀하시는 겁니까, 라일 씨?"

"그게 이성적 사고라고 생각하는데! 세이렌의 짓이라는 추리는 애초에 제외하고……. 어차, 미안! 그만 뜨거워져서 목소리가 커졌군!"

갑자기 정신을 차린 듯, 항상 목소리가 큰 라일이 사과했다.

"나는 좀 참견꾼 버릇이 있어서 말이지. 결론을 서두르곤 해!"

그는 젖은 머리를 두 손으로 쓸어서 정돈했다.

"여어, 탐정. 열심히 추리하고 있군."

대화를 나누고 있자, 피도가 라운지 남쪽의 복도에서 이쪽으로 다가왔다.

"피도, 큰일이야. 하비 씨가……."

"죽었다는 소리겠지? 벨카에게 들었다. 덤으로 배도 없어졌다지."

피도는 우리의 설명을 기다릴 것도 없이 모든 사정을 알고 있었다.

"맞아. 그것도 그냥 죽은 게 아니야……. 어라? 그런데 피도, 지금 어떻게 말하고 있어?"

지금 피도의 옆에 벨카의 모습은 보이지 않는다. 그런데도 나는 피도와 대화하고 있다.

"내 조수라면 저기에 있다."

피도가 자기 뒤, 복도에 장식된 커다란 꽃병을 턱으로 가리켰다. 잘 보니 그 꽃병 뒤에 숨듯이 벨카가 몸을 웅크린 게 보였다.

"저 아이가 시체를 보고 혼자서 도망쳤지? 불편을 끼쳤군. 아까 따끔하게 호통을 쳐줬으니까 용서해라. 예전부터 입만 살아놓고선 막상 중요한 때는 한심해지지. 안 그러냐, 벨카? 슬슬 거기서 얼굴 좀 내밀어라."

신랄한 말이었다. 게다가 그 말도 벨카 자신의 입을 통해 나오고 있다고 생각하니, 한층 더 동정을 금할 수 없었다.

이윽고 둥지에서 조심조심 얼굴을 내미는 다람쥐처럼 벨카가 얼굴을 보였다.

"어……에헤헤. 다들, 어서 와……."

"그래, 벨카. 도망 참 빨리 치더라. 나는 좋은 친구를 뒀어."

"너, 너무해! 왜 그런 말을 해? 평소의 다정한 사쿠야는 어디 간 거야……."

"그래서?"

"죄, 죄송합니다! 도망쳤습니다! 반성하니까 앞으로도 친구로 있어줘!"

진짜 한심하지만, 똑바로 사과했으니 애썼다고 생각하기로 하자.

"알았어. 자, 이리 와."

"으, 응. 와아, 정말 큰일이 났네."

웃는 낯을 보여주자, 벨카는 바로 평소의 모습으로 돌아와서 경쾌하게 달려왔다.

"그렇군. 이건 좋지 않아. 수염이 찌릿찌릿하다. 경험상 이런 때는 보통 좋지 않은 일이 거듭 일어나."

피도의 그런 예견은 탐정의 경험이 뒷받침하는 걸까. 그렇다면 역시 우수한 탐정이겠지.

그 직후에 다음 불온한 소식이 우리의 귀에 닿았으니까.

"크, 큰일이에요! 스승님! 루우가 큰일 났어요!"

그때 울린 것은 유리우의 목소리였다.

돌아보니 북쪽 복도 안쪽에서 유리우가 이쪽을 향해 손을 흔들고 있었다.

"무슨 일 있었어?!"

"아가씨!"

모두의 얼굴에 긴장이 돌았다. 그중에서도 우르스나 씨는 말 그대로 핏기가 가신 모습이었다.

"저기는 아가씨 방 앞입니다!"

"가자!"

아무튼 서둘러 루시오라에게 가려고 했다.

"응? 이건……."

하지만 도중에 나는 복도 안쪽에 쓰레기 같은 것이 떨어진 것을 봤다.

새끼손가락 끝부분 정도의 파란 종잇조각 같은── 아니, 주워 보니 그것은 꽃잎의 일부였다.

무슨 꽃이지? 라고 생각할 여유는 없었다.

"사쿠야 님, 서두르지요."

마음에 걸리긴 했지만, 리리테아의 재촉에 나는 생각을 중단하고 유리우가 부르는 쪽으로 달려갔다.

"스승님! 이쪽이에요, 이쪽!"

방문은 열려 있었다. 안에 뛰어들자, 거센 바람이 이쪽으로 몰아쳐서 놀랐다.

정면의 창문이 열려 있고, 거기서 비바람이 들어오고 있었다.

열린 창문 아래에 루시오라가 쓰러져 있었다.

그 옆에는 텅 빈 휠체어.

다급히 달려가서 안아 일으켰다.

정신을 잃은 상태였다. 그 몸은 불어닥치는 비에 젖어 차갑고, 떨고 있었다.

머리에서 흘러내린 물방울이 루시오라의 부드러운 뺨에 떨어져 흘러내렸다.

"아니……! 루……루시오라! 아가씨! 누가 이런 짓을!"

우르스나 씨가 혼란에 빠진 것도 어쩔 수 없다.

루시오라는 몸 여기저기에 상처를 입은 모습이었다.

"루우! 이게 누구 짓이야?!"

팔꿈치나 어깨나 이마에는 생채기나 긁힌 상처가 생겼고, 거기서 피가 흐르고 있었다.

"유리우, 이게 대체 어떻게 된 거야?"

"저기! 밖에서 하비 씨가 큰일이 났길래…… 루우가 걱정되어서, 그래서 방에 와 봤더니…… 안에서 덜컹덜컹! 하는 요란한 소리가 들려서……!"

그래서 문을 열어보니 상처투성이의 루시오라가 쓰러져 있었다고 유리우는 말했다.

"그래서 전 깜짝 놀라서, 무심결에 모두를 불러……."

"정말이야?"

"저, 정말이에요! 제자가 거짓말할 리가 없잖아요."

"아니, 다른 마음은 없어. ……미안. 조금 동요해서."

"놀랬어요! 스승님이 의심하는 줄 알았잖아요!"

"아, 아무튼 창문을 닫을게!"

벨카가 창문을 닫자, 방은 기묘한 정적에 휩싸였다.

□

"저는…… 방에서 구급상자와 타월을 가져오겠습니다!"

우르스나 씨는 주인을 위해 다급히 방에서 나갔다.

그녀를 대신하듯이 들어온 것은 이반과 카티아였다.

"아까부터 아래층이 시끄럽다 했더니…… 이게 무슨 일인가?"

"어머, 그 아이, 다쳤잖아. 휠체어로 계단에서 굴러떨어지기라도 했어?"

이반은 실내복으로 갈아입었고, 카티아는 한 손에 와인이 든 잔을 들고 있었다.

"그냥 사고라면, 난 방으로 돌아가겠는데."

그런 카티아의 발언에 달려든 것은 벨카였다.

"아니요! 루우가 큰일이잖아요! 걱정도 안 되나요? 그렇게 차가운 말이나 하고!"

"걱정은 해. 무, 무슨 말이야! 차갑다니!"

뜻하지 않은 반격에 카티아는 동요하는 모습을 보이고 입술을 일그러뜨리며 반격했다.

"계집애에게 잔소리 듣고 싶지 않아!"

"나는 계집애가 아니야!"

"계집애가 아니라 계집어른?"

"그래! 유리우 말이 맞아! 계집어른! 아니, 그것도 아니야! 유
리우!"

"미안! 무심코!"

유리우가 절묘한 농담을 하여서 험악해지던 분위기를 진정시
켰다.

그 틈을 타서 나는 하비의 이상한 죽음과 사라진 배에 대해 이
반과 카티아에게 전했다.

"사, 살해당한 건가? 누, 누구에게?!"

사정을 안 이반은 주위를 의심하듯이 노려봤다.

"그건 아직 모릅니다. 이제부터 검토해 보려던 때, 이번에는
루우가 이렇게 되어서……."

"검토고 자시고, 여기에 있는 누군가가 한 짓이겠지? 너희
냐?! 그렇지?"

"그래. 처음부터 수상하다 싶었어. 폭풍 속에 갑자기 섬에 나
타나고."

"와인을 너무 마셔서 머리도 발효됐나? 잘 썩은 귀부인이군. 폭풍이
분 건 우리가 온 뒤의 일일 텐데."

"듣자듣자 하니까, 이 계집애가!"

"지금 폭언은 내가 아니야! 선생님이 말했어!"

"개 탓으로 돌리지 마! 복화술로 장난치는 거겠지!"

벨카와 카티아가 언쟁을 벌이는 가운데, 리리테아가 입을 열었다.

"사라진 배 말입니다만, 하비 씨를 죽인 범인이 타고 도망쳤을 가능성에 대해서는 어떻게 생각하십니까?"

"응, 물론 그 가능성도 있어. 오히려 그랬으면 좋겠어. 범인이 목적을 마치고 섬을 떠났다면 아무튼 이 이상의 위험은 없다는 소리니까. 하지만……."

내 생각을 이해했는지, 라일이 끼어들듯이 루시오라를 가리켰다.

"저기 아가씨는 바로 지금 누군가에게 공격받았어! 아무것도 모르는 내 눈에도 일목요연해!"

눕혀진 루시오라의 곁에는 유리우가 간호하듯이 바싹 붙어 있었다.

"즉, 범인은 아직 이 섬에 있다는 소리다! 그렇지?"

"흥. 애초에 이렇게 폭풍이 심한 바다에 배를 띄우다니 현실적이지 않지. 안 그래도 이 근처 바다는 사고가 잦다고 들었다."

그 점은 이반의 말이 옳다. 우리도 그것과 맞닥뜨려서 이 섬에 흘러들어왔다.

"그렇지요, 아버지! 사실 폭풍 따윈 별 위협도 안 되어서 배로 유유히 드나들 수 있었습니다, 같은 소리는 외딴섬을 무대로 하는 삼류 추리소설에서도 전혀 성립하지 않으니!"

라일은 야유 어린 어조로 말하며 호들갑스럽게 하늘을 올려다보는 시늉을 했다. 그런 그와는 대조적으로 피도는 귀도 꿈쩍하지 않는 채로 조용히 이렇게 말했다.

"아직 범인이 이 섬에 있다고 가정하고, 그런데도 일부러 배를 부두에서 떼어냈다면, 이렇게 생각할 수도 있지. 범인이 배를 띄운 것은 도주를 위해서가 아니라 우리를 완전히 이 섬에 가두기 위한 것이었다고."

"우……우리를 가둬서 하나씩 죽이려는 거란 소리야?!"

"진정해, 카티아."

동요를 숨기지 못하는 카티아를 남편 라일이 다독였다.

실내가 다소 시끄러워지자, 그게 들렸는지 루시오라가 괴로운 듯이 신음하면서 희미하게 눈을 떴다.

"우우…… 아…… 사쿠……?"

"루우! 무사해? 무리하지 마."

괴로운 표정을 띠고 있었지만, 보아하니 생명에 지장은 없는 듯했다.

나는 바로 루시오라를 안아서 침대로 옮기려고 했다.

"괜찮……아. 영차……!"

하지만 루시오라는 걱정 끼치지 않겠다는 듯이 팔 힘으로 스스로 옆의 침대로 올라갔다.

"아가씨!"

그때 구급상자를 든 우르스나 씨가 한발 늦게 돌아왔다.

"루우, 무슨 일이 있었는지 기억해?"

거듭해서 묻자 루시오라는 조심조심 방 안을 둘러보면서 이렇게 말했다.

"이제, 나갔어……?"

"나가……? 누가?"

"루우, 방에서 모두를…… 기다렸어. 그랬더니 문을 열고 들어와서…… 고……공격해서……!"

"진정해, 루우. 무슨 이야기지? 들어왔다니, 대체 누가 들어왔어?"

"새하얀…… 여자……! 노래했어…… 이상한 노래……."

말을 잇는 루시오라의 눈은 서서히 공포로 크게 벌어졌다.

"새하얀 여자……?"

우리는 서로 시선을 주고받았다. 하지만 아무도 거기에 대한 대답을 가지고 있지 않았다.

"누구 이야기지……?"

"세이렌."

루시오라가 거짓말처럼 바싹 메마르고 힘없는 목소리로 그렇게 말했다. 분명히 말했다.

"있었어……. 세이렌이 왔어……. 유리우가 와주지 않았으면…… 루우는……."

"세이렌이라고? 또인가?! 또 세이렌!"

라일이 짜증내듯이 외쳤다. 하지만 나도 같은 마음이었다.

또 세이렌이다.

"비과학적이다……!"

라일의 목소리가 점점 작아졌다. 있을 수 없는 일이라고 웃어 넘기기도 힘들어지는 모양이었다.

방금 닫은 창문을 올려다보며 피도가 야유처럼 말했다.

"그래서 하비도 봤다는 그 세이렌이란 것은 저기 창문으로 도망쳤다는 소린가."

우리는 말없이 창밖을 바라볼 뿐이었다.

밖은 이미 밤의 어둠으로 뒤덮여 있었다.

"우우⋯⋯."

벨카가 그 자리에 주저앉아 자기 다리를 찰싹찰싹 때렸다.

"평범하게 생각해서⋯⋯ 하비를 죽인 것과 루우를 습격한 건 동일 인물⋯⋯이죠, 선생님?"

그 질문에 피도는 "글쎄."라고 말하고 갑자기 내 쪽을 봤다. 배우가 갑자기 관객의 손을 끌고 무대로 오르듯이.

"애송이, 넌 어떻게 생각하지? 그 얼굴, 뭔가 짚이는 바가 있는 느낌인데? 어? 어? 사쿠야, 그래?"

그때 나는 아까부터 아무래도 마음에 걸리던 것을 확인해 보기로 했다.

"유리우."

"예?"

"다시금 확인하겠는데, 유리우가 이 방의 앞에 왔을 때 이상한 소리가 들렸다고?"

"그래요."

"그래서 바로 안에 들어갔다. 틀림없지?"

대화를 진행하면서 모두의 시선이 유리우에게 모였다. 유리우는 불안한 듯이 눈썹을 찌푸리며 고개를 내저었다.

"그렇다니까요! 뭐……뭔가요, 스승님……. 아까도 그렇지만, 왜 제 말을 그런 식으로……. 거, 거짓말 아니에요……. 전 거짓말 같은 거 안 해요!"

대답하는 동안에 유리우의 눈동자가 점점 젖어들었다.

"아니, 고마워. 확인하고 싶었을 뿐이지, 딱히 유리우를 의심해서 이런 질문을 한 건 아니야."

"우우! 스승님 못됐어! 장난치지 마세요!"

유리우가 항의하듯이 두 손을 위아래로 흔들었다.

"하지만…… 그렇다면 왜?"

아, 솔직히 이다음은 내키지 않는다.

나는 심호흡을 한 차례 한 뒤에 루시오라 쪽을 돌아봤다.

"루우, 왜 거짓말을 했지?"

"어……?"

그 순간 그때까지 유리우에게 집중되었던 시선이 일제히 루시오라에게 넘어갔다.

루시오라는 침대 위에서 상반신을 일으키고 곤혹스러운 표정으로 나를 바라봤다.

"거짓말……? 루우는 거짓말 같은 건…….."

"너는 말했어. 방에 갑자기 세이렌이 들어와서 공격했다고."

"마……말했어. 정말로 그래서 휠체어에서 굴러 떨어져서…… 루우는 필사적으로 저항해서……."

"그 뒤에 세이렌은 저기 창문으로 도망쳤고?"

"Si……."

"유리우는 그때 생긴 소리를 듣고 바로 안에 들어갔지. 그때 세이렌은 이미 창문으로 도망친 뒤라서 방에는 바닥에 쓰러진 루시오라만이 남았다."

"트, 틀림없어요."

유리우가 진지한 표정으로 몇 번이나 끄덕였다.

"그게 어디가 거짓말이야……?"

"그렇다면 왜 너는 그때 흠뻑 젖어있었지?"

"그건 세이렌이 창문을 열고 나갔으니까, 바깥의 비가 들이닥쳐서……."

"그렇게 젖었다고? 하지만 그건 이상해. 루우와 유리우, 두 사람의 증언을 합쳐보면, 창문이 열린 뒤로 내가 너를 안을 때까지는 고작 수십 초. 길어야 1분이나 그 정도야. 창문에서 들어온 비의 양을 봐도, 고작 그 정도 시간 사이에 온몸이, 머리에서 물방울이 흘러내릴 정도로 흠뻑 젖는다는 건 이상해."

"아……."

루시오라는 담요를 끌어당기면서 몸을 굽혔다.

"잠깐만 기다려주세요! 대체 뭡니까? 왜 지금 아가씨를 힐난하는 건가요? 이래선 마치 출석재판 아닙니까!"

그때까지 지켜보던 우르스나 씨가 더는 못 참겠다는 듯이 소리쳤다.

"출석재판이면 그냥 재판 아닌가?"라고 유리우가 중얼거렸다.

"사쿠야 씨! 설마 아가씨가 그 사진가를…… 주, 죽었다고 말씀하시는 겁니까!"

"뭐야, 뭐야? 그 애가 범인이야?"

"조용히 하세요!"

카티아의 부채질에 우르스나 씨가 화냈다. 이런 목소리는 처음 들었다.

"진정하세요. 그런 말은 아닙니다. 다만 이 상황에서 왜 거짓말할 필요가 있었는지, 그게 중요합니다."

"그렇다고 해도!"

주인을 생각한 나머지 우르스나 씨의 목소리가 한층 거칠어졌다.

"과연. 분명히 바닥의 카펫도 젖긴 했지만, 흠뻑 젖었다고 할 정도는 아니군."

피도는 창문 옆의 카펫을 앞다리로 밟아보고 내 생각을 보강해주었다.

"우리가 하비 씨를 찾으러 밖에 나갔을 때, 루우, 너는 대체 어디서 뭘 하고 있었어?"

"루……루우는……."

불안함을 견딜 수 없어진 걸까, 루시오라는 아군을 찾아 시선을 이리저리 돌렸다.

"그리고 왜 세이렌에게 공격받았다고 거짓말할 필요가 있었지?"

이건 입 밖에 내기 조금 꺼림칙했다. 심술궂은 질문이다.

왜 거짓말할 필요가 있었나. 그것은 바로 그녀의 행동이 남들에게 알려지면 안 되는 것이었기 때문이다.

"너는 어디서 뭔가를 했어. 그 결과, 예상 밖의 일이 일어나서 흠뻑 젖고 상처투성이가 되었지. 그렇지, 루우?"

루시오라는 대답이 없었다.

"그런가……. 방에 돌아온 루우는 자기 몸이 젖은 것을 둘러대려고 일부러 창문을 열고, 몰아치는 비바람을 맞은 거네?"

벨카도 나름대로 머리를 굴려서, 작은 실마리를 모으려고 했다.

"그래. 그리고 세이렌 탓으로 돌리면 몸에 생긴 상처도 동시에 둘러댈 수 있다고 생각했겠지."

그런데 창문을 열고 위장을 한 직후에 유리우가 방에 찾아왔다. 그 결과, 루시오라의 몸이 그렇게까지 흠뻑 젖은 것과 시간 경과 사이에 오차가 일어났다.

"하지만, 하지만! 말이죠, 스승님!"

그때까지 얌전히 있던 유리우가 손을 들었다.

"루우는 못 걷잖아요? 이런 폭풍 속에 밖에도 못 나가겠고, 어디서 뭘 하려고 해도……."

"그렇습니다! 아가씨는 예전부터 다리가 부자유스럽습니다! 휠체어로는 어디도 못 갑니다!"

우르스나 씨도 이때다 싶어서 주장했다.

"인어증후군 말이죠. 이야기는 들었습니다."

나는 책상 위의 사진을 가볍게 가리키며 끄덕였다. 루시오라가 엘리세오 데 시카와 함께 찍은, 오래된 사진이다.

"하지만 루우, 너…… 사실은 이미 걸을 수 있는 거 아니야?"

"어?!"

그 자리에 있던 거의 전원이 경악의 소리를 냈다. 그중에서도 우르스나 씨의 반응이 제일 컸다.

"아가씨가…… 걸을 수 있다고요……? 사쿠야 씨, 무슨 말도 안 되는 소릴……. 무슨 근거로 그런 말을!"

"아까 말했듯이, 루우는 위장을 위해 저기 창문을 열었죠. 다만 저걸 열려면 휠체어에서 일어설 필요가 있습니다."

"예? 그럴 리가…… 창문을 여는 정도라면 아가씨 혼자서라도……."

"우르스나 씨, 식사 후에 우리는 루우의 초대로 이 방에서 담소를 나누었습니다. 그때의 모습은 도중에 들어온 당신도 보았지요?"

"예, 그랬습니다만…… 그게?"

"그 뒤로 당신은 저 창문을 한 번이라도 만졌습니까?"

뜻하지도 않은 질문이었을까, 우르스나 씨가 눈을 껌뻑였다.

"무슨 이야기입니까? 저는 만지지 않았습니다. 그게 지금 이야기와 무슨 관계가 있습니까?"

"잠금쇠 말이군?"

피도가 창문의 잠금쇠를 가리키며 말했다.

"예, 잠금쇠입니다. 방에 초대받았을 때, 창문은 잠긴 상태가 아니었지요."

누가 들어올 걱정이 없으니까 평소 잠그지 않는다고 루시오라는 말했다.

"하지만 조금 전까지 창문은 잠겨 있었습니다."

"아, 그건 나!"

떠올리며 말한 것은 벨카였다.

"내가 잠갔어!"

"그래, 창문은 벨카가 잠갔지. 그러니까 루우가 그 뒤에 창문을 열려고 할 경우, 일단 잠금쇠를 풀어야만 해. 하지만 잠금쇠의 위치는……."

휠체어에서 일어나지 않으면 닿지 않는다.

"루우가 일어서서 걸을 수 있다고 하면, 행동 범위도 훨씬 넓어져. 그 다리로 뭘 했을까……."

나는 그 점을 확실히 하고 싶다.

"기다려 주세요! 아가씨가 일어서실 수 있다고 해도 그게 어쨌단 말입니까? 걸을 수는 없더라도, 뭔가를 붙잡고 잠깐 정도 일어서는 정도는 할 수 있을지도 모르지 않습니까. 창문을 열었네 마네 하는 정도로……!"

우르스나 씨는 나와 루시오라 사이에 서서 반론을 거듭했다. 주인을 지키고자 하듯이.

"그렇다면."

맑은 목소리가 실내에 울렸다.

리리테아가.

왼손에 깨진 카메라, 오른손에 자기 스마트폰을 들고 있었다.

"이쪽을 봐주시겠습니까?"

여태까지 리리테아는 이 자리에 있는 이들의 의식 밖에 있었다. 왜냐하면 본인에게 따로 할 일이 있었기 때문이다.

"리리테아, 혹시 잘됐어?"

"예. 이 사건에 관계된 것이 확인되었습니다."

나는 리리테아에게 스마트폰을 받아서 거기 표시된 것을 확인했다. 그것을 보니 나는 미소 짓지 않을 수 없었다.

"그렇군. 항상 무뚝뚝한 미스터리의 신도 가끔은 미소를 지어주는군."

"뭡니까, 그 촌스러운 말은."

"어? 별로야……? 별로인가…….."

남몰래 생각했던 펀치라인(마무리 대사)인데.

"어흠. 아무튼 고마워. 리리테아."

"어이, 알아듣게 좀 설명할 수 없겠나."

우리의 대화에 이반이 애탄 눈치로 입을 열었다.

"뭘 확인했다고?"

"하비 씨가 이 섬에서 촬영한 사진입니다."

"아! 아까 밖에서 주웠던 카메라로군!"

라일이 손가락을 튕겼다.

반대로 루시오라는 뭔가 불안한 눈치로 리리테아가 든 카메라를 응시하고 있었다.

"그 카메라…… 망가진 거…… 아니야?"

"예, 루시오라 님. 실제로 부서졌습니다. 누르고 두들겨도 반응을 보이지 않습니다. 하지만 이쪽의 카드에 남은 기록은 살아 있었습니다."

리리테아가 꺼낸 것은 기록용 SD카드였다.

"필름카메라가 아니라 디지털카메라였나!"

라일이 납득한 기색을 보였다.

"대화하시는 동안, 리리테아가 데이터를 옮겨 봤습니다."

"뭔가 힌트가 될 만한 게 찍혔을지도 모르겠다 싶었기에."

그걸 조사하면 하비가 이 섬의 어디를 걷고, 뭘 찍었는지, 그 발자취를 알 수 있다.

데이터 확인. 그것은 딱히 말로 부탁하진 않았지만, 리리테아, 너라면 말할 것도 없이 서둘러 처리해 줄 거라고 믿었어.

그런 마음을 담아서 남몰래 리리테아에게 윙크를 보냈다. 리리테아는 '뭡니까, 그건?'이라는 표정을 했지만, 그래도 일단 윙크로 답해주었다.

"카드에는 막대한 양의 사진 기록이 있었습니다. 섬이나 바다 풍경, 이 저택, 그리고 동식물. 그중에서도 중요하게 생각되는 것만 그쪽으로 전송했습니다."

"서론이 길군. 뭐가 찍혀 있었나!"

이반이 짜증을 냈다.

"루우의 모습이지요."

나는 잘 보이도록 스마트폰 화면을 모두에게 보였다.

거기에 찍혀 있던 것은——불안정한 바위 위에 선 루시오라의 뒷모습이었다.

"아……아가씨……?"

루시오라는 스커트를 벗어 던져서, 평소 숨기는 두 다리가 드러나 있었다.

그 다리는 인어처럼── 생기지 않았다.

책상 위의 옛 사진과는 전혀 달랐다.

두 다리는 우리와 같이 좌우로 갈라져서 지면을 딛고 있었다.

다만 그 다리는 양쪽 다 진짜 다리가 아니었다.

"의족이었나……!"

라일이 놀라움과 안타까움이 뒤섞인 듯한 얼굴로 중얼거렸다.

그래. 의족이다.

그 다리로 루시오라가 서 있는 장소가 어디인지, 그것은 모른다.

어느 동굴 안일까. 위에서 빛이 내리쬐고, 그것이 하얀 피부를 드러내고 있었다.

바위 너머에 찍혀 있는 것은 반짝이는 수면이다.

"이거 놀랍네. 당신, 몰랐어?"

카티아가 우르스나 씨를 향해 가차 없이 물었다.

"저……저는…… 엘리세오 님이 돌아가신 뒤, 반년 정도 전에 고용되어서…… 모, 몰랐습니다…….."

충격이 컸던 걸까, 우르스나 씨는 입술을 깨물고 있었다.

루시오라의 숨겨진 사실 앞에서 나는 라일을 슬쩍 봤다. 그걸 알아차린 그는 '우리 가족도 몰랐어.'라고 소리 없이 입만 움직였다.

이 사람, 큰 소리를 내지 않고도 의사소통이 되는구나.

그렇긴 해도 루시오라가 어떤 이유로 숨기려 하던 비밀을, 특수한 상황이라고는 해도 이런 형태로 폭로하게 되다니.

뒤늦게나마 괴로움을 느꼈다. 하지만 정말로 늦었다.

나의 그 갈등을, 혹은 약함을 느낀 걸까, 마치 대행하듯이 피도가 루시오라에게 물었다.

"아가씨는 오래전에 수술을 받아, 인어증후군 때문에 선천적으로 결합 상태였던 두 다리와 작별한 거군?"

루시오라는 뭔가를 정신없이 생각하며 고민하는 모습이었다. 그래도 간신히 결심한 듯이 살짝 끄덕였다. 그 표정은 매우 차분했다.

"3년 전⋯⋯ 받았어⋯⋯ 다리 수술."

체념한 듯이 그녀는 그렇게 고백했다.

"할아버님이 꼭 받으라고 해서⋯⋯ 아주 무서웠어. 하지만 장래, 생각하라고 해서⋯⋯ 루우는 용기를 냈어."

"인어증후군은 겉보기처럼 단순히 다리가 결합한 병이 아니야. 내장에도 영향이 있어서 수술 성공률도 낮고, 그렇기에 환자는 일찍 죽는다고 들었는데."

"의사는 언제 천국으로 불려가도 이상하지 않다고⋯⋯ 계속 그랬어."

그러니까 엘리세오는 손녀에게 수술을 권했나. 살아달라고.

"건강한 지금 모습을 보면 다행히 성공한 모양이군."

"Si."

루시오라는 천천히 담요를 걷고 침대에서 내려와서 우리 눈앞에서 일어섰다. 우르스나 씨가 숨을 삼키는 게 느껴졌다.

"하지만, 결국 루우의 다리는 어느 쪽도 아니게 되었어. 포기할 수밖에 없었어."

그대로 루시오라가 스커트를 천천히 걷어 올렸다.

"대신 이 새로운 다리를 얻었어."

거기에 있는 것은 좌우의 의족.

오른쪽 다리는 무릎 아래에 부착한 하퇴의족. 왼쪽 다리는 넓적다리 아래에 달린 대퇴의족이다.

검은색 신발을 신었기에 발끝만 봐서는 의족인 줄 모른다. 하지만 무릎 아래에 발목까지의 파츠가 드러나 있었다.

"할아버님, 자기 생이, 얼마 남지 않았다고 예감했던 걸지도 몰라. 그러니까 혼자 남는 루우를 걱정해서, 혼자서도 걸을 수 있도록……."

"이전에 고용했던 사용인은 당연히 수술에 대해 알고 있었겠지?"

"알고 있었어. 베르트우드 씨. 오래 있었던 사람이었어. 하지만 그 사람도 고령이라서 할아버지가 돌아가시기를 기다린 것처럼, 멀리 본가에서……."

이미 세상을 뜬 모양이다. 그리고 다음으로 온 것이 우르스나 씨였다는 소리다.

"그래. 그렇게 해서 아가씨의 다리에 대해 아는 사람이 없었던 거로군. 하지만 그걸 새 메이드에게도 비밀로 한 건 무슨 이유지?"

"우르스나에게는 감사, 해. 외톨이가 된 루우에게 와주었고, 돈도 제대로 못 주는데…… 같이 지내며 잘 대해줘서."

"아가씨, 그렇습니다……. 왜 말씀해 주시지 않았습니까? 저는……!"

"하지만…… 우르스나는 처음 만났을 때부터 루우에게 말했잖아! 섬 밖에 나가는 게 좋다고, 학교에도 다니며 친구를 많이 사귀는 게 좋다고……."

"말했습니다……. 말했지만, 그건 아가씨가 너무 이 섬에 얽매어 틀어박혀 계시니까……."

"루우가 사실은 걸을 수 있다고 알면, 지금보다도 더 그럴 거잖아?! 바깥세상에서 살아가라고! 틀어박히면 안 된다고!"

"저는 아가씨를 생각해서……."

"하지만 루우는 여기면 돼! 여기가 좋아!"

"아가씨……."

옛날, 외딴섬의 아가씨는 인어 다리를 가지고 태어났다.

이윽고 그녀는 인어 다리를 버리고, 자유롭게 걸어 다닐 수 있는 가짜 다리를 손에 넣었다.

하지만 그녀에게 바깥세상은 선망의 세상인 동시에 공포의 대상이기도 했다――.

"루우는…… 자유가 무서웠어."

루시오라가 쥐어짜내듯이 말했다.

그녀의 손에서 스커트가 흘러내리고, 인형극의 막이 내리듯이 옷자락이 팔랑 내려앉았다.

어디든 갈 수 있는 다리가 그녀에게는 무거운 짐이라니, 참 얄궂은 이야기다.

"잠깐만 기다려!"

일동이 말을 잃은 가운데, 상황을 살피듯이 손을 든 것은 라일이었다.

"그 애의 사정은 알았어! 잘 알았어! 세이렌에게 공격받았다는 소리가 거짓말이라는 것도. 하지만 다들 생각해 봐! 아직 중요한 점은 건드리지 않았어! 크리스마스 케이크 위에 있는 설탕 산타클로스처럼! 즉, 하비를 죽인 건 결국 루시오라였다는 소리가 되는 거야?"

그래. 그 점에 대해서 우리는 아직 건드리지 않았다.

"혹시 그렇다면 그 몸의 상처는 하비와 다툴 때 입었다고도 생각할 수 있지!"

"아니야! 그건 사고로……!"

거기서 루시오라가 한층 강한 반응을 보였다.

"사고? 역시 너는 무슨 일이 있었는지 아는 게로군!"

"아……."

라일의 힐문에 루시오라는 떠밀리듯 다시 침대에 주저앉았다.

그 반응에 나는 떠오르는 게 있었다.

"혹시 루우는 누군가를 감싸고 있나?"

"모, 몰라! 루우는 아무것도 몰라!"

그 반응이 모든 것을 말하고 있었다.

다소 망설임을 느끼면서도, 나는 스마트폰 화면에 사진을 불러내어 루시오라에게 보였다.

"그 상대는…… 여기에 찍혀 있는 거 아닌가?"

한순간 루시오라의 눈이 크게 벌어졌다.

그것은 아까 보인 사진과 다른 것이었다.

다만 같은 때 같은 장소에서 연속으로 찍은 것 중 하나임이 명백했다.

사진 속에서 루시오라는 바위를 걷고, 어두운 물속에 발목을 담그고 있었다. 물속을 향해 다정하게 두 손을 뻗고 있었다.

수면에 거대한 뭔가가 찍혀 있었다.

커다랗고——요사스럽게 빛나는——하얀 꼬리지느러미가.

"안 돼!"

그때 루시오라가 뛰어들 듯이 내게 덤벼들었다.

"루우!"

그리고 내 손에서 스마트폰을 빼앗아서 문 쪽으로 달려갔다. 다소 비틀거리기는 했지만, 그건 제대로 된 걸음이었다.

그 행동에 기가 눌렸는지, 모두의 반응도 늦었다.

"아, 아가씨!"

우르스나 씨가 소리쳤을 때는 이미 루시오라가 방에서 나간 뒤였다.

"**쫓는다**. 예, 선생님!"

피도가 간결하게 말하고, 벨카도 즉각 대답했다.

"리리테아!"

"예."

물론 우리도 뒤처지지 않았다.

뒤를 쫓아 방을 나가자, 복도 끝에서 루시오라가 보였다.

"루시오라! 어딜 가려는 거야!"

무심코 내 목소리에도 힘이 들어갔다.

"사쿠야 님. 무슨 말을 그렇게 합니까. 무섭습니다."

"어? 이러면 안 돼?"

"안 돼. 저렇게 힘없는 루시오라 님에게 그런 식의 말은. 마치 악당 같아."

"악당?!"

"영화처럼 더 멋지게 말해. 리리테아 때처럼."

"그, 그때 일은 됐잖아! 루우한테는 나중에 사과할 테니까!"

우리는 루시오라를 쫓아서 현관홀까지 돌아오게 되었다. 현관문은 여전히 닫혀 있었다. 루시오라는 밖에 나가지 않았다.

그렇게 생각한 순간, 찰칵 소리가 홀에 울렸다.

그것은 중앙 엘리베이터 문이 닫히는 소리였다.

"아가씨!"

한발 늦게 쫓아온 우르스나 씨가 엘리베이터 문을 두드렸다.

엘리베이터는 지하로 내려간 모양이었다.

"우르스나 씨, 이 저택에는 지하가 있습니까?"

"예……. 지하에 방이 하나 있습니다. 하지만 그냥 창고입니다. 보존식량이나 오래된 농기구가 있는 정도고……."

"내려가 보죠."

우리는 엘리베이터가 돌아오길 기다렸다가 바로 탔다.

다만 이반과 카티아는 1층에 남겠다고 했다.

"우리는 기다리고 있을래. 모두가 여자애 하나를 쫓아갈 일은 아니잖아."

카티아의 말도 지당했다. 이렇게 말하긴 뭐하지만, 의외로 자상한 점이 살짝 엿보인 듯했다.

하지만 말투는 가볍다. 루시오라에게 집착하지 않는 것 같기도 했다. 멀다고는 해도 친척인데.

엘리베이터는 천천히 하강하다가, 이윽고 거칠게 정지했다.

지하실에는 차갑고 눅눅한 공기가 퍼져 있었다. 불빛은 백열전구 두 개가 미덥잖게 빛날 뿐.

오래된 나무 선반이 벽에 몇 개 있었다. 우르스나 씨의 말처럼, 식량이나 농기구부터 시작해서 못 쓰게 된 식기류, 청소도구, 페인트 등 잡다한 것들이 정리되어 있었다.

"리리테아, 거미줄 조심해."

"사쿠야 님, 거미줄이 머리에 붙었네요. 살포시."

그 방에서 루시오라는 안 보였다.

더 주의 깊게 찾아보니, 방 안쪽의 커다란 보일러 뒤쪽에서 작은 선반이 발견되었다. 벽에 붙은 그 선반에는 옆으로 움직인 흔적이 있었다.

손으로 밀어 보니, 무슨 장치라도 있는지 비교적 약한 힘으로도 움직일 수 있는 모양이었다.

움직인 선반의 뒤쪽을 살폈다.

거기에는 또 다른 계단이 더 아래쪽을 향해 이어져 있었다.

"이런 게 있었다니⋯⋯."

우르스나 씨가 고개를 내저었다.

**"용도는 모르겠지만, 과거 격리시설 시절에 만들어진 비밀 계단⋯⋯
일까."**

피도는 망설임 없이 계단을 내려갔다. 발밑을 조심하면서 우
리도 뒤를 따랐다.

계단은 나선형이었고, 발밑은 꽤 축축했다.

10미터, 아니, 15미터는 내려간 듯했다.

간신히 공간이 트였다.

우리가 도착한 곳은 자연적인 지하 동굴이었다.

"여기, 아까 그 사진에 나온 장소야!"

벨카의 목소리가 동굴에 메아리쳤다.

드러난 바위벽에 드문드문 램프가 달려서, 그게 주위를 희미
하게 밝히고 있었다.

앞쪽에는 울퉁불퉁한 바위 바닥이 있고, 그 너머에는 대량의
물이 고여 있었다. 안쪽까지는 불빛이 닿지 않아서, 폭이나 깊
이를 전혀 가늠할 수 없었다.

"안쪽으로 이어졌네. 가보자."

군데군데 징검다리 같은 형태인 바위 위를 점프하면서 나아갔
다. 미끄러지기라도 하면 흠뻑 젖겠다.

"어차차⋯⋯. 우르스나 씨? 왜 그러나요?"

뒤쪽을 돌아보자, 일행 중 우르스나 씨만이 바위 앞쪽에 그냥

서 있었다.

"안 오는 건가요?"

"아뇨, 저는……."

우르스나 씨는 한순간 망설이는 모습을 보인 뒤, 바위에서 스스로 물속에 발을 담갔다.

"우르스나 씨?"

"이 스커트 차림으로는 여러분처럼 바위를 뛰어넘기 어려우니, 물속을 걸어가겠습니다. 다행히 별로 깊지는 않고요."

"그건 괜찮지만, 춥지 않습니까?"

"춥습니다. 하지만 미끄러져 넘어지면 오히려 누를 끼치게 되……니!"

그렇게 말한 순간, 물속에서 발이 미끄러져서 넘어졌다.

"면목이 없습니다……."

아, 기죽었다.

운동에는 그다지 자신이 없는 모양이다.

옷이 물에 젖어 몸에 달라붙는 바람에, 우르스나 씨의 경이로운 굴곡이 또렷하게 드러났다.

똑바로 보기 힘들다.

하지만 덕분에 하나 알았다.

목적까지는 모르지만, 우리가 하비를 찾아 밖으로 나간 사이에 루시오라는 여기에 온 것이다.

그때 의족인 루시오라도 우르스나 씨처럼 바위 위를 피해서 물속을 걸어서 갔다.

"루우도 저렇게 넘어져서 젖고 다쳤구나."

평범하게 걸어도 지금처럼 넘어지는 곳이다. 의족인 데다가 서두르고 있던 루시오라라면 더더욱 넘어지기 쉬웠겠지.

흠뻑 젖었던 것도 설명된다.

"저기…… 빤히 보시면…… 그게."

우르스나 씨가 얼굴을 새빨갛게 물들였다.

이런. 생각에 잠겨서 그만 응시하고 말았다.

바로 뭔가를 깨달은 것처럼 혀를 내밀었다.

"아……. 이거 바닷물이네요. 짭니다."

"바닷물? 그런가, 여기는 바다와 이어져 있나."

무심코 그렇게 말하자, 앞서 가던 피도가 "그런 모양이군."이라고 반응했다.

"아가씨만 아는 비밀의 화원이라 이건가. 분위기가 꽤 그럴싸하군."

"사쿠야 님."

리리테아가 가리켰다.

그 앞에―― 루시오라가 있었다.

"루우!"

소리쳐도 루시오라는 돌아보지 않았다. 허리까지 물에 잠겨서, 안쪽을 향해 필사적으로 뭐라고 외치고 있었다.

내가 있는 위치에서 본 그것은, 딱 하비가 찍은 그 사진과 같은 구도였다.

피도가 고개를 쳐들고 확신을 얻은 듯이 말했다.

"아무래도 하비는 여기서 저 아가씨를 찍은 모양이군."

"루우가 그리 쉽게 비밀 장소에 다른 사람을 부를 것 같진 않아. 분명 하비는 저택을 돌아다니다가 우연히 이 장소를 발견해서 들어왔겠지."

"아니면 지하로 내려가려는 저 아이를 보고 호기심에 뒤를 밟았든가."

더 다가가자, 루시오라가 뭐라고 외치는 건지 또렷이 알아들을 수 있게 되었다.

"……돼! 안 돼! 가! 여기서 도망쳐! 얼른! 내 말 들어!"

두 손으로 수면을 때리며 뭔가를 쫓으려 하고 있었다.

모습이 보이지 않는 뭔가를 향해 호소하고 있었다.

그때 전조도 없이 물보라와 함께 검은 해면이 부풀어 올랐다.

그 순간, 녀석이 아래서 얼굴을 불쑥 내밀었다.

"제발! 그라피오!"

물속에서 모습을 드러낸 것은 루시오라와 비교해서 가볍게 열 배는 될 만한, 새하얀 생물이었다.

뀨히이이이이―― …….

그 생물은 눈앞의 루시오라를 확인하자, 우렁차게, 하지만 어딘가 불안정한 소리로―― 울었다.

그것은 하비의 시체를 발견했을 때 들었던, 그 노래였다.

4장 세상은 원래 그런 법이야

〈루시오라의 일기〉

처음 만난 것은 아쿠아리오를 발견한 그날이었다.

아쿠아리오는 이 섬을 말하는 게 아니라, 저택 지하에 남은 천연 지하 동굴을 말한다.

그건 다리 수술을 마치고 얼마 안 된, 열두 살 때의 여름날, 동 트기 전의 일이었다.

걷기 연습을 하라고 할아버님이 말씀하셨으니까, 루우는 그날도 일찍 일어나서 저택 안을 돌아다니고 있었는데, 그때 우연히 발견한 것이 이 장소였다.

그 이후로 루우는 여기를 아쿠아리오라고 부르고 있다.

돔 형태의 넓은 공간에 바닷물이 들어와서, 루우에게는 마치 수조 같았다.

바위벽의 일부에 작은 균열이 있어서, 루우는 거기서 새벽의 햇살이 들어오는 것을 봤다.

"멋진 장소네!"

재활 훈련만으로는 부족해서 아직 제대로 걷지 못하는 상태였으니까, 물 바로 근처까지 다가가기까지는 꽤 시간이 걸렸다.

하지만 휠체어로는 올 수 없었던 장소다.

대체 이 장소는 뭘까?

할아버님이 여기로 이주하기 훨씬 전, 병원이던 시절의 흔적?

어느새 모두의 기억에서 잊혀서 방치된 장소?

아니, 그때의 루우에게 그런 건 아무래도 좋았다.

아무튼 당장에라도 물속을 들여다보고 싶어!

머릿속에는 그저 그것뿐.

루우는 물 근처에 앉아서 심호흡을 몇 차례 하여 용기를 있는 대로 쥐어짜냈다.

태어난 뒤로 한 번도 헤엄친 적이 없는 루우는, 물에 얼굴을 담그는 것 자체가 처음이었으니까.

단언하는데, 루우는 딱히 겁쟁이가 아니야. 밤에 혼자 화장실에 가는 것도 괜찮고, 밭에 날아온 벌을 쫓아낸 적도 있으니까.

누구한테 변명하는 거람.

아무튼 루우는 물속에 얼굴을 담가 봤다.

하지만 물속은 어두컴컴해서, 상상했던 것 같은 멋진 세계가 펼쳐져 있지 않았다.

아쉬워. 하지만 이런 어두운 장소면 어쩔 수 없지.

햇살이 더 들어왔으면 바다 밑바닥까지 예쁘게 보였을 텐데.

"아!"

그래도 끈기 있게 물속을 계속 보고 있자, 이따금 반짝반짝 빛나는 것이 눈에 들어오게 되었다.

물고기 비늘이 반짝이는 거다!

그것만으로도 눈앞에 광대한 바닷속 세계가 펼쳐진 듯한 느낌이 들었다.

지금의 루우와 같다. 다리가 없는 물고기들이 열심히 꼬리지느러미를 움직여서 자유롭게 헤엄치는 세계가.

"물고기가 있네. 여기는 바깥 바다와 이어진 거야!"

노래가 들린 것은 그런 순간이었다.

가녀리지만 루우의 가슴을 죄어드는 듯한, 하지만 조금 탁한 소리.

루우는 놀라서 고개를 들고 주변을 둘러봤다.

생각해 보면 여기에 온 이후로 눈앞의 바다에 열중해서 아직 주위를 그렇게 관찰하지 않았다는 것을 떠올렸다.

"누구?"

일어서서 희미한 어둠 속을 응시했다.

그랬더니―― 바위밭 그늘에 뭔가 있었다.

물에 떠 있다. 그림의 오필리아처럼 몸을 반쯤 물 밖에 내놓고.

조심조심 다가가 보니, 그것은 작은 산처럼 몸이 크고―― 그리고 여름의 구름처럼 새하얗다.

"지금 그건, 당신 소리?"

루우의 목소리가 닿는지 아닌지는 몰랐지만, 그녀는 뀨히 하고 힘없이 울었다.

"아! 상처투성이잖아……! 너무해!"

그녀의 몸은 정말로 상처투성이로, 주위 물도 흘러내린 피로

빨갛게 흐려져 있었다.

옆구리에는 부러진 작살이 꽂혀 있는 상태였다.

어디서 어부에게 쫓겼나?

다른 생물과 싸웠나?

무슨 일이 있었는지는 상상할 수밖에 없다. 아무튼 그녀는 움직일 수 없는 모양이었다.

"기다려!"

뭔가 할 수 있는 일이 없을까 생각하다가 루우는 일단 계단을 올라가 몰래 저택 부엌에 갔다.

거기서 냉동 보관된 물고기를 가져다가 양동이에 담아 지하로 옮겼다.

고작 그것만으로도 땀에 젖었고, 꽤 시간도 걸렸는걸.

내가 더 잘 걸을 수 있으면 좋았을 텐데.

"자, 먹어."

입 앞에 물고기를 슬쩍 던졌다.

하지만 그녀는 전혀 먹으려 하지 않았다.

루우가 보고 있어서 그럴까? 마음은 이해해. 루우도 할아버님이 식사 매너를 자꾸 관찰하면 포크를 움직일 수 없으니까.

조금 생각한 뒤 루우는 가져온 물고기를 양동이째로 물에 띄우고 일단 그 자리를 뜨기로 했다. 양동이는 그녀의 입 근처에 띄웠고, 지하 호수에 파도는 없으니까 흘러갈 걱정도 없겠지.

그날 아침 식사는 가슴이 벌렁대서 손이 잘 움직이지 않았다.

할아버님이 이상하게 여기시지 않을까. 급사인 베르트우드 씨가 야단치지 않을까 하고.

할아버님은 그 지하 동굴을 아시는 게 틀림없고, 딱히 숨겨야 할 이유는 없었지만, 그때 루우는 그 아이를 비밀로 해야 한다고 믿고 있었어.

루우만의 비밀로 하고 싶다고 생각했어.

아침 식사를 억지로 입에 넣고 오전 중의 공부를 마친 뒤에, 루우는 베르트우드 씨의 눈을 피해서 다시금 지하로 내려가 봤다.

두근거리면서 바위 저편을 엿봤다.

그때 루우는 무심코 웃음이 나오는 것을 멈출 수 없었어.

뀨히.

양동이가 뒤집혀 있고, 물고기가 싹 사라졌거든.

그 뒤로 그녀에게 음식을 주는 것이 루우의 비밀 일과가 되었다.

베르트우드 씨는 식량 비축이 줄어든 것을 깨닫지 못한 모양이었다. 최근 나이가 들어서 기억력이 안 좋아졌다고 자주 그랬으니까, 그런 탓일지도 모른다.

하지만 여전히 엄격한 사람이라서 지금도 조금 거북하다.

그건 그렇고, 새하얗고 커다란 그녀는 좀처럼 루우에게 마음을 허락해 주지 않았다.

분명 많은 장소에서 인간에게 쫓기다가 여기에 도달한 거겠지

싶었다.

그래도 시간이 지나면서 우리의 물리적인 거리는 조금씩 줄어들었고, 그녀도 나날이 기운을 되찾았다.

20일째에는 지하 호수 안을 천천히 헤엄치고 다닐 정도까지 회복되었다.

상처도 완전히 아물었다.

하지만 표면에 난 흉터는 사라지지 않았다. 꽤 오래된 것도, 새로 생긴 것도.

"당신 이름을 정했어. 잘 들어? 당신은 오늘부터 그라피오(상처)야!"

여름이 끝날 무렵에는 그라피오도 완전히 건강해져 있었다.

루우는 매일 공부와 피아노 연습이나 공부, 걷는 연습으로 정원이나 옥상의 꽃을 돌보는 등 해야 할 일이 있어서, 정해진 시간밖에 만나러 갈 수 없었다.

그래도 어느 날 상태를 보러 갔더니, 그라피오가 바위에 반쯤 몸을 올려놓고 루우를 맞아주었다.

게다가! 그녀는 입에 예쁜 산호를 물고 있었어.

혹시나 선물?

음식을 많이 줘서 고맙다고 말하고 싶었던 걸까.

"고마워!"

조금 대담할지도 모르겠지만, 그때 루우는 그라피오의 커다란 얼굴을 껴안지 않을 수 없었다.

그 뒤로 그녀는 계속 아쿠아리오에 있다. 루우의 곁에.

그것이 루우에게 첫 친구—— 그라피오와 만난 이야기.

그라피오와 알게 된 이후로 더 빠르게, 더 민첩하게 움직일 수 있게 되고 싶었다.

섬의 동물을 쫓아서 걷거나 달리거나, 때로는 뛰어올라 보고 싶다고 생각하게 되었다.

그리고 가능하다면 그라피오와 함께 넓은 바다에서 헤엄쳐 보고 싶다.

아련한 꿈일지도 모르지만 그걸 위해서는 지금보다 많이 먹고, 몸을 단련하고, 더 건강해져야지.

□

"저거…… 범고래네! 범고래야!"
그 모습을 인식한 순간 벨카가 소리쳤다.
"크군. 10미터 정도 되겠어. 게다가 저 새하얀 몸…… 알비노다."
꽤 신기한 게 숨어 있다고, 피도가 말했다.

새하얀 범고래. 두 번째로 본 사진에 찍힌 거대한 생물의 정체는 이게 틀림없다.

"루우! 위험해! 범고래는 아주 난폭하고…… 바다의 깡패랬나 뭐랬나!"

유리우가 걱정스럽게 말을 붙였다. 바다의 갱이라면 들어본 적이 있지만, 깡패란 소리는 처음이다.

하지만──.

"그럴 걱정은 없겠어, 유리우."

범고래가 루시오라를 공격하려는 낌새는 조금도 없었다.

"그라피오! 안 된다니까!"

나아가 쫓아내려는 루시오라에게 바싹 몸을 붙이는 것처럼 보였다.

그라피오. 그게 저 범고래의 이름이겠지.

"리리테아, 어떻게 생각해?"

"루시오라 님과 그라피오. 두 사람은 꽤 마음이 통하는 것으로 보입니다."

"역시 그렇게 보이나."

"하비 씨는 저 범고래를 노리고 이 섬에 왔을지도 모릅니다. 세계적으로도 귀한 알비노, 게다가 저 사이즈는 경이적입니다."

"사진에 담아서 팔면 짭짤하다……란 소린가?"

"어쩌면 사진가로서 순수한 호기심이든가. 아무튼 죽은 자는 말이 없습니다. 사쿠야 님 말고는."

리리테아의 말이 맞다.

"그라피오…… 바보……."

이윽고 루시오라는 체념한 듯이 그라피오의 몸을 껴안고 볼을 비볐다.

"루우……."

나는 일동을 대표하는 형태로 루시오라의 곁으로 다가갔다.

"친구를 내게도 소개해 주겠어?"

말을 걸자, 루우의 어깨가 살짝 떨리는 게 보였다.

"혹시…… 그 애를 감싸려고 한 거야?"

말로는 하지 않았지만, 루우는 살짝 끄덕였다.

"스승님……. 하비 씨를 죽인 건…… 그 범고래……인가요? 하지만 어떻게?"

유리우의 의문은 지당했다.

"하비 씨는 저택 벽에 걸려 있었지요? 범고래가 언덕으로 척척 올라와서, 하비 씨를 그렇게 높은 장소에 걸었다는 건가요?"

"말 그대로 걸었다고 생각합니다."

의문에 대답한 것은 리리테아였다.

"어? 정말로? 걸어 올라와서?"

"유리우 님, 범고래는 걷지 않습니다. 그게 아니라 하비 씨의 몸을 찼을 겁니다. 저 거대한 꼬리지느러미로."

"꼬리지느러미로? 뻥 찼다고요? 범고래가 그렇게 똑똑한 짓을 해요?"

"합니다. 저도 영상으로만 본 적이 있는데, 야생 범고래는 체중이 30킬로그램쯤 하는 강치를 십여 미터나 날려버린다고 들었습니다. 사냥의 일환인지 장난일 뿐인지, 그 목적은 잘 모른다고 합니다만."

"아햐……. 그런 힘으로 얻어맞으면 그냥 끝장나겠네요."

"이것은 이번 일에 범고래가 관여했다고 안 지금이니까 나온 발상입니다만, 하비 씨가 그런 상태가 될 수 있는 유일한 방법이 아닐까 생각합니다."

그렇게 말하며 리리테아는 어딘가 칭찬하는 듯한 시선으로 그라피오와 바싹 몸을 붙이고 있는 루시오라를 봤다.

그 자리의 모두가 침묵하며 루시오라의 말을 기다렸다.

그걸 알았는지, 루시오라는 가만히 그라피오에게서 몸을 떼더니 입술을 깨물었다가 잠시 뒤에 입을 열었다.

"리리테아 씨 말이 맞아."

그 얼굴에는 체념이 드러나 있었다. 자신과 그라피오가 진정한 의미로 막다른 길에 몰렸다고 깨달았다.

"그라피오가…… 카메라맨을……."

그 다음 말을 하기 주저하던 루시오라는 한 차례 크게 숨을 내뱉은 뒤에 또 말하기 시작했다.

"그때 그라피오의 모습과 루우의 의족이 찍힌 걸 알고…… 루우는 그 자리에서 사진을 지우라고 부탁했어……. 하지만 들어주지 않았어. 계속 찾아다니다가 겨우 발견했다고. 절대로 안 지운다고. 유명한 잡지에 실을 거라고 떠들어댔어……."

"계속 찾아다녔다고? 역시 하비 씨는 처음부터 그라피오를 쫓아서 이 섬에 온 건가."

"그라피오를 전 세계의 바다에서 배를 습격하고 다닌 하얀 악마라고 그랬어. 최근 몇 년 동안 모습이 보이지 않아서, 그래도 얼마 없는 정보를 쫓아 여기까지 왔다고."

그걸 듣고 라일이 손가락을 튕겼다.

"하얀 악마! 나도 들은 적이 있군! 그래, 전설의 식인 범고래가 어디 있는지 찾아냈다면 하비는 단숨에 영웅이야! 아무리 부탁해도 데이터를 지우지 않겠지!"

"그래서 사진 때문에 옥신각신하는 사이에 드잡이질 같은 형태가 되었다?"

질문하자 루시오라는 긍정하는 대신 물속을 가리켰다.

"떠밀린 루우를 보고 그라피오가 갑자기 물속에서 얼굴을 드러냈어. 카메라맨의 다리를 물고⋯⋯ 여기서 바닷속으로⋯⋯ 끌고 갔어."

루시오라를 도우려고── 했던 걸까.

그것은 말 그대로 순식간의 일이었겠지. 하비에게는 저항할 방법도 없었겠고, 루시오라도 막을 수 없었을 게 틀림없다.

"그라피오는 그 뒤로 모습을 보이지 않았어. 물속에서."

"그래서 루우는⋯⋯ 어쨌어?"

"카메라맨의 분실물. 떨어뜨린 카메라, 가져다가 바로 저택 밖으로 나갔어. 어쩌면 그라피오는 카메라맨을 쫓아내려고 섬 밖으로 끌고 간 게 아닐까 해서. 이 장소는 저택 뒤쪽의 바다와 이어져 있으니까⋯⋯."

"거기서⋯⋯ 넌 뭘 봤지?"

"봤어. 그라피오가 카메라맨의 몸을 높게 날리는 것을."

인간의 몸을 십여 미터나, 장난감처럼 내던진다. 그런 짓이 가능한 생물은 지상에 없다.

"날아간 카메라맨은 그대로 저택의 작살에 꽂혀서⋯⋯ 움직이지 않게 되었어."

하비 씨는 남자치고 작은 체격이었다. 게다가 그라피오에게 물린 시점에 두 다리를 잃었다면, 체중은 꽤 가벼웠겠지.

이런 말은 아닐지도 모르지만, 꽤 높게 날았겠지.

"그걸 보고 루우는 어쩌면 좋을지 모르게 되었어……. 그라피오가 루우를 위해 사람을 죽였다니…… 그런 건."

루시오라는 자신의 작은 어깨를 껴안았다. 그 몸은 희미하게 떨리고 있었다.

"하지만 곧 결심했어. 루우가 그라피오를 지켜야 한다고. 그라피오가 사람을 죽였다는 것도, 여기에 있는 것도 숨겨야 한다……고."

"그래서 재빨리 그 자리에서 카메라를 바다에 내버렸나?"

"Si. 피도 선생님 말이 맞아. 하지만 루우의 힘이 부족해서 바위에 걸려버렸네……. 버리는 장소도 더 잘 생각해야 했어……."

모든 것은 갑작스러운 일. 그럴 마음도 준비도 없었겠지.

그런 상황에서 15세 소녀가 완벽하게 행동할 수는 없다.

"그리고 카메라맨이 섬에서 도망친 것처럼 보이고 싶어서, 선착장에 가서 배를 바다에 풀어놨어. 카메라맨의 짐을 배에 실어서……. 그때 비가 쏟아졌으니까 서둘러 저택에 돌아와서, 카메라맨의 방에 가서…… 메모, 남겼어."

이 주변에서 공포의 대상인 세이렌을 봤다는 걸로 하면, 하비가 다급히 섬을 도망친 이유가 될 거라고 생각했겠지.

"카메라맨의 몸은…… 나중에 어떻게 해서 몰래 숨길 생각이었지만…… 루우 혼자서는 도무지 그렇게 높은 장소에서 내릴 수 없었어. 게다가 그 뒤에 바로 폭풍이 와서 어떻게 할 수 없었어…… 미안……해."

"전부 네가 위장한 거였나. 우리가 객실에 인내빈고 식사 자리에서 인사하던 사이에……."

"점심시간은 미리 우르스나에게 들었, 으니까, 서둘러서 준비하고 휠체어로 모두에게 갔어. 루우가 헐떡대는 걸 이상하게 여기지 않을지 계속 두근거렸어."

"그런가. 그때 루우의 얼굴이 빨갰던 건 긴장 때문이 아니라 필사적으로 움직인 뒤였기 때문인가."

"무서웠어. 무섭고, 불안해서, 견딜 수 없었어. 그래도 루우는…… 친구를 지키고 싶었어."

하나뿐인, 첫 친구를.

"아가씨……."

"미안해, 우르스나."

"사과하지 마세요!"

우르스나는 그때까지 우리의 뒤에서 가만히 감정을 누르고 있었지만, 주인의 말에 드디어 소리를 냈다.

"저는 언제나 아가씨 편이니까요!"

"그라치에(고마워)……."

그런 두 사람을 지켜본 뒤에 라일이 일의 경위를 정리하듯이 말했다.

"저기, 즉 결국 하비를 죽인 것은 저택의 누구도 아니고, 그 범고래 짓으로, 루시오라는 친구를 감싸려 했을 뿐──이란 소리가 되나!"

요약하면 그런 소리다.

"이건 무슨 죄를 물을 수 있지?! 나로서는 판단이 안 서는데! 나는 보석 말고는 전혀 몰라서!"

"적어도 나는 루우에게 죄를 물을 생각이 없습니다."

"그럼 이걸로…… 사건은 해결……입니까? 그렇죠?"

그 말을 듣고 유리우도 두리번거리며 모두에게 동의를 구했다.

"자, 루우. 올라와."

나는 그라피오를 자극하지 않도록 가만히 루시오라에게 다가갔다.

"물속에 오래 있으면 몸이 식어."

손을 뻗었다.

그러자 루시오라는 울 것 같은 미소로 말했다.

"루우의 다리는 추위를 느끼지 않아. 알잖아?"

"몸만 이야기하는 게 아니야."

"사쿠……."

한순간 루시오라는 울상을 지었다. 그것을 참고 마침내 굳게 눈을 감더니, 한 차례 끄덕인 뒤에 내 손을 잡으려고 했다──.

바로 그때였다.

갑자기 그라피오가 뭔가를 경고하듯이 몸을 비틀며 물보라를 일으켰다.

"뭐, 뭐지?!"

곧바로 자세를 낮추고 상황을 살폈다.

"서, 선생님! 다들! 아래! 물속에서 뭐가 와!"

벨카가 지하 호수 중앙을 가리키며 외쳤다.

동시에 땅울림인지 이명인지 구분이 가지 않는 진동이 동굴 안을 채웠다.

수면이 크게 부풀어 올랐다.

뭔가 시커먼 것이 물속에서 솟구쳤다.

그라피오보다 훨씬, 훨씬 더 크다.

그것은 거의 90도 각도로 얼굴을 보이고, 천천히 수면으로 쓰러졌다.

튀어오른 대량의 물보라가 우리의 온몸을 사정 없이 적셨다.

나타난 것은 강철의 유선형 물체──.

그것은── 거대한 잠수함이었다.

그 모습에 놀라서 그라피오는 바닷속 깊이 모습을 감춰버렸다.

"뭐, 뭐, 뭔가요⋯⋯. 이건?!"

우르스나 씨가 떨리는 목소리로, 갑자기 나타난 잠수함을 올려다봤다.

선체 상부의 둥근 해치가 천천히 열렸다.

안에서 나타난 것은──아니, 그냥 나타난 게 아니라, 호화현란하게 나타난 것은──.

"안녕해? 사쿠야."

샤르디나 임페리셔스였다.

그 양옆에는 두 여자가 서 있다. 크림슨 시어터에서도 본 부하들이다.

"너무 늦게 오길래 내가 놀러와 줬어."

"어?! 그러면 저 애가 셀러브리티?! 서, 선생님! **진정해라, 벨카. 아우성쳐도 달래줄 상대가 아니야.**"

"어머, 거기 개, 기억에 있다 싶었더니 피도잖아. 아직 살아 있었네."

"그러는 너는 조금도 성장하지 않았군. 여기저기가."

"시끄러워. 멍청이, 멍멍이."

피도의 카운터에 샤르디나가 어떤 고상한 반격을 날리려나 싶었는데, 의외로 평범한 욕이 날아왔다.

"무례한 소리를 하면 돈다발의 바다에 빠뜨린다."

"지, 지금…… 셀러브리티라고 했나?! 저 소녀가…… 세간에 보도되던 그 탈옥범이란 거야?!"

라일은 도무지 믿기지 않는다는 듯이 눈을 비볐다.

"샤르…… 어떻게 우리가 이 섬에 있는 줄……."

그 의문을 전부 말하기도 전에, 나는 스스로 답을 깨달았다.

"그런가…… 이건가."

주머니에서 꺼낸 것은 샤르디나가 준 스마트폰이었다.

"그래. 그거야. 레긴레이프의 장소가 표시되잖아? 그렇다면 반대로 샤르가 당신의 위치를 파악할 수 있는 것도 당연하지?"

"그래서 일부러 이런 폭풍 속에 그런 잠수함을 타고 마중하러 나왔나."

"그거 몰라? 바다 밑바닥엔 폭풍 같은 게 없어. 그런데 사쿠야, 혹시 이 폭풍으로 외딴섬에 갇히기라도 했어? 폭풍이 지나갈 때까지 아무도 안 나오고, 아무도 나갈 수 없어? 아하하."

샤르디나는 우리 한 명 한 명에게 시선을 던지고, 이 자리를, 이 상황의 모든 것을 놀리듯이, 비웃듯이, 귀엽게 웃었다.

"보다시피 이래. 클로즈드 서클? 그런 건 샤르가 숨 한 번 쉬고 부쉈어."

이거다. 이 일탈한 느낌. 엇나간 분위기.

이것이 세븐 올드맨.

견고하게 구축된, 그리고 해명되어 가던 미스터리를 붕괴시킨다.

"사쿠야 군, 저 사람은 너의…… 뭐, 뭐지? 지인인가?"

"라이 씨, 죄송합니다만 설명은 나중에 하죠. 내게는 조금, 꽤, 심각하게 예상 밖의 전개라서."

솔직히 설명할 여유는 없다.

"사쿠야 님."

"알고 있어. 지금 선택지를 그르치면 일이 귀찮아져. 리리테아는 모두를 지킬 준비를 해."

"알겠습니다."

취할 행동을 결정하고 각오하니 머리도 냉정해졌다.

"사쿠……."

"괜찮아."

나는 루시오라를 물에서 빼내고, 샤르디나의 눈앞에 섰다.

"그래서 샤르는 우리를 직접 레긴레이프로 데려가 주는 건가? 그 자가용 잠수함으로?"

"그럴 작정……이었는데."

잠수함과 바위투성이 바닥을 잇는 다리가 만들어지고, 샤르디나가 걸어왔다.

"마음이 변했어. 여기, 데모니아카 빌라지? 그 화가 엘리세오 데 시카의 비밀 은신처잖아?"

그 정도는 아는 게 당연하다는 얼굴이다.

"본인은? 위에 있으려나? 인사하고 싶은데."

"엘리세오 님은…… 이미 세상을 뜨셨습니다."

샤르디나의 제안에 대해 우르스나 씨가 그렇게 말하자, 샤르디나는 "어머나."라고 말하며 귀엽게 손을 입가에 댔다.

"세상을 떠났어? 위는 위라도 천국? 유감이네. 그나저나 역시 그랬구나. 최근 몇 년 동안 업계에서 사망설이 나돌았으니까, 혹시나 싶었는데. 하지만 그건 그거대로 좋아. 샤르의 관심사는 그 작품이니까."

샤르디나는 두 명의 위험한 부하를 대동하고 내 눈앞에 섰다.

"소문으로 들은 적이 있어. 엘리세오가 남긴 환상의 처녀작이 여기에 있다고."

"처녀작?"

유작을 말하는 게 아니라?

나는 가만히 루시오라를 슬쩍 봤다. 루시오라는 모르겠다는 듯이 고개를 내저었다.

"언젠가 기회가 있으면 그걸 사러 올 생각이었는데, 마침 잘 됐네. 이 기회에 구경 좀 해볼까."

"그, 그런 게 있을 리 없잖아!"

소리친 것은 라일이었다.

"엘리세오의 처녀작이라면 「여지의 밤」이잖아! 지금은 카타르의 자산가가 소장하고 있어!"

"그건 대외적인 이야기야. 샤르가 말하는 건 진짜 처녀작."

"미, 미발견 작품이 있다는 건가? 음, 그런 게 혹시 있었다고 해도, 그걸 사들인다고? 웃기지 마! 예술적 가치를 생각하면 돈으로 살 수 있는 게 아니야! 돌아가! 그 덩치 큰 잠수함으로 돌아가 줘! 가는 길 조심하시고!"

"시끄러운 남자네. 언제 어떻게 여기를 나갈지는 샤르가 정해. 알고 있어? 세상은 원래 그런 법이야. 그렇지?"

"그런 말도 안 되는 법은 통하지 않습니다!"

말도 안 되는 이론을 들이대는 샤르디나에게 유리우가 과감하게 맞섰다.

갑자기 자기에게 반론한 소녀를 보더니 샤르디나는 순간 벙찐 표정을 지었다.

하지만── 곧 기쁜 듯이 미소 짓고 손뼉을 쳤다.

"어머. 어머머! 누군가 했더니 유명인이 있었네!"

"유리우를 아는 거야?"

"물론이야. 샤르, 그 애의 연기에 팬이 됐거든. 명배우야."

"저는 딱히 유명인이 아니에요! 그 말, 고대로 나비매듭을 묶어서 돌려드리겠습니다!"

멋지게 받아쳤다. 하긴, 세븐 올드맨이라는 간판은 세계적으로도 악명 높다.

"아가씨, 저 녀석 열 받아. 죽일까? 확 죽여버릴까?"

"안 돼. 알트라, 조용히 있어. 쉿."

그렇게 말하며 이상하게 혈기 많은 부하를 다독인 뒤, 샤르디나는 가볍게 한 손을 들었다.

그걸 신호로 정박해 있던 잠수함이 움직이고 순식간에 바닷속으로 내려가서 모습을 감추었다.

"무슨 짓이지?"

"이제 필요 없으니까 장난감을 정리했을 뿐이야. 오늘 밤은 여기서 묵기로 했어."

묵어?

"대죄인이 머물러주겠다는 소리야."

무슨 소릴 하는 거지?

"지금부터는 샤르도 놀이에 끼어 줄게."

"놀이? 그런 웃기는……."

그때 갑자기 동굴 안에 비명과도 가까운 소리가 울렸다.

"크, 큰일이야! 큰일!"

돌아보니, 카티아가 구르듯이 계단을 내려왔다.

"뭐지?! 우리가 더 큰일인데!"

라일이 짜증을 냈다.

"지금 지구상에 여기보다 큰일 난 곳은……!"

카티아는 이 자리의 이상한 상황을 알아차릴 여유도 없는지, 핏기 가신 얼굴로 이렇게 호소했다.

"드미트리가…… 드미트리가……!"

"드미트리가 어쨌다고?!"

"세이렌에게 살해당했어!"

그 인상적인 말 한마디가 주위에 쩌렁쩌렁 울려 퍼졌다.

그 뒤에 남겨진 것은 거북하고 답답한 침묵뿐.

세이렌에게 살해당했다……?

사건은 해결됐을 텐데──.

하비를 죽인 것은 그라피오고, 모든 위장은 루시오라가──.

그런데 또 피해자?

대체 뭐지?

이 섬은 어떻게 돌아가는 거야?

이 밤은──.

"어머, 아직 파티는 끝나지 않은 모양이네."

아직도 계속되는 건가.

"재밌어지겠어."

경악하는 우리 사이에서 샤르디나만이 기쁜 듯이 웃었다. 그렇게 동떨어진 그 태도를 벨카가 비난했다.

"조금도 재밌지 않아! 지금 이야기가 사실이라면 이 섬에서 이미 두 명이나 죽었단 거야!"

"외딴섬에서 살인사건이잖아? 마벨러스한 시간이 왔어!"

"뭐가 마벨러스야! 살인사건이라고! 환상의 예술 작품인지 뭔지 모르지만, 그런 걸 찾을 여유는 없으니까!"

"그래?"

"그래! 이 명탐정 피도의 조수의 눈에 흙이 들어가기 전에는……."

"그럼 서둘러서 탐정이 사건을 해결해야겠네?"

그렇게 말하며 샤르디나는 내게 눈짓했다.

"음……. 하지만 샤르는 내일 두바이에서 꼭 처리해야 하는 일이 있어. 사쿠야, 빨리 해결할 수 있어?"

"탐정을 뭐라고 생각하는 거야? 피자 배달도 아니고."

"뭐야. 기운 내라고."

뭐 이런 유아독존이 다 있을까.

기막혀서 한숨을 쉬자, 샤르디나는 무슨 재미있는 놀이라도 떠올랐다는 듯이 손뼉을 쳤다.

"그래! 그럼 샤르가 기운 차리게 해줄게."

"아쉽지만 돈에는 안 낚여. 자랑은 아니지만 나한테는 돈을 쓰는 재능이 없어."

"당신, 그렇게 말하면 슬퍼지잖아. 하지만 아니야. 완전 달라."

"그럼 대체 뭘……."

샤르디나는 옆에 있던 카르미나에게 뭐라고 속삭였다. 그 말을 듣고 카르미나가 소형 통신장치를 꺼내어 무슨 신호를 보냈다.

"어이, 너, 지금 뭘 했지? 상대는 아까 잠수함인가?"

"정답이야, 피도. 나중에 뼈다귀 줄게."

새빨간 드레스의 괴도는 계속해서 이쪽을 도발한다.

그리고 샤르디나는 일부러 소리를 죽여서 나와 리리테아, 그리고 피도와 벤카에게만 들리도록 이렇게 말했다.

"바다에 대기시킨 배에 이렇게 지시를 보냈어. 내일 아침 6시에 이 섬을 향해 토마호크 미사일을 발사해라."

"뭐라고?!"

"말해두겠는데, 한 번 내린 지시는 철회되지 않아. 샤르의 말 말고는 절대로."

"샤르……!"

"제한시간을 설정해 줬어. 자, 이걸로 서두를 이유가 생겼지?"

추리를 서두르게 하려고 미사일을——?

도저히 제정신이라고 생각할 수 없는 발상이다.

"그걸로 추리가 적당히 스릴 넘치게 되었잖아?"

"조금 전에 너도 오늘 이 저택에 머물겠다고 했잖아? 너나 부하도 위험에 말려들 텐데."

"그래."

당연하다는 듯이 긍정했다.

"게다가 이 저택에는 네가 탐내는 엘리세오의 처녀작이 있을지도 모르는데? 폭격했다간 그것도 같이 날아가."

"그러니까 말이지, 사쿠야."

힐난하는 내 귀를 잡아당겨 샤르디나가 속삭였다. 거의 내 귓불을 물어뜯을 듯한 위치에서.

"당신이 힘내서 내일 아침까지 사건을 해결해 주겠어? 수수께끼를 풀어서 수습하고 정리하고 모두를 구해줄 거지? 응?"

그러면 저택도 작품도 무사해──라고 샤르디나는 말했다.

진심이다.

그 목소리에 허세나 기만은 없다.

셀러브리티는 자기 목숨도 베팅하여 장난처럼 죽음의 대결을 시작했다.

현재 시각은 오후 8시.

제한시간은 앞으로 10시간 남았다.

새롭게 발생한 살인.
사건은 이미 끝난 게 아니었나?
충격이 저택 사람을 덮치는 가운데,
살인은 계속 이어지고 ─

KILLED AGAIN, MR. DETECTIVE

또 죽고 말았나요, 탐정님

3

2025년 5월 출간 예정

모습을 보이지 않는 괴물「세이렌」의 정체는?
과연 사쿠야는 샤르디나가 정한 제한시간까지
사건을 해결할 수 있을까?

키워드는 시어레이츠.
그리고 불사──

작가 후기

당신에게 미스터리 소설이란?

언젠가 그런 질문을 받을 때를 대비해 멋진 대답을 준비해 두자고 생각한 결과, '미스터리 소설이란 나밖에 없는 유원지입니다'라는 말을 떠올렸습니다.

그런 질문을 받을 예정이라곤 전혀 없는데도 말이죠.

상승 지향의 근성입니다.

유원지란 일상과 단절된 장소입니다.

그런 장소에 혼자 있는 것은 어떤 기분일까요.

재미있어! 그리고 동시에 어딘가 좀 적적하고 불안하지 않습니까?

그 절묘한 두근거림과 고독감의 블렌드가 제게는 기분 좋습니다.

잠시 현실을 잊고 혼자 수수께끼 풀이에 몰두할 수 있는, 분위기 만점의 놀이터.

"제게 있어서 그것이 미스터리입니다."

그렇게 말하며 그는 집필을 위해 또 번잡한 도시 속으로 모습을 감추었다——.

한밤중에 그런 내레이션을 머릿속으로 흘리고 있습니다.

즐거웠습니다.

자, 2권입니다.

이런 작품은 시리즈가 될지 말지란 그때그때의 운 같은 것도 있지만, 이렇게 속간을 낸 것을 보면 1권이 적잖게 호평이었던 거겠지 생각하며 솔직히 기뻐하고 있습니다.

호평의 이유에는 말할 것도 없이 리이츄 선생님의 멋진 그림이 있습니다.

사쿠야의 그 사랑스러운 표정들.

리리테아의 부드러움과 청렴함.

모두 보물입니다.

정말로 감사합니다.

'그렇지, 만화판 기획도 시작한다는 모양입니다. 속보를 기다리죠.'

2권도 좋아하는 걸 써봤습니다.

쉽게 말해서 자기가 읽고 싶은 미스터리 소설을 자기가 쓰고 있는 꼴입니다.

이번에도 기분 좋은 미스터리를 전해드릴 수 있었다고 생각합니다만, 더불어서 여러분은 기분 좋은 고독도 만끽해 주셨으면 합니다.

고독──유원지 사건에서도 나왔지요.

폼 잡느라고 고독, 고독 하고 말하고 싶은 계절이네요. 겨울이라서.

아, 기다려 주세요. 한숨 쉬지 마세요.

버리지 마세요.

조금만 더 같이 있어 주세요.

왜 고독이냐면, 독서란 것은 본질적으로 고독한 행위이며, 개인적인 체험이니까──라는 이유도 물론 있지만, 무엇보다도 미스터리는 다른 장르보다도 스포일러(내용 누설)가 금지된 장르이기 때문입니다.

즉, 다 읽어도 남들과 공유하기 어렵다.

그러니까 독자는 다 읽고 일상에 돌아온 뒤에도 사건의 진상을 가슴에 품고, 누구에게도 트릭에 대해 누설하지 않고, 공유하지도 않고, 항상 조용히 웃고만 있다. 그런 자가 될 수밖에 없습니다.

그것도 일종의 갑갑함, 답답함, 괴로움을 동반하는 것입니다. 하지만 사실은 그런 것이 기분 좋기도 하지요.

그것이 기분 좋은 고독이란 것입니다.

이해해 주시겠습니까?

죄송합니다. 좀 변태 같은 생각일지도 모릅니다.

이렇게 스포일러는 미스터리 업계의 오랜 문제입니다만, 다만 이 작품에 한해서는 한 가지 스포일러해도 되는 포인트가 있습니다.

그것은 '탐정이 죽는다'는 점입니다.

잘됐네요.

어떤 이야기인지 혹시 친구가 물어보거든, 그렇게 스포일러해 주세요.

또 죽고 말았나요, 탐정님 2

2025년 02월 20일 제1판 인쇄
2025년 03월 05일 제1판 발행

지음 테니오하
일러스트 리이츄

옮김 한신남

제작·편집 노블엔진 편집부

발행 데이즈엔터(주)
등록번호 제 2023-000035호
주소 07551 서울특별시 강서구 양천로 570 NH서울타워 19층
대표전화 02-2013-5665

ISBN 979-11-380-5699-1
ISBN 979-11-380-5584-0 (세트)

MATA KOROSARETESHIMATTANODESUNE, TANTEISAMA Vol.2
ⓒteniwoha 2022
First published in Japan in 2022 by KADOKAWA CORPORATION, Tokyo.
Korean translation rights arranged with KADOKAWA CORPORATION, Tokyo.

구매 시 파손된 도서는 구매처에서 교환하실 수 있습니다.
기타 불편사항, 문의사항이 있으신 독자님께서는 노블엔진 홈페이지
[http://novelengine.com] 에서 Q&A 게시판을 이용해 주시기 바랍니다.

공녀 전하의 가정교사

1~7

◆

"부유 마법을 그렇게 간단히 다루는 사람은 처음 봤어요."

"간단하니까요. 모두 하려고 하지 않을 뿐이에요."

사회의 기준에서는 측정할 수 없는 규격 외 마법 기술을 가졌으면서도 겸허하게 살아가는 청년이 은사의 부탁으로 가정교사로서 지도하게 된 것은 '마법을 못 쓰는' 공녀 전하. 모두가 포기한 소녀의 가능성을 저버리지 않는 그가 가르치는 것은── 상식을 파괴하는 마법수업!

**소녀에게 봉인된 수수께끼를 해명할 때,
교사와 학생의 전설이 시작된다**

나나노 리쿠 지음 │ cura 일러스트 │ 2025년 3월 제7권 출간
청춘의 상상,시동을 걸어라!

팔리다 남은 떨거지 스킬로, 『외톨이』는
이세계에서 치트를 넘어선 최강의 길을 걷는다──.

외톨이의 이세계 공략

1~8

애니메이션 방영작

학교에서 '외톨이'로 보내던 하루카는 어느
날 갑자기 반 아이들과 함께 이세계로 소환된
다. 이세계 소환의 정석인 '치트 스킬'을 얻을
수 있다고 생각했으나── 스킬 선택권은 선
착순, 그것도 반 아이들이 다 가져간 상태?!

아무도 안 가져간 떨거지 스킬, 그리고 『외톨
이』 스킬의 효과로 인해 파티도 못 들어가 고
독한 모험에 나설 수밖에 없게 된 하루카.

그러던 중에 반 친구들의 위기를 알게 되고,
치트에 의존하지 않으며 치트를 넘어서는 이
단적인 최강의 길을 걷기 시작하는데──.

**최강 외톨이의 이세계 공략 이야기, 개막!
2024년 10월 애니메이션 스타트!!**

고지 쇼지 지음 │ 에노마루 사쿠 일러스트 │ 2025년 2월 제8권 출간
청춘의 상상, 시동을 걸어라!